KB046837

SUDDENLY, A KNOCK ON THE DOOR
by Etgar Keret

이 도서의 국립중앙도서관 출판시도서목록(CIP)은
서지정보유통지원시스템 홈페이지(http://seoji.nl.go.kr)와
국가자료공동목록시스템(http://www.nl.go.kr/kolisnet)에서 이용하실 수 있습니다.
(CIP제어번호: CIP2013014139)

갑자기 누군가 문을 두드린다

에트가르 케레트 소설 장은수 옮김

Suddenly,
A Knock
on the Door

문학동네

시라에게

차례

갑자기 누군가 문을 두드린다 _ 009

거짓말 나라 _ 017

치저스 크라이스트 _ 032

시미온 _ 038

눈꺼풀 안 세상 _ 046

아침을 건강하게 _ 050

팀워크 _ 059

푸딩 _ 068

지퍼 열기 _ 073

예의 바른 소년 _ 077

미스티크 _ 082

문예 창작 _ 085

재수없는 놈 _ 092

뻐꾸기 꼬리 잡기 _ 096

색깔 고르기 _ 106

멍 _ 111

주머니에는 무엇이 들었나? _ 120

나쁜 업보 _ 123

아리 _ 135

암캐 _ 140

승리의 이야기 _ 144

승리의 이야기 II _ 147

좋은 것 _ 148

이 금붕어에게 무슨 소원을? _ 159

완전히 혼자는 아닌 _ 169

위로 한 걸음 _ 173

크고 파란 버스 _ 181

치핵 _ 190

일 년 내내 9월 _ 193

조지프 _ 198

애도하는 자들의 식사 _ 202

평행우주 _ 208

업그레이드 _ 211

구아바 _ 218

깜짝 파티 _ 222

당신은 무슨 동물입니까? _ 252

옮긴이의 말 _ 258

일러두기

1. 본문 중의 주석은 모두 옮긴이주입니다.
2. 강조의 의미로 쓴 고딕체는 원서에서 이탤릭체로 표시된 부분입니다.

갑자기 누군가 문을 두드린다

"이야기 하나 해봐." 수염이 덥수룩한 남자가 내 집 거실 소파에 앉아 명령한다. 분명히 말하건대 결코 유쾌한 상황이 아니다. 나는 이야기를 쓰는 사람이지, 하는 사람이 아니다. 게다가 그것은 시킨다고 할 수 있는 게 아니다. 마지막으로 내게 이야기를 해달라고 졸랐던 사람은 내 아들이었다. 벌써 일 년 전 일이다. 나는 요정과 흰족제비 이야기를 해주었고―구체적인 내용은 기억도 안 난다―이 분도 채 되지 않아 아들은 잠들었다. 하지만 상황이 근본적으로 다르다. 아들은 수염이 없고 권총도 없다. 아들은 상냥하게 부탁했지만, 이 남자는 그야말로 이야기를 내놓으라며 강도처럼 옥박지르고 있다.

나는 권총을 치우는 게 그에게, 아니 우리 둘 다에게 좋을 거라고 수염에게 설명해본다. 장전된 권총의 총부리가 머리통을 겨누고 있는 상황에서 이야기를 지어내기는 힘들다고. 하지만 남자는 완강하다. "이 나라에선 말이야, 원하는 게 있으면 무력을 써야 하거든." 수염은 얼마 전 스웨덴에서 여기로 왔다. 스웨덴은 완전히 다른 세상이다. 거기서는 정중히 요구만 하면 원하는 것을 얻을 수 있다. 하지만 숨이 턱턱 막히게 덥고 눅눅한 중동이라면 얘기가 다르다. 단 일주일만 지내봐도 여기서는 일이 어떤 식으로 굴러가는지, 아니, 어떤 식으로는 안 굴러가는지 알 수 있다. 팔레스타인 사람들은 점잖게 국가를 요구했다. 그래서 얻었냐고? 얻은 건 지옥이었다. 그러자 그들은 버스에 탄 어린아이들을 날려버리는 쪽으로 방향을 틀었고, 그제야 사람들은 귀를 기울였다. 정착민*들은 대화를 원했다. 그걸 신경쓴 자가 있었느냐고? 그럴 리가. 그러자 그들은 물리적으로 해결하기로 하고 국경 수비대에 뜨거운 기름을 퍼부었고, 그제야 청중이 생겼다. 이 나라에서는 힘이 곧 정의다. 정치든, 경제든, 주차 문제든. 우리가 이해하는 언어는 단 하나, 잔인한 무력뿐이다.

　수염이 이스라엘로 돌아오며 떠나온 나라 스웨덴은 진보적이

---

* 제3차 중동전쟁 당시 이스라엘이 요르단, 이집트, 시리아로부터 빼앗은 땅에 유대인 공동체를 세우고 이주시킨 유대인들.

고 많은 영역에서 앞서 있다. 그저 아바나 이케아, 노벨상의 나라가 아니다. 스웨덴은 그 자체로 하나의 세계이며 모든 걸 평화적인 방법으로 얻은 나라다. 스웨덴에서는 수염이 에이스 오브 베이스의 멤버를 찾아가 문을 두드리고 노래를 청한다 해도 그녀는 그를 집안에 들이고 차를 끓여줄 것이다. 그리고 침대 밑에서 어쿠스틱 기타를 꺼내 연주를 들려줄 것이다. 내내 미소지으면서! 하지만 여기는? 권총만 휘두르지 않았다면 나는 당장에 수염을 내쫓아버렸을 것이다. 이렇게 나는 이성적으로 생각하려고 노력중이다. "평소처럼 하면 되잖아." 수염은 투덜대며 권총의 공이치기를 당긴다. "이야기를 하느냐, 두 눈 사이에 총알이 박히느냐야." 선택의 폭이 넓지 않다. 수염은 농담하는 게 아니다. 나는 이야기를 시작한다. "두 사람이 한 방에 앉아 있는데, 갑자기 누군가 문을 두드린다." 수염이 꼼짝하지 않아 나는 잠시 이야기가 먹히나 싶지만 그게 아니다. 그는 다른 걸 듣고 있다. 누군가 문을 두드리는 소리. "열어." 수염이 말한다. "쓸데없는 짓 하지 말고. 누구든 간에 보내버려. 빨리 해치우지 않으면 험한 꼴 보게 될 거야."

문 앞에는 설문조사를 하는 젊은 남자가 서 있다. 몇 가지 짧은 질문이 있단다. 이곳 여름의 높은 습도가 내 성격에 미치는 영향에 대한 것이다. 내가 관심 없다고 하는데도 그는 막무가내로 집안에 들어온다.

"저 사람은 누구죠?" 그가 수염을 가리키며 묻는다. "스웨덴에서 온 조카예요." 나는 거짓말을 한다. "저애 아버지가 눈사태로 세상을 떠나서 장례식 때문에 와 있는 거예요. 이제 막 유언장을 검토하던 참이었어요. 저희끼리 할 이야기가 있으니 이제 그만 나가주시겠어요?" "그러지 마시고요." 설문조사원이 내 어깨를 두드리며 말한다. "고작 질문 몇 개인데…… 잔돈푼이나마 챙기게 도와주세요. 응답자 수에 따라 돈을 받거든요." 조사원은 바인더를 쥐고 소파에 털썩 주저앉는다. 스웨덴 남자가 그 옆에 앉는다. 나는 여전히 서서 진심처럼 들리도록 간절히 조사원에게 말한다. "그만 나가주세요. 타이밍이 영 아니네요." "영 아니라고, 어?" 조사원은 플라스틱 바인더를 펼쳐 커다란 리볼버를 꺼내들었다. "타이밍이 뭐가 아니라는 거지? 엉? 내가 더 가무잡잡해서? 내가 뭐가 부족해? 스웨덴인한테 내줄 시간은 넘쳐나고, 레바논 땅에 자기 비장을 조각조각 뿌리고 온 모로코인 참전용사한테는 그깟 일 분도 아깝다 이거야?" 나는 절대 그런 게 아니라고, 때마침 스웨덴 남자와 미묘한 문제를 이야기하던 중이라 그러는 것뿐이라고 조사원을 설득하려 애쓴다. 그러나 조사원은 입 닥치라는 뜻으로 리볼버를 제 입술에 갖다댄다. "바모스."* 그가 말한다. "핑계 대지 말고 거기 앉아서 내놔." "내놓으

12

라니요?" 내가 묻는다. 실제로 지금 나는 완전히 얼어 있다. 스웨덴 남자도 권총을 갖고 있지 않은가. 무슨 일이 벌어질지 모른다. 동양은 동양, 서양은 서양이다. 정신세계가 다르다. 아니면 스웨덴 남자가 미쳐 날뛸 수도 있다. 그저 자기에게만 이야기를 해줬으면 하는 마음에. 혼자만 들으려고. "나 건드리지 마라. 내가 성질이 좀 급하거든. 얼른 이야기를 내놓으라고. 얼른." 조사원이 경고한다. "그래." 스웨덴 남자가 맞장구치면서 자기도 권총을 꺼내든다. 나는 헛기침을 하고 처음부터 다시 이야기를 시작한다. "세 사람이 한 방에 앉아 있는데." "'갑자기 누군가 문을 두드린다'는 안 돼." 스웨덴 남자가 말한다. 조사원은 무슨 말인지 잘 알지도 못하면서 그를 따라 한다. "계속해. 문 두드리는 이야기는 빼고. 다른 이야기를 해봐. 우리를 좀 놀라게 해보라고."

나는 잠시 멈추고 심호흡을 한다. 두 남자가 나를 빤히 보고 있다. 어째서 난 항상 이런 일에 휘말릴까? 장담하는데 아모스 오즈나 데이비드 그로스만**에게는 절대 이런 일이 생기지 않으리라. 갑자기 누군가 문을 두드린다. 두 남자의 시선이 험악해진다. 나는 어깨를 으쓱한다. 이건 내 탓이 아니다. 내 이야기와 문

---

* '꺼져' '집어치워' 등의 은어적 의미로도 쓰이는 스페인어.
** 아모스 오즈와 데이비드 그로스만 모두 현대 이스라엘을 대표하는 작가.

갑자기 누군가 문을 두드린다 13

을 두드리는 소리는 아무 관련이 없다. "보내버려." 조사원이 명령한다. "누구든 보내버려." 나는 빼꼼히 문을 연다. 피자 배달부다. "케레트 씨?" 피자 배달부가 묻는다. "네. 근데 피자 안 시켰어요." 나는 대답한다. "주소가 여기, 자멘호프 가 14번지 맞는데요." 그는 배달 영수증을 들이대면서 막무가내로 들어온다. "그래서요? 난 안 시켰다니까요." 나는 말한다. "패밀리 사이즈, 파인애플 반, 안초비 반, 선불, 신용카드. 맞죠? 팁 주면 갈게요." 그가 우긴다. "당신도 이야기 때문에 여기 온 건가?" 스웨덴 남자가 묻는다. "무슨 이야기요?" 피자 배달부가 되묻지만 거짓말하는 기색이 역력하다. 거짓말에 별 재능이 없는 자다. "얼른 내놓으시지." 조사원이 그를 쿡쿡 찌른다. "이봐, 그만 총 꺼내라고." "총은 없지만." 마지못해 피자 상자 밑에서 식칼을 꺼내는 피자 배달부의 모습은 어설프기 짝이 없다. "괜찮은 이야기를 어서 내놓지 않으면 잘게 포를 떠버리려고요. 아주 잽싸게."

그들 셋은 소파에 앉아 있다. 오른쪽부터 스웨덴 남자, 피자 배달부, 설문조사원 순이다. "이런 식으로는 못 해요." 나는 말한다. "이렇게 당신들 셋이 흉기를 겨누고 있으면 이야기를 지어낼 수 없다고요. 골목이나 한 바퀴 돌고 오지그래요. 그동안 생각해놓을게요." "이 새끼가 경찰을 부르려는 거요. 누굴 바보 멍청이로 아나." 설문조사원이 스웨덴 남자에게 말한다. "자자, 이야기 하나만 해봐요. 그러고 나면 우린 각자 갈 길 갈 테니까."
피자 배달부가 매달린다. "짧은 거 하나만 해줘요. 깐깐하게 그
러지 말고. 요즘 상황이 안 좋잖아요. 실업에, 자살 폭탄 테러에,
이란인들에. 사람들은 뭔가 다른 걸 애타게 바라고 있어요. 우리
처럼 법 없이도 살 사람들이 뭣 때문에 이 지경까지 몰린 것 같
아요? 우리는 절박해요. 절박하다고요."

   나는 목청을 가다듬고 다시 이야기를 시작한다. "네 사람이 한
방에 앉아 있다. 무더운 날이다. 모두 심심하다. 에어컨은 고장
났다. 한 사람이 이야기를 해달라고 한다. 다른 한 사람이 거들
고 나선다. 그러자 또 한 사람도……" "그건 이야기가 아니야."
조사원이 항의한다. "목격 진술이잖아. 지금 여기서 벌어지고 있
는 일과 똑같아. 우리가 벗어나고 싶은 바로 그 상황이라고. 이
봐, 우린 쓰레기차가 아니거든. 우리한테 현실을 쓰레기처럼 던
지지 마. 상상력을 좀 발휘해. 어? 창조, 창의, 몰라? 그렇게 해
보라고."

   나는 고개를 끄덕이고 다시 시작한다. "한 남자가 혼자 방안에
앉아 있다. 그는 외롭다. 작가인 그는 이야기가 쓰고 싶다. 오래
전 이야기를 쓸 때가 그립다. 유에서 유를 창조해내는 그 느낌이
그립다. 유에서 유—바로 그것이. 무에서 유를 창조하는 것, 그
러니까 난데없이 무엇인가를 만들어내는 것은 가치가 없다. 그

런 건 아무나 할 수 있다. 하지만 유에서 유는 내면에 실제로 존재해온 것을 한 번도 경험하지 못한 완전히 새로운 것인 양 발견해내는 것이다. 그는 이런 상황에 대한 이야기를 쓰기로 마음먹는다. 정치적 상황도, 사회적 상황도 아니다. 그가 쓰기로 마음먹은 이야기는 인간적 상황, 인간의 조건에 대한 것이다. 그가 지금 현재 경험하고 있는 인간의 조건. 하지만 실패한다. 아무 이야기도 떠오르지 않는다. 그가 지금 현재 경험하고 있는 인간의 조건은 이야기로서 가치가 없어 보여서다. 그래서 막 포기하려는데 그때 갑자기……" "내가 이미 경고했을 텐데." 스웨덴 남자가 끼어든다. "누군가 문을 두드린다, 는 안 된다니까." "해야만 해요." 나는 고집을 부린다. "누군가 문을 두드리지 않으면 이야기가 안 돼요." "그냥 하게 놔두죠." 피자 배달부가 부드럽게 말한다. "좀 봐주자고요. 당신, 누군가 문을 두드리길 원해요? 좋아요, 문 두드리게 해요. 그래야 이야기를 해줄 수 있다면."

거짓말 나라

로비에는 일곱 살 때 처음 거짓말을 했다. 잡화점에서 킹사이즈 켄트 한 갑을 사오라고 어머니가 준 꼬깃꼬깃한 지폐 한 장으로 아이스크림콘을 사먹었다. 잔돈은 챙겨뒀다가 아파트 뒷마당의 커다란 흰 돌 아래 숨겼다. 그러고는 어떻게 된 일이냐고 묻는 어머니에게 길에서 마주친 앞니 빠진 빨간 머리 덩치 소년한테 두들겨맞고 돈을 빼앗겼다고 한 것이다. 어머니는 로비에를 믿었다. 그날부터 로비에의 거짓말이 계속되었다. 고등학교 때는 상담 교사에게 베르셰바 출신의 고모가 암에 걸렸다는 이야기를 팔아 일주일 내내 에일라트 해변에서 빈둥거린 적도 있었다. 군대에 있을 때는 이 상상 속 고모가 시력을 잃어준 덕분에 탈영병이 될 뻔한 위기를 벗어났다. 영창도 가지 않았고 근신 처분조차 받지 않았다. 아무 일도 없었다. 언젠가 직장에 두 시간 늦었을 때는 독일셰퍼드가 길가에 쓰러져 있는 걸 봤다는 거짓말을 지어냈다. 그는 차에 치인 개를 수의사에게 데려갔다고 했다. 이 거짓말에서 개는 두 다리가 마비되었고 다시는 뒷다리를 움직이지 못할 거라는 진단을 받았다. 제대로 먹힌 대목이었다. 로비에의 인생에는 수많은 거짓말이 함께했다. 팔이 없는 거짓말, 아픈 거짓말, 해를 끼친 거짓말, 사람을 죽일 수도 있는 거짓말. 걷는 거짓말, 운전하는 거짓말, 점잖게 옷을 차려입은 거짓말, 물건을 훔치는 거짓말. 눈 깜짝할 사이에 지어낸 이 거짓말들을 다시 맞닥뜨리리라고 그는 꿈에도 생각지 못했다.

모든 것은 한 편의 꿈에서부터 시작되었다. 돌아가신 어머니가 나오는 짧고 몽롱한 꿈. 꿈속에서 그들 모자는 끝도 시작도 없어 보이는 티 없이 하얀 표면 한가운데 밀짚 매트를 깔고 앉아 있었다. 그들 옆, 한없이 하얀 표면 위에는 반구형의 투명한 덮개를 씌운 구식 검볼머신이 있었다. 동전을 넣고 손잡이를 돌리면 풍선껌이 나오는 기계 말이다. 꿈속에서 로비에의 엄마는 사후세계가 짜증스럽다고 했다. 사람들은 착한데 담배가 없어서였다. 담배만 없는 게 아니라 커피도 없고 라디오도 없다. 아무것도 없다고 했다.

"로비에, 나 좀 도와줘야겠다." 그녀가 말했다. "풍선껌 좀 사줘. 내가 널 키웠잖니, 아들아. 네가 해달라는 건 다 해주면서도 너한테 뭐 해달란 적은 없었잖아. 지금이 바로 이 늙은 엄마한테 보답할 때야. 풍선껌 좀 사주렴. 고를 수 있으면 빨간색으로. 아니면 파란 것도 괜찮고." 꿈속에서 로비에는 주머니를 뒤지며 잔돈이 있었으면 했다. 하지만 없었다. "엄마, 없어요." 말을 하는데 눈물이 그렁그렁 차올랐다. "잔돈이 하나도 없다고요. 아무리 찾아봐도요."

깨어 있을 때는 절대 울지 않는 로비에가 꿈속에서 울고 있었다. 이상한 일이었다. "돌 아래도 찾아봤니?" 어머니가 물었다. 그리고 그의 손을 꼭 쥐었다. "동전들이 아직 거기 있지 않을까?"

그러고 나서 그는 잠이 깼다. 토요일 새벽 다섯시였고, 바깥은 아직 어둑했다. 로비에는 어느새 어릴 적 살던 곳으로 차를 몰고 있었다. 다니는 차가 없어 채 이십 분도 되지 않아 도착했다. 건물 1층의 플리스킨 식품점 자리는 1달러 숍으로, 그 옆 구두 수선집은 죽자고 업그레이드를 권하는 휴대전화기 할인매장으로 바뀌어 있었다.

하지만 건물 자체는 변한 게 없었다. 그들이 떠난 지 이십 년이 넘도록 페인트칠도 새로 하지 않았다. 뒷마당도 그대로였다. 화초 몇 포기, 수도꼭지, 녹슨 수도계량기, 잡초. 빨랫줄 옆 한 귀퉁이에 흰 돌도 그대로 놓여 있었다.

그는 파카 차림에 커다란 플라스틱 손전등을 들고 이상한 기분에 휩싸인 채 어릴 적 살던 건물 뒷마당에 서 있었다. 토요일 새벽 다섯시 반. 만약 동네 주민이라도 나타나면 뭐라고 해야 하나? 돌아가신 어머니가 꿈에 나타나 풍선껌을 사달라고 하는 바람에 잔돈을 찾으러 여기까지 왔다?

그 많은 시간이 지났는데 돌이 여전히 거기 있는 것도 이상했다. 하긴, 생각해보면 돌이 자리를 박차고 일어나 어딘가로 휙 가버릴 리는 없잖은가. 그는 마치 그 아래 전갈이 숨어 있기라도 한 양 조심조심 돌을 들어올렸다. 전갈은 없었다. 뱀도 없었다. 그리고 동전도. 꼭 자몽만한 구멍이 하나 있고 거기서 빛이 새어 나오고 있을 뿐이었다.

구멍에 눈을 갖다대고 안을 들여다보려 했지만 빛이 너무 강했다. 잠시 망설이던 로비에는 구멍에 손을 집어넣었다. 땅에 엎드려서 팔을 쭉 뻗어 어깨까지 넣고는 바닥을 더듬어보려 했다. 하지만 바닥은 없었고 손에 닿은 것이라곤 차가운 금속 손잡이 같은 게 다였다. 검볼머신 손잡이였다. 로비에가 힘껏 손잡이를 돌리자 반응이 있었다. 껌이 굴러나와야 할 순간이었다. 기계의 금속 내부에서 껌이 나오기만을 초조하게 기다리는 어린 소년의 손을 향해 제 갈 길을 가야 할 바로 그 순간. 이 모든 일이 일어나야 할 바로 그 순간. 하지만 아니었다. 손잡이를 끝까지 다 돌리자마자 그는 여기 모습을 드러냈다.

'여기'는 방금 있던 곳과 전혀 다르지만 낯익었다. 바로 어머니가 나왔던 꿈속의 장소였다. 벽도 마루도 천장도 햇빛도 없는 순백의 공간. 흰색과 검볼머신 한 대. 검볼머신과 땀범벅의 못생긴 빨간 머리 소년. 어찌된 일인지 소년은 그제야 눈에 띄었다. 막 미소를 지어 보이든 말을 건네든 하려던 찰나, 로비에는 빨간 머리에게 정강이를 있는 대로 세게 걷어차여 고통에 몸부림치며 주저앉고 말았다. 로비에가 바닥에 무릎을 꿇으니 두 사람의 키가 비슷해졌다. 소년이 로비에의 눈을 바라보았다. 로비에는 실제로 만난 적이 없다는 걸 알면서도 소년에게 모종의 친밀감을 느꼈다. "넌 누구니?" 로비에가 자기 앞에 서 있는 소년에게 물었다. "나?" 소년이 심술궂게 씩 웃자 앞니 하나가 빠진 입속이 드러났다. "네 첫번째 거짓말."

로비에는 일어서려고 안간힘을 썼다. 다리가 끔찍이도 아팠다. 소년은 벌써 가버리고 없었다. 로비에는 검볼머신을 살펴보았다. 둥그런 풍선껌들 사이에 싸구려 장신구가 든 반투명 플라스틱 공들이 있었다. 잔돈을 찾으려고 주머니를 뒤지는데 소년이 지갑을 낚아채간 게 떠올랐다.

로비에는 다리를 절뚝거리며 무작정 걸었다. 하얀 표면 위에는 검불머신 말고 아무것도 없어서 할 수 있는 일이라고는 거기서 최대한 멀어지는 것뿐이었다. 걸음을 옮길 때마다 뒤돌아보며 얼마나 멀리 왔는지 확인했다.

그러다가 로비에는 한쪽 눈은 의안에 양팔이 없는 웬 깡마른 노인이 독일셰퍼드와 함께 있는 것을 보았다. 그는 단박에 개를 알아보았다. 마비된 골반을 앞다리로 간신히 끌면서 반쯤 기다시피 가는 모습 때문이었다. 그의 거짓말 속에서 차에 치인 개였다. 고생스럽게 움직인데다 신이 나 숨을 헐떡거리던 개는 로비에를 보자 좋아서 어쩔 줄 몰랐다. 로비에의 손을 핥으며 반짝이는 눈빛으로 뚫어져라 그를 바라보는 것이었다. 깡마른 노인이 누구인지는 잘 생각나지 않았다.

"저는 로비에입니다."

"나는 이고르요." 노인은 자기를 소개하며 한쪽 갈고리로 로비에를 툭툭 쳤다.

"우리가 서로 아는 사이인가요?" 얼마간 어색한 침묵이 흐르고 로비에가 물었다.

"아니요." 이고르가 갈고리로 개의 목줄을 당기며 말했다. "난 이 녀석 때문에 여기 온 거요. 몇 킬로미터 전부터 당신 냄새를 맡았는지 움직이더군. 녀석이 여기 오자고 한 거요."

"그럼 우리 둘은 아무 사이도 아닌 거예요?" 로비에가 물었다.

말하면서 안도감이 들었다.

"그쪽하고 나? 그렇소, 아무 사이도 아니오. 난 다른 사람의 거짓말이지."

로비에는 하마터면 누구의 거짓말이냐고 물을 뻔했지만, 이곳에선 무례한 질문일지 모른다는 생각에 주춤했다. 말이 나온 김에 여기가 정확히 어디인지, 사람, 아니 거짓말인가, 아무튼 그네들이 스스로를 뭐라 부르든 로비에 말고 누군가 더 있는지 물어보고 싶었다. 하지만 어쩌면 민감한 화제일지 모르고, 아직 꺼내선 안 되는 이야기일 수도 있었다. 그래서 잠자코 이고르의 장애견을 쓰다듬어주었다. 착한 개였고 로비에를 만나서 좋은 모양이었다. 로비에는 그의 거짓말이 개의 몸과 마음에 조금이라도 고통을 덜 주었기를 바랐다.

"검볼머신 말인데요." 몇 분이 지나고 그가 이고르에게 물었다. "어떤 동전을 넣어야 되나요?"

"리라." 노인이 대답했다.

"방금 전 여기 있던 남자아이가 제 지갑을 가져갔어요. 그게 아니라도 지갑에 리라는 없었을 테지만."

"앞니 빠진 녀석 말이오?" 이고르가 물었다. "그 쪼끄만 사기꾼은 아무나 다 털고 다닌다오. 심지어 개 사료도 빼앗아 먹는다니까. 내 고향 러시아에서는 말이오, 그런 녀석은 데려다가 속옷

바람으로 눈 속에 세워둔다오. 온몸이 시퍼레질 때까지 절대 집 안에 안 들이지." 이고르는 갈고리로 뒷주머니를 가리켰다. "여기 리라가 좀 있소. 가져가요. 그냥 주는 거니까."

망설이다가 이고르의 주머니에서 리라 동전 하나를 꺼낸 로비에는 고맙다고 인사하고는 보답으로 스와치 시계를 주었다.

"고맙소." 이고르가 고개를 끄덕였다. "하지만 내가 플라스틱 시계로 뭘 하겠소? 게다가 바삐 갈 데도 없는걸."

줄 것이 없을까 찾는 로비에를 말리면서 이고르가 말했다. "어찌되었건 난 그쪽에게 신세를 졌다오. 그쪽이 이 개에 대한 거짓말을 지어내지 않았다면 난 내내 혼자였을 거요. 그러니 이제 공평해졌소."

로비에는 절름거리며 검불머신 쪽으로 가능한 한 빨리 돌아왔다. 빨간 머리에게 걷어차인 자리가 여전히 욱신거렸지만 아까보다는 덜했다. 리라를 동전 투입구에 넣은 다음 심호흡을 하고 눈을 감고서 손잡이를 돌렸다.

그는 어느새 예전에 살던 아파트 뒷마당에 돌아와 길게 엎드려 있었다. 새벽빛이 하늘을 감청색으로 물들이고 있었다. 로비에는 구멍에서 손을 빼냈다. 주먹을 펼치자 빨간 풍선껌 하나가 있었다.

떠나기 전에 그는 돌을 제자리로 옮겨놓았다. 구멍과 그 아래서 벌어졌던 일은 그냥 묻어두었다. 그저 차에 올라타 후진을 했다가 그대로 달렸다. 빨간 풍선껌은 베개 밑에 놔두었다. 어머니가 다시 꿈에 나타날 때를 대비해서.

처음에 로비에는 그 일에 대해 아주 많이 생각했다. 그 장소, 그 개, 이고르, 그리고 그가 했던 또다른 거짓말들—운 좋게도 다시 맞닥뜨릴 필요가 없었던 거짓말들—에 대해. 그중에는 옛 여자친구 루디에에게 했던 괴상한 거짓말도 있었다. 어느 금요일 루디에 부모님의 저녁 초대에 가지 못했을 때였다. 로비에는 남편에게 맞고 사는 나탄야의 조카에 대해, 그 남자가 조카를 죽이겠다고 어떻게 협박했는지에 대해 거짓말을 했다. 그래서 문제를 해결하러 나탄야까지 가야 한다고. 지금까지도 자기가 왜 그렇게 꼬인 이야기를 지어냈는지 도무지 알 수 없었다. 아마 그때는 이야기가 복잡하게 꼬여 있을수록 루디에가 쉽게 속을 거라 생각했을 것이다. 금요일 저녁 약속을 어길 때 보통은 머리가 아프다거나 하는 핑계를 댄다. 로비에는 아니었다. 대신 그와 그가 지어낸 이런 이야기로 인해 미친 남편과 매맞는 아내가 저기, 멀지 않은 땅속 구멍 안에 존재하게 되었다.

그는 구멍을 다시 찾아가지 않았다. 하지만 한편으로는 늘 의식하고 있었다. 거짓말을 계속하긴 했지만 누가 맞거나 다리를 절거나 암으로 죽는 이야기는 아니었다. 예를 들면. 회사에 지각한 이유는 일본에서 성공한 아들을 보러 간 숙모 집에 들러 화초에 물을 줘야 했기 때문이다. 또는. 베이비 샤워에 늦은 이유는 그의 집 현관에서 막 태어난 새끼 고양이들과 어미를 보살펴줘야 했기 때문이다. 뭐 이런 식이었다.

그래도 이런 긍정적인 거짓말들을 지어내기가 훨씬 힘들었다. 적어도 그럴듯하게 들리려면. 사람들은 보통 나쁜 일은 곧이곧대로 믿는다. 그들의 머릿속에서는 그게 정상이기 때문이다. 반면 좋은 일을 꾸며대면 의심을 산다. 그래서 로비에의 거짓말은 아주 조금씩 줄어들었다. 귀찮아졌다고나 할까. 시간이 흐르면서 그 장소를 생각하는 일도 줄어들었다. 구멍 말이다. 어느 날경리과 나타샤가 상사와 나누는 얘기를 우연히 듣게 되기 전까지는 그랬다. 나타샤는 이고르 삼촌이 심장 발작을 일으켜 휴가를 내고 싶다고 했다. 아내와도 사별하고 러시아에서 사고로 두 팔을 다 잃은 불쌍한 삼촌. 이젠 심장 발작까지. 실로 외롭고 실로 속수무책인 삼촌.

경리과 과장은 아무것도 묻지 않고 당장 휴가를 주었다. 자리로 돌아간 나타샤는 가방을 챙겨 건물을 나섰다. 로비에는 그녀를 쫓아갔다. 나타샤가 자동차 열쇠를 꺼내려고 멈춰 섰을 때 그도 멈춰 섰다. 그녀가 돌아서서 물었다. "인수과에서 일하죠? 자구리의 어시스턴트 아니에요?"

"네, 로비에라고 합니다." 로비에가 고개를 끄덕이며 말했다.

"네, 로비에." 러시아인 특유의 신경질적인 미소를 지으며 나타샤가 말했다. "근데 무슨 일이죠? 뭐 필요한 거라도 있어요?"

"좀 전에 당신이 경리과 과장에게 거짓말한 거 말인데요." 로비에는 더듬거렸다. "제가 그분을 알거든요."

"거짓말쟁이로 몰아세우려고 차까지 절 따라온 거예요?"

"아니요." 로비에가 말했다. "몰아세우려는 게 아니에요. 정말이에요. 거짓말을 하는 건 멋져요. 저도 거짓말쟁이고요. 그런데 당신 거짓말에 등장한 그 이고르 말입니다. 제가 뵌 적이 있거든요. 아주 특별한 분이죠. 이런 말 해도 될지 모르겠지만, 당신 때문에 그분이 더 난처해졌어요. 그러니까 제가 원하는 건 다만……"

"좀 비켜주겠어요?" 나타샤가 차갑게 그의 말을 끊었다. "차문을 못 열잖아요."

"얼토당토않게 들리는 거 알지만 증명할 수 있습니다." 로비에는 말을 하면서 점점 더 심란해지는 느낌이었다. "그 이고르는 눈이 없습니다. 그러니까, 있긴 있는데 하나뿐이에요. 그가 어쩌다 한쪽 눈을 잃었는지 언젠가 당신이 이야기를 꾸며냈던 게 틀림없어요. 아니에요?"

나타샤는 차에 올라타다가 멈칫했다. "어디서 들었어요? 당신 슬라바 친구예요?"

"슬라바라는 친구는 없어요." 로비에가 나지막이 중얼거렸다. "이고르뿐이에요. 정말입니다. 원한다면 이고르에게 데려다줄 수도 있어요."

그들은 로비에가 살던 아파트 뒷마당에 서 있었다. 그는 돌을 치우고 축축한 땅에 엎드려 구멍 깊숙이 한 팔을 집어넣었다. 나타샤는 옆에 서서 그런 그를 지켜보고 있었다. 다른 한 팔을 쭉 뻗으며 그가 말했다. "꽉 잡아요."

나타샤는 발치에 길게 엎드린 남자를 바라보았다. 준수한 외모의 삼십대 남자가 입은 깨끗한 흰 셔츠는 이미 더러워진데다 구깃구깃했다. 한 팔은 구멍에 끼여 있고 뺨은 땅에 착 붙어 있었다.

"꽉 잡아요." 그가 말했다. 그의 손을 잡으면서 나타샤는 용케도 이런 괴짜들하고만 항상 엮이는구나 싶었다. 처음 그가 차 옆에서 헛소리를 지껄였을 때는 깜찍한 수작인 줄 알았지만 이제 깨달았다. 부드러운 눈빛으로 수줍게 미소짓는 이 남자가 정말 미치광이라는 것을. 그의 손가락이 그녀의 손가락을 꼭 쥐고 있었다. 그들은 잠시 그렇게 꼼짝하지 않았다. 로비에가 땅에 엎드려 있고 나타샤는 그 옆에 서서 혼란스러운 표정으로 허리를 구부정히 숙인 채로.

"좋아요." 나타샤가 마음을 어루만지는 듯한 부드러운 목소리로 속삭였다. "우린 지금 손을 잡고 있어요. 이젠 어떻게 하죠?"

"이제 내가 손잡이를 돌릴 거예요." 로비에가 말했다.

이고르를 찾는 데는 시간이 꽤 걸렸다. 맨 처음 그들이 마주친 거짓말은 스페인어밖에 못하는 털북숭이 곱사등이였다. 틀림없이 아르헨티나인일 터였다. 그다음으로 마주친 나타샤의 또다른 거짓말은 야물크*를 쓴 경찰이었다. 지나치게 열심인 그는 그들을 억류하고 서류를 확인하겠다며 고집을 피울 뿐 이고르에 대해서는 들어본 적도 없었다. 결국 그들을 도와준 건 나탄야에서 남편에게 맞고 산다는 로비에의 조카였다. 로비에의 가장 최근 거짓말에서처럼 새끼 동물에게 먹이를 주고 있던 그녀는 며칠 동안 이고르를 보지는 못했지만 그의 개를 어디서 찾을 수 있는지는 알고 있었다. 먼저 로비에의 손과 얼굴부터 핥아대던 개는 기꺼이 이고르의 침대맡으로 그들을 데려다주었다.

이고르는 상태가 좋지 않았다. 안색이 창백하고 식은땀을 뻘

---

* 유대인 남자가 예배시 쓰는 작은 모자.

삘 흘리고 있었다. 하지만 나타샤를 보자 얼굴이 환해졌다. 몹시 감격한 그는 제대로 설 수조차 없는데도 억지로 몸을 일으켜 그녀를 껴안았다. 그 순간, 나타샤는 울음을 터뜨리며 용서를 빌었다. 이 이고르는 그냥 거짓말 중 하나일 뿐 아니라 그녀의 삼촌이었기 때문이다. 만들어냈다고 해도 삼촌은 삼촌이다. 그러자 이고르는 그녀가 만들어준 삶이 늘 호락호락했던 건 아니었지만 순간순간을 즐겼으니 미안해하지 말라고 했다. 민스크에서의 기차 충돌 사고나 오데사에서의 권총 강도, 블라디보스토크에서 번개를 맞은 일, 시베리아에서 광폭한 늑대 무리를 맞닥뜨린 일에 비하면 심장 발작쯤은 사소한 일이니 걱정할 건 하나도 없다고. 로비에와 나타샤는 검볼머신으로 돌아왔다. 로비에는 1리라짜리 동전을 집어넣고 나타샤의 손을 잡고서 그녀에게 손잡이를 돌려보라고 했다.

그들이 뒷마당으로 돌아왔을 때 나타샤는 플라스틱 공을 쥐고 있었다. 하트 모양의 조악한 금색 장식구가 그 안에 들어 있었다.

"저기요, 오늘밤 친구랑 시나이에 가기로 했었거든요. 며칠 여정으로요. 그런데 취소하고 내일 다시 가서 이고르를 돌봐주려고요. 같이 갈래요?"

로비에는 고개를 끄덕였다. 그녀와 함께 간다는 건 회사에다 또다시 거짓말을 해야 한다는 뜻이다. 어떤 거짓말이 될지는 몰랐다. 그가 아는 것은 다만 빛과 꽃과 햇살로 가득한 행복한 거짓말일 거라는 사실이었다. 누가 알겠는가. 아기도 하나둘 더해질지. 미소를 짓고 있는 아기들로 말이다.

치저스 크라이스트

사람들은 갑작스러운 죽음 앞에서 무슨 말을 가장 많이 할까? MIT는 북미 지역의 다양한 집단을 대상으로 연구를 실시해 다름 아닌 씨발이 가장 빈도가 높음을 밝혀냈다. 죽어가는 자의 8퍼센트가 '뭐야 씨발', 6퍼센트가 그냥 '씨발'이라고 한다. 2.8퍼센트는 '씨발놈'이라고 하는데 이 경우에는 비록 '씨발' 때문에 확실히 무색해지긴 해도 '놈'이 맨 마지막 말 되겠다. 그렇다면 제레미 클레인만은 죽기 직전에 무슨 말을 할까? 바로 이 말이다. "치즈는 빼고요." 이유인즉 '치저스 크라이스트Cheesus Christ'라는 치즈버거 가게에서 주문을 하는 중이기 때문이다. 메뉴에 기본 햄버거가 없어서 유대교 규율에 따라 식사하는 제레미로서는 치즈 뺀 치즈버거를 달라고 해야 한다. 시프트 매니저*는 대수롭지 않게 받아들인다. 전에 그런 주문을 하는 고객이 하도 많아서 애틀랜타의 치저스 크라이스트 본사 CEO 앞으로 잇달아 이메일을 보내야 했다. 그녀는 기본 햄버거를 메뉴에 추가하는 게 어떠냐고 제안했다. "기본 햄버거를 주문하고 싶은 사람도 많은데 그때마다 치즈 뺀 치즈버거를 달라고 해야 합니다. 꺼려지기도 하고 조금 창피스럽기도 하죠. 저도 창피하고, 이렇게 말해도 될지 모르겠지만, 우리 체인 전체에도 창피스러운 일이에요. 그런 일이 있을 때면 저는 기술 정보에만 의존해 결정을 내리는 테크노크라트가 된 기분이 들어요. 고객들은 온갖 곡예를 부려야 원하는 걸 얻을 수 있으니 우리 체인이 경직된 조직이라고 느낄 거고요." 그녀는 CEO의 답장을 한 번도 받지 못했고 이에 대해 치즈 뺀 치즈버거를 주문받을 때보다 훨씬 더 큰 모욕과 창피를 느꼈다. 헌신적인 직원이 고용주에게 어떤 문제, 특히나 업무상의 문제를 얘기하면 고용주는 최소한 알은체는 해야 한다. 논의중이라거나 제안은 고맙지만 아쉽게도 메뉴를 바꾸기는 어렵다거나 그렇고 그렇게 써갈긴 답장쯤은 보낼 수 있었을 것이다. 하지만 그는 그러지 않았다. 어떤 답장도 쓰지 않았다. 그래서 그녀

---

* 패스트푸드 매장 등에서 제품 제조, 위생과 품질 관리, 서비스 관리 등을 담당하는 하급직원.

는 자신이 눈에 보이지 않는 존재처럼 느껴졌다. 바로 곁에 그녀가 있는데도 남자친구 닉이 웨이트리스에게 수작을 걸었던 뉴헤이븐에서의 그날 밤 그때처럼. 남자친구는 그녀가 왜 우는지도 몰랐다. 그녀는 당장 짐을 싸서 그를 떠났다. 그로부터 몇 주가 지나고 두 사람과 다 알고 지내던 친구들이 전화를 걸어와 닉이 자살했다고 알려주었다. 누구도 대놓고 그녀를 탓하지 않았지만 그들의 얘기를 들어보면 콕 집어 말할 수 없어도 어딘가 비난하는 기미가 있었다. 아무튼 CEO의 답장을 받지 못한 그녀는 치저스 크라이스트를 그만둘까 생각했다. 하지만 닉의 일이 그녀를 가로막았다. 북동부의 작은 지점 시프트 매니저가 그만두었다고 해서 치저스 크라이스트의 CEO가 자살할 리 없겠지만, 그래도 그녀는 그만둘 수 없었다. 하지만 자기 때문에 그녀가 회사를 나갔다는 말을 CEO가 전해들었다면 실제로 그는 자살했을 것이다. 아프리카 흰 사자가 밀렵 때문에 멸종했다는 말을 들었다고 해도 CEO는 자살했을 것이다. 더 하찮은 얘기, 예컨대 내일은 비가 올 거라는 얘기 따위를 들었어도 자살했을 것이다. 치저스 크라이스트 레스토랑 체인의 CEO는 심각한 만성 우울증으로 고통받고 있었던 것이다. 동료들은 알면서도 이 성가신 사실이 퍼지지 않게 조심했다. 사생활 존중 차원이기도 했지만 바로 주가 폭락으로 이어질 수도 있기 때문이었다. 어쨌거나 장밋

빛 미래에 대한 헛된 희망이 아니면 주식시장에서 무엇을 팔겠는가? 만성 우울증에 시달리는 CEO는 그런 메시지를 전달하기에 이상적인 인물은 아닌 것이다. 자신의 정서 상태가 개인적으로든 공적으로든 문제가 된다는 걸 잘 알고 있었던 CEO는 약을 복용해보았다. 하지만 전혀 효과가 없었다. 그에게 약을 처방한 의사는 사담 후세인의 아들을 암살하려던 F-16 전투기에 가족을 잃고 난민 자격으로 미국에 온 이라크인이었다. 아내와 부친, 어린 두 아들이 죽고 큰딸 수하만 살아남았다. CNN과의 인터뷰에서 의사는 개인적으로 슬픈 일을 겪었지만 미국 국민에게 화가 난 건 아니라고 했다. 하지만 사실은 화가 났다. 그 이상이었다. 미국 국민을 향한 적개심이 들끓었다. 하지만 영주권을 얻으려면 거짓말을 해야 했다. 그는 거짓말을 하면서 죽은 식구들과 살아 있는 딸을 생각했다. 거짓말을 한 건 딸에게 미국식 교육이 좋을 거라는 믿음 때문이었다. 얼마나 잘못된 선택이었던가. 딸은 열다섯 살 되던 해 한 학년 위인 백인 쓰레기의 아이를 임신했고, 그 나쁜 놈은 임신시킨 사실조차 부인했다. 출생시 혼란을 겪은 탓에 아이는 정신지체아로 태어났다. 대부분의 나라에서와 마찬가지로 미국에서도 지체아를 둔 열다섯 살 싱글맘의 운명이란 아무리 봐도 뻔했다. 이런 상황에서도 일과 사랑, 그리고 또 뭐가 될지 모르지만 다른 것도 충분히 찾을 수 있다고 주장하는 텔레비전 영화들이 있을 것이다. 하지만 영화는 영화일 뿐이다. 현실에서는 아이가 정신지체라는 말을 듣는 순간 머리 위에서 게임 오버라는 네온사인이 번쩍인다. 아버지가 CNN 인터뷰에서 진실을 말했더라면, 그래서 미국으로 오지 못했더라면 그녀의 운명은 달라졌을지도 모른다. 또 닉이 금발로 염색한 여자에게 수작을 걸지 않았더라면 그와 시프트 매니저의 상황은 훨씬 좋았을 것이다. 또 치저스 크라이스트의 CEO가 제대로 된 약을 복용했다면 그의 상황도 무척 좋아졌을 것이다. 또 치즈버거 가게에서 그 미친놈의 칼에 찔리지 않았더라면 제레미 클레인만은 살아 있는 상태일 것이다. 지금 그의 상태, 즉 죽은 것보다는 훨씬 낫다고들 하는 살아 있는 상태. 제레미는 금방 숨이 끊어지지 않았다. 그는 숨을 헐떡거리며 무슨 말을 하려고 했으나 시프트 매니저가 그의 손을 꼭 잡고서 아무 말 말고 힘을 아끼라고 했다. 제레미는 말하지 않고 힘을 아끼려고 애썼다. 애는 썼으나 실패했다. 역시 MIT의 연구였던 것 같은데, 나비효과라는 이론이 있다. 브라질의 해변에서 나비 한 마리가 날갯짓을 하면 그결과 지구 반대편에서 토네이도가 발생한다는 이론이다. 그들은토네이도를 예로 들었다. 기다리던 비 소식 같은 것을 예로 들수도 있었겠지만 이 이론을 발전시킨 과학자들은 토네이도를 택했다. 치저스 크라이스트 체인의 CEO처럼 만성 우울증을 앓고 있어서가 아니었다. 좋은 일보다는 달갑지 않은 일이 생길 가능성이 천 배 이상 높다는 걸 확률에 밝은 과학자들은 알기 때문이다. "내 손 잡아요." 구멍 뚫린 우유갑에서 새는 초콜릿 우유처럼 생명이 빠져나가는 순간 제레미 클레인만은 시프트 매니저에게 그 말이 하고 싶었다. "꽉 잡고 절대 놓지 마요, 무슨 일이 있어도." 하지만 그녀가 아무 말도 하지 말라고 해서 하지 않았다. 말할 필요가 없어서 하지 않았다. 숨이 끊어지는 순간까지 그녀가 땀에 젖은 그의 손을 꼭 잡아주었으니까. 실제로는 그후에도 꽤 오랫동안 잡고 있었다. 구급대원이 제레미의 아내냐고 물어올 때까지 그녀는 그의 손을 놓지 않았다. 그로부터 사흘 후, 그녀는 CEO의 이메일을 받았다. 그녀가 일하는 지점에서 벌어진 사건 때문에 CEO는 체인을 팔아넘기고 은퇴하기로 결심했고, 그러자 이메일에 답장을 쓸 수 있을 만큼 우울증에서 훌쩍 벗어나게 되었던 것이다. 그는 브라질의 멋진 해변에 앉아 노트북으로 답장을 썼다. 그녀의 말이 전적으로 옳으며 새 CEO에게 그 제안을 전달하겠다는 내용의 긴 이메일이었다. 보내기 버튼을 누를 때 그의 손가락이 자판 위에서 잠든 나비의 날개를 건드렸다. 나비가 날개를 파닥거렸다. 지구 반대편 어디선가 흉흉한 바람이 불기 시작했다.

시미온

문 앞에 두 사람이 서 있었다. 털실로 짠 야물크를 쓴 소위와 그 뒤 밝은색 머리는 숱이 적고 지휘관 견장을 단 날씬한 여장교였다. 잠시 기다려도 말이 없어서 오리트는 무슨 일이냐고 물었다. "드루크만." 장교가 질책 섞인 명령조로 소위를 불렀다. "남편분 일입니다." 신심 깊은 그 군인이 오리트를 향해 웅얼거렸다. "안으로 들어가도 되겠습니까?" 오리트는 미소지으며 자신은 결혼한 적이 없는데 무슨 착오가 있는 것 같다고 했다. 장교는 들고 있던 꼬깃꼬깃한 메모지를 내려다보며 이름이 오리트가 맞느냐 묻고는 그렇다는 대답을 듣고 나서 정중하지만 딱딱하게 말했다. "어쨌든 잠시 안으로 들어가도 되겠습니까?" 오리트는 룸메이트와 함께 쓰는 거실로 그들을 데려갔다. 마실 것을 내

오기도 전에 신심 깊은 군인이 불쑥 말했다. "죽었습니다." "누가요?" 오리트가 물었다. "왜 벌써 얘기해?" 장교가 군인을 꾸짖었다. "이분이 앉을 때까지 기다릴 수는 없었나? 물 한 잔 마실 때까지 못 기다려?" "죄송합니다." 신심 깊은 군인이 신경성 경련으로 떨리는 입술을 깨물며 오리트에게 사과했다. "제가 이번이 처음이어서요. 아직 훈련중입니다." "괜찮아요." 오리트가 말했다. "그런데 누가 죽었다는 거죠?" "남편분이요." 신심 깊은 군인이 말했다. "들으셨는지 모르겠지만, 오늘 아침 베이트리드 교차로에서 테러리스트들의 공격이 있었습니다……" "아니요." 오리트가 말했다. "몰랐어요. 뉴스를 안 듣거든요. 뭐 상관없어요, 착오니까. 말했잖아요, 저는 결혼하지 않았어요." 신심 깊은 군인이 도와달라는 듯 장교를 바라보았다. "오리트 비엘스키 씨 맞으십니까?" 장교가 살짝 짜증 섞인 목소리로 물었다. "아니요." 오리트가 말했다. "전 오리트 레비네인데요." "네, 그렇죠. 그리고 이 년 전 2월, 시미온 비엘스키 상사와 결혼했고요." 오리트는 다 해진 소파에 가서 앉았다. 목구멍이 바짝 말라 간질간질했다. 다시 생각해보니, 다이어트 콜라 한 잔을 가져올 때까지 드루크만이 자기를 기다려주었더라면 훨씬 좋았을 것 같았다. "전 잘 모르겠네요." 신심 깊은 군인이 다 들리는 소리로 장교에게 속삭였다. "이 여자분이 맞습니까, 아닙니까?" 장교는 그에게 조용히 하라는 신호를 보냈다. 그러고는 오리트에게 주려고 부엌 싱크대에서 물 한 잔을 받아왔다. 아파트 수도꼭지에서 나온 물은 역겨웠다. 오리트는 항상 물, 특히나 아파트 수돗물이 역겨웠다. "천천히 마셔요." 장교가 잔을 건네며 말했다. "급할 거 전혀 없으니까." 그러고는 오리트 옆에 앉았다. 그들은 그렇게 침묵 속에 앉아 있었다. 마침내 그때까지 서 있던 신심 깊은 군인이 참다 못해 입을 열었다. "여긴 그의 가족이 한 명도 없습니다. 아시죠?" 오리트는 고개를 끄덕였다. "가족들은 모두 러시아나 CIS, 아니 지금 뭐라고 부르든 간에 거기 살았어요. 그는 완전히 혼자였지요." "당신이 없었다면요." 물기 없는 손으로 오리트의 손을 건드리며 장교가 말했다. "그게 무슨 뜻인지 아십니까?" 드루크만이 맞은편 안락의자에 앉으면서 물었다. "조용히 해, 이 바보야." 장교가 매섭게 쏘아붙였다. "바보라니요?" 신심 깊은 군인은 모욕당한 표정이었다. "어차피 해야 할 이야기입니다. 왜 질질 끕니까?" 장교는 그를 무시하고 오리트를 어색하게 안았고 둘 다 어쩔 줄 모르는 것 같았다. "저한테 무슨 얘길 해야 한다는 거죠?" 오리트는 장교의 품에서 벗어나려고 애쓰며 물었다. 장교는 포옹을 풀고 조금은 과장스레 한숨을 쉬며 말했다. "그의 신원을 확인해줄 사람이 당신뿐입니다."

오리트가 시미온을 처음 만난 것은 둘이 결혼하던 바로 그날이었다. 아시는 같은 기지에서 근무하는 시미온의 이야기를 입 버릇처럼 해주었다. 바지를 어찌나 바짝 추어올려 입는지 아침마다 음경을 어느 쪽에 둘지 정해야 한다는 것, 군인에게 안부를 전하는 라디오 프로그램을 들을 때마다 아나운서가 "부대에서 가장 멋진 군인에게" 같은 멘트를 하면 100퍼센트 자기 얘기라고 믿고 얼마나 긴장하는지 따위였다. "누가 그런 멍청이한테 안부를 전하겠어?" 아시는 웃음을 터뜨리며 말하곤 했다. 그리고 그녀는 바로 그 멍청이와 결혼했다. 사실 군대에 가지 않으려고 그녀가 위장결혼을 부탁했던 상대는 아시지만, 진짜 남자친구와 한다면 결코 위장이 아닌데다 틀림없이 일을 망칠 거라며 거절당했다. 그러면서 추천받은 사람이 시미온이었다. "100셰켈 정도만 쥐여주면 그 얼간이는 아기도 낳게 해줄걸." 아시는 웃으면서 말했다. "100셰켈을 위해서라면 러시아인들은 무슨 짓이든 할 거야." 마음속으로는 이미 그렇게 하기로 정했는데도 아시에게 좀 생각해보겠다고 했다. 그래도 결혼하지 않겠다는 아시의 말은 그녀에게 상처가 되었다. 그녀는 그냥 부탁을 좀 했을 뿐이고, 남자친구라면 도움이 필요할 때 어떻게 해야 하는지 알아야 하는 게 아닐까. 게다가 아무리 위장이라 해도 멍청이와 결혼하는 건 조금도 유쾌하지 않았다.

다음날 기지에서 돌아온 아시는 오리트의 이마에 축축한 입술을 갖다대며 말했다. "네 돈 100셰켈, 안 써도 되겠어." 오리트는 이마에서 침을 닦아내며 아시의 설명을 들었다. "그 얼간이가 공짜로 너랑 결혼해줄 거야." 오리트는 뭔가 수상쩍으니 조심해야 한다고 했다. 어쩌면 시미온은 위장의 뜻을 이해하지 못하는 건지도 모른다고. "아, 제대로 다 이해하고 있어." 아시는 냉장고를 뒤지기 시작했다. "걔가 완전 바보일진 몰라도 조심성 하나는 끝내주거든." "그럼 왜 공짜로 해준대?" 오리트가 물었다. "난들 알겠어?" 아시가 웃음을 터뜨리며 오이를 씻지도 않고 한입 베어물었다. "어쩌면 이게 자기 인생에서 결혼 비슷한 거라도 해볼 유일한 기회라고 생각하는 거겠지."

장교가 르노를 몰고 신심 깊은 군인은 뒷좌석에 앉았다. 내내 침묵이 흘렀고, 그래서 그 오랜 시간 동안 오리트는 생각했다. 난생처음 시체를 보게 될 거라는 사실, 자신은 언제나 나쁜 놈들과 사귀었고 첫눈에 그걸 알아챘으면서도 일이 년은 헤어지지 못했다는 사실에 대해. 낙태와 어머니에 대해서도 생각했다. 윤회를 믿었던 어머니는 나중엔 자기가 키우는 앙상한 고양이의 몸에 죽은 아기의 영혼이 들어갔다고 우겼다. "저 고양이 울음소리 좀 들어보렴." 어머니는 오리트에게 말했다. "저 소리 말이다. 갓난아기 울음소리와 똑같잖니. 저 고양이를 기르는 사 년 동안 한 번도 저렇게 운 적은 없었다." 오리트는 그게 터무니

없는 소리라는 걸, 고양이는 그저 먹이나 창밖의 암컷 냄새를 맡았을 뿐임을 알고 있었다. 하지만 정말로 밤새도록 고양이가 갓난아기처럼 울 때는 왜 그런지 이유를 알 수 없었다. 아시와 진작 헤어진 게 그나마 다행스러운 일이었다. 이런 이야기를 들었다면 아시는 웃음보를 터뜨렸을 테니까. 오리트는 시미온의 영혼에 대해서, 그것이 무엇으로 환생했을지에 대해서도 생각해보았으나 자기는 그런 걸 조금도 믿지 않는다는 걸 금세 깨달았다. 왜 시체공시소에 같이 가겠다고 했을까. 왜 이들에게 위장결혼이란 말을 하지 않았을까. 시체공시소에 가서 남편의 신원을 확인하는 데는 뭔가 묘한 구석이 있었다. 겁이 났지만 흥분되기도 했다. 영화 속에서나 있을 법한 일 아닌가. 게다가 돈을 낼 필요도 없다. 아시라면 아마 이렇게 말했을 것이다. 손가락 하나 까딱 않고 평생 미망인 연금을 탈 수 있는 죽여주는 기회라고. 군대의 그 누구도 랍비가 서명한 혼인증명서에 이의를 제기하지 못할 거라고. "괜찮을 겁니다." 장교가 말했다. 오리트의 이마에 새겨진 생각을 읽은 게 분명했다. "저희가 내내 곁에 있을게요."

시미온 측 증인으로 랍비가 집전하는 결혼식에 참석한 아시는 예식이 진행되는 내내 오리트를 웃기려고 이런저런 괴상한 표정을 지어 보였다. 시미온은 전해들은 것에 비해 괜찮아 보였다. 최고의 몸짱은 아니어도 아시의 얘기처럼 못생기지는 않았다. 게다가 바보는 더더욱 아니었다. 이상하긴 해도 멍청하지는 않았다. 결혼식이 끝나고 아시는 그들을 데리고 팔라펠*을 먹으러 갔다. 그날 온종일 시미온과 오리트는 안녕하세요와 예식중 해야 하는 말을 제외하면 한 마디도 나누지 않았고, 팔라펠 노점에서도 애써 시선을 피했다. 그런 두 사람을 보고 아시는 웃음을 터뜨렸다. "네 아내가 얼마나 예쁜지 한번 봐." 시미온의 어깨에 손을 올리며 그가 말했다. 시미온의 시선은 손안의 기름이 뚝뚝 떨어지는 피타 빵에 붙박여 있었다. "널 어쩌면 좋냐, 시미온?" 아시는 자꾸만 시미온을 집적거렸다. "이제 신부한테 키스해야지. 안 그러면 유대교 법에 따라 이 결혼은 무효야." 시미온이 그 말을 믿었는지 아닌지 지금까지도 그녀는 모른다. 나중에 아시가 당연히 시미온은 그 말을 믿지 않았고 상황을 이용했을 뿐이라고 했지만, 확신할 수 없었다. 어쨌든 별안간 그가 몸을 앞으로 숙여 그녀에게 키스하려 했다. 오리트가 펄쩍 뛰며 뒤로 물러나는 바람에 그의 입술은 닿지 못했다. 하지만 그의 입에서 풍기는 냄새는 닿았다. 팔라펠 기름 냄새가 그녀의 머리칼에 들러붙어 있던 랍비의 퀴퀴한 체취와 뒤섞였다. 그녀는 몇 걸음 물러서서 화분에다 먹은 것을 게워냈고 문득 위를 올려다보았다가 시

---

* 병아리콩을 으깨 만든 작은 경단으로 '피타'라는 납작한 빵과 먹는 중동 음식.

미온과 눈이 마주쳤다. 얼마간 얼어붙은 듯 서 있던 그는 곧 달리기 시작해 마침내 저 멀리 사라졌다. 아시가 그를 불러세우려 했으나 소용없었다. 그것이 그녀가 마지막으로 본 그의 모습이었다. 오늘까지는.

시체공시소로 가면서 그녀는 그를 못 알아볼까봐 두려웠다. 그를 본 건 딱 한 번뿐이고 게다가 그때는 그가 건강히 살아 있었다. 하지만 지금, 그녀는 금세 그를 알아보았다. 그는 초록색 시트에 덮인 채 얼굴만 내놓고 있었다. 뺨에 1세켈짜리 동전보다 작은 구멍이 난 것만 빼면 그의 얼굴은 멀쩡했다. 시신에서 이년 전 그가 그녀의 얼굴에 뱉은 숨결 냄새가 났다. 그 순간을 그녀는 자주 떠올렸었다. 팔라펠 노점 앞에서 아시는 시미온의 입 냄새가 나쁜 것이 그녀의 잘못은 아니라고 했지만 그녀는 늘 자기 탓으로 느껴졌다. 그리고 오늘, 그들이 문을 두드렸을 때 그녀는 시미온을 떠올렸어야 했다. 결혼을 수백 번 한 것도 아니었으니. "저희는 나갈 테니 잠시 남편분과 따로 계시겠어요?" 장교가 물었다. 오리트는 고개를 저었다. "진심인데. 울어도 괜찮아요." 장교가 말했다. "참아봤자 아무 소용 없답니다."

눈꺼풀 안 세상

늘 공상에 잠겨 있는 남자를 안다. 그는 심지어 길을 걸으면서도 눈을 감고 있다. 한번은 그의 차를 얻어타고 가던 중 왼쪽으로 고개를 돌렸더니 그가 눈을 감은 채 운전대를 잡고 있었다. 농담이 아니라, 큰길에서 정말 그렇게 운전하고 있었다.

"하가이, 그러지 마. 눈떠." 나는 말했다. 하지만 그는 별일 아니라는 듯 눈을 감고 운전을 계속했다.

"너 내가 지금 어디 있는 줄 알아?" 그가 나에게 물었다.

"눈뜨라니까." 나는 다시 말했다. "얼른. 진짜 무서워." 사고가 나지 않은 건 기적이었다.

그는 다른 가족이 자기 가족이라고 상상했다. 다른 사람들의 자동차와 직업에 대해서도. 아니, 직업은 그렇다 치자. 중요한 건 아내였다. 그는 다른 여자들이 자기 아내라고 상상했다. 아이들에 대해서도 마찬가지였다. 진짜 자식들 대신, 공원이나 길에서 마주치는 아이들이나 텔레비전 시리즈에 나오는 아이들이 자기 자식이라는 공상에 잠기곤 했다. 몇 시간이나 그런 상상에 빠져 있었다. 마음대로 할 수만 있었다면 평생을 그랬을 것이다.

"하가이, 꿈 깨. 삶을 직시하라고. 네 인생, 멋지잖아. 환상적인 아내에 예쁜 아이들도 있어. 정신 차려." 나는 그에게 말한다.

"그만." 빈백의자에 몸을 파묻은 그가 대답한다. "초 치지 마. 내가 지금 누구랑 같이 있는 줄 알아? 요탐 라차비, 내 옛날 군 동기지. 그 요탐 라차비와 지프를 타고 돌아다니는 중이야. 나랑 요티, 그리고 꼬마 에비아타르 멘델스존. 아미트 유치원에 다니는 영리한 꼬마 말이야. 영악한 꼬맹이 에비아타르가 나한테 이런다. '아빠, 목말라요. 맥주 마셔도 돼요?' 상상해봐. 아직 일곱 살도 안 된 꼬마가 말이야. 그래서 내가 말하지. "맥주는 안 돼, 에비. 엄마가 절대 안 된다고 했잖니." 걔 엄마, 내 전처는 고등학교 동창 로나 예디디아야. 모델처럼 예쁘지만 아주 터프하지."

"하가이." 나는 말한다. "그애는 네 아이가 아니고 그 여자는 네 전처가 아니야. 넌 이혼도 안 했잖아. 지금 결혼생활도 행복하고. 눈 좀 떠."

"애를 엄마한테 데려다줄 때마다 발기해." 그는 내 말을 못 들은 척한다. "그게 배의 돛처럼 커진다고. 전처는 예쁘거든. 예쁘지만 터프하지. 그래서 발기하는 거야."

"그 여자는 네 전처가 아니라니까." 나는 말한다. "그리고 너발기 안 했어." 발기라면 내가 좀 안다. 게다가 그는 반바지 차림으로 내 1미터 앞에 있다. 발기 같은 건 없다.

"우린 헤어져야 했어." 그는 말한다. "그녀와 함께 있는 게 싫었지. 그녀조차 자기 자신과 있는 걸 싫어했어."

"하가이." 나는 애원한다. "네 아내 이름은 카르니에야. 그래, 그녀도 예뻐. 하지만 터프하진 않아. 너랑 있을 때는." 그의 아내는 정말 유순하다. 영혼이 새처럼 상냥한 그녀는 마음도 넓어 모두에게 친절을 베푼다. 우리는 아홉 달째 사귀는 중이다. 하가이는 출근이 이르고, 나는 그녀가 아이들을 유치원에 데려다주고오는 여덟시 반에 맞춰 그녀를 만나러 간다.

"로나와 난 고등학교 때 만났지." 그는 계속한다. "그녀는 내첫사랑이었고 나도 그녀의 첫사랑이었어. 이혼하고 이 여자 저여자랑 잤지만, 하나같이 로나 발뒤꿈치에도 못 미쳤지. 멀리서보면 로나는 아직 혼자인 것 같아. 다른 남자와 만나는 걸 아는날엔 아무리 이혼한 사이라 해도 가슴이 찢어질 거야. 산산이 부서질 거라고. 아마 감당 못 할 거야. 딴 여자들은 아무 의미 없어. 그녀만이 유일하게 의미 있는 여자야."

"하가이." 나는 말한다. "네 아내 이름은 카르니에고, 딴 남자 없어. 이혼도 안 했잖아."

"로나도 딴 남자는 없어." 마른 입술을 혀로 훑으며 그가 말한다. "아무도 없어. 만약 딴 놈이 생기면 난 죽어버릴 거야."

막 카르니에가 AM/PM 봉지를 들고 아파트로 들어선다. "안녕하세요" 하고 내게 무심히 인사를 던진다. 사귀게 되고부터 그녀는 다른 사람 앞에선 나와 더욱 거리를 두려고 애쓴다. 하가이에게는 인사도 하지 않는다. 그가 눈을 감고 있을 때는 말을 걸어봤자 소용없다는 걸 아는 것이다.

"우리 집은." 하가이가 말한다. "텔아비브 한복판에 있어. 창문 바로 앞에 뽕나무가 있는 아름다운 집이지. 근데 작아. 너무 작아. 방이 더 필요해. 주말이면 아이들이 오는데 거실 소파를 침대로 내줘야 하거든. 거기서 자면 목이 진짜 뻐근해. 여름까지 뾰족한 수가 안 생기면 그냥 이사 가야 할까봐."

아침을 건강하게

그녀가 떠나간 후 매일 밤 그는 다른 곳에서 잠이 들었다. 거실 소파나 안락의자에서, 혹은 노숙자처럼 발코니의 깔개 위에서. 아침은 하루도 빼놓지 않고 꼭 밖에 나가서 먹었다. 죄수조차 매일 감옥 마당을 걷지 않는가. 카페에 가면 언제나 2인석을 내주어서 그는 빈 의자와 마주앉아야 했다. 언제나. 혼자라는 걸 웨이터가 확인했을 때조차 그랬다. 다른 사람들이 둘이나 셋이서 함께 앉아 웃고, 서로의 음식을 맛보고, 서로 계산하겠다며 실랑이를 벌이는 동안 미론은 혼자 '아침을 건강하게' 메뉴—오렌지주스, 꿀을 곁들인 시리얼, 따뜻한 저지방 우유를 곁들인 디카페인 더블 에스프레소—를 먹었다. 물론 마주앉아 함께 웃을 누군가가, 계산하려는 그를 막으면서 웨이트리스에게 "저 사람

돈 받지 마세요! 아브리, 도로 내놔요. 이번엔 내가 살 겁니다"라며 돈을 내는 누군가가 있었다면 훨씬 좋았을 것이다. 하지만 그에겐 그런 사람이 없었다. 그래도 집에 있는 것보다는 카페에서 혼자 아침을 먹는 편이 백번 나았다.

미론은 다른 테이블을 관찰하는 데 많은 시간을 보냈다. 대화를 엿듣거나 신문의 스포츠 섹션을 읽거나 월가에서의 이스라엘 주식 등락을 제삼자의 관점에서 검토하기도 했다. 이따금 누군가 다가와 다 본 신문은 줄 수 있느냐고 묻기도 했는데 그럴 때면 고개를 끄덕이며 애써 미소지어 보였다. 한번은 유모차를 끌고 다가온 젊고 섹시한 애엄마에게 머리기사로 도시 근교에서 일어난 집단 강간 사건이 실린 1면을 선뜻 내주며 "세상이 미쳐 돌아가는군요. 애들 키우기가 무섭네요"라고 말을 건네기까지 했다. 공동의 운명에 대해 얘기하면 상대와 거리감을 좁힐 수 있을 거라는 그의 생각과 달리, 섹시한 애엄마는 그를 한 번 노려보고는 말도 없이 건강한 생활 섹션까지 집어갔다.

그러던 어느 목요일, 뚱뚱한 남자가 땀을 삘삘 흘리며 카페에 들어서더니 그에게 미소지어 보였다. 미론은 마음이 녹아내렸다. 마지막으로 그에게 미소를 보여준 사람은 마아얀이었다. 오개월 전 그를 떠나기 직전이었다. 의심의 여지 없이 냉소적이었던 그녀의 미소와는 반대로 남자의 부드러운 미소는 거의 미안해하는 것처럼 보였다. 뚱뚱한 남자가 자리에 앉고 싶다는 뜻임이 분명한 손짓을 해서 미론은 거의 무의식적으로 고개를 끄덕였다. 남자는 의자에 앉았다.

"레우벤." 남자가 말했다. "저기, 늦어서 정말 미안합니다. 약속 시간이 열시였던 건 아는데 아이 때문에 아침 시간이 악몽 같았거든요."

자기는 레우벤이 아니라고 말해야 한다는 생각이 미론의 머릿속을 스쳤지만 대신 손목시계로 시간을 확인하면서 이렇게 말하고 말았다. "고작 십 분인걸요. 괜찮습니다."

그러고는 두 사람 다 말이 없었다. 잠시 후 미론이 아이는 괜찮으냐고 물었고, 뚱뚱한 남자는 딸이 막 유치원에 들어갔는데 데려다줄 때마다 떨어지지 않으려고 해서 힘들다고 했다.

"신경쓰지 마세요." 그는 금세 이야기를 멈추었다. "제 문제 말고도 신경쓰실 일이 많을 테니까요. 이제 일 얘기로 들어가시죠."

미론은 심호흡을 하고 기다렸다.

"그게." 남자가 말했다. "오백은 너무 비싸요. 사백에 주시죠. 저기, 사백십이라도 괜찮습니다. 저는 육백 개면 족하고요."

"사백팔십." 미론이 말했다. "사백팔십. 그쪽은 천 개를 갖는 걸로."

"이해 좀 해주세요." 뚱뚱한 남자가 말했다. "불경기다 뭐다

해서 시장이 점점 더 맛이 가고 있잖아요. 어제 저녁 뉴스에서 먹을 거 찾으려고 쓰레기통 뒤지는 사람들 못 봤어요? 그 가격으로는 도저히 안 됩니다. 너무 비싸게 부르는 거예요."

"염려 마요." 미론이 남자에게 말했다. "먹을 거 찾으려고 쓰레기통 뒤지는 사람 셋 중 하나는 벤츠를 몬대요."

이 말에 뚱뚱한 남자는 큰 소리로 웃더니 미소지으며 속삭였다. "당신이 쉬운 상대는 아닐 거라고들 하더라고요."

"저도 똑같습니다." 미론이 말했다. "겨우겨우 먹고살려고 애쓰는 것뿐이에요."

뚱뚱한 남자는 땀에 젖은 손바닥을 셔츠에 닦고는 내밀었다. "사백육십." 그가 말했다. "사백육십, 전 천 개를 가져가겠습니다." 미론의 반응이 없자 그가 덧붙였다. "사백육십, 천 개, 게다가 제가 그쪽에게 신세를 지는 겁니다. 뭐, 레우벤 씨도 잘 아시겠지만, 이 바닥에선 그런 게 돈보다 더 중요하죠."

오로지 이 마지막 말 때문에 미론은 손을 뻗어 악수를 했다. 난생처음 누군가가 미론에게 신세를 졌다. 그를 레우벤이라고 착각했을지언정 신세 진 건 신세 진 것이다. 식사를 마치고 서로 계산서를 집으려고 실랑이를 하면서 미론은 따스함이 뱃속으로 퍼져나가는 것을 느꼈다. 그는 십분의 일 초 차이로 뚱뚱한 남자를 제치고 구겨진 계산서를 웨이트리스의 손에 밀어넣었다.

그날부터 이런 일은 거의 통상적인 절차로 굳어졌다. 미론은 자리를 잡고, 주문을 하고, 누가 들어오나 지켜보고 있다가 처음 보는 사람이 누군가를 찾는 표정으로 카페 안을 두리번거리면 손짓으로 그 혹은 그녀를 불렀다.

"재판까지 가는 건 원치 않습니다." 눈썹이 짙은 대머리 남자는 말했다.

"저도 마찬가지입니다." 미론이 맞장구를 쳤다. "원만히 문제를 해결하는 게 언제나 더 좋은 법이죠."

"난 야간 근무 안 해요. 그것만 알아둬요." 금발로 탈색하고 보톡스로 입술을 부풀린 여자가 선언했다.

"어쩌라고요. 당신 말고는 모두 야간 근무를 할 건데요?" 미론은 볼멘소리로 되받아쳤다.

"가비가 당신한테 미안하다고 전해달래요." 썩은 이에 귀걸이를 한 남자는 말했다.

"진심으로 미안하면 직접 와서 말해야죠. 사람을 보낼 게 아니라!" 미론이 받아쳤다.

"이메일로는 키가 좀 큰 것처럼 그러더니." 비쩍 마른 빨간 머리가 툴툴거렸다. "이메일에서는 그쪽도 덜 까다로웠거든요." 미론은 쏘아붙였다.

어쨌든 결국에는 모든 일이 잘 풀렸다. 대머리 남자와는 재판까지 가지 않고 해결을 보았다. 보톡스 입술은 일주일에 한 번은 여동생에게 아이를 봐달라고 부탁하고 야간 근무를 하는 데 동의했다. 썩은 이는 가비가 전화할 거라고 장담했고, 빨간 머리와는 서로 맞지 않는다는 데 의견 일치를 보았다. 계산은 때로는 그들이, 때로는 미론이 했다. 빨간 머리와는 더치페이를 했다. 이 모든 게 너무나 환상적이어서 아침 시간이 다 가도록 아무도 맞은편에 앉지 않는 날이면 이만저만 실망이 아니었다. 다행히 그런 경우는 그리 많지 않았다.

땀을 뻘뻘 흘리던 뚱보 남자와 만난 지 두 달이 조금 안 된 어느 날, 얼굴이 얽은 한 남자가 카페에 들어섰다. 미론보다 열 살은 더 많아 보이는 그는 얼굴이 얽었는데도 카리스마가 넘치는 미남이었다. 자리에 앉자마자 남자가 던진 첫마디는 이랬다. "안 나올 줄 알았는데."

"만나기로 했잖습니까." 미론이 대답했다.

"그랬지." 얼굴이 얽은 남자가 슬퍼 보이는 미소를 지으며 말했다. "하지만 전화로 내가 소리를 하도 질러대서 겁먹고 내뺐을 줄 알았소."

"그래도 왔네요." 미론이 거의 놀리듯이 말했다.

"전화로 소리질러서 미안하오." 남자가 사과했다. "정말 머리가 어떻게 된 모양이오. 하지만 한 마디 한 마디가 진심이었소.

알겠소? 난 지금 그녀를 그만 만나라고 부탁하는 거요."

"하지만 전 그녀를 사랑합니다." 미론이 기어들어가는 목소리로 말했다.

"뭔가를 사랑할 수는 있지만 그래도 포기해야 할 때 역시 있소." 얼굴이 얽은 남자가 말했다. "나이든 사람 말 들어요. 때로는 포기해야 하오."

"죄송합니다." 미론이 말했다. "하지만 전 못 해요."

"아니, 할 수 있소." 남자가 되받아쳤다. "할 수 있고 하게 될 거요. 다른 방도가 없소. 우리 둘 다 그녀를 사랑할지는 몰라도 남편은 나고, 난 당신이 우리 가정을 깨뜨리는 걸 가만히 두고 보지 않을 거요. 알겠소?"

미론은 고개를 내저었다. "당신은 지난해 내 삶이 어떤 꼴이었는지 모를 거예요." 그가 남편에게 말했다. "지옥. 아니, 지옥은 커녕 그저 거대하고 진부한 무無의 덩어리일 뿐이었죠. 오랜 시간을 그렇게 지내고 있는데 갑자기 무언가가 나타난다면 그저 맥없이 떠나보낼 수는 없는 거예요. 이해하시죠, 그렇죠? 틀림없이 이해해주실 거예요."

남편이 아랫입술을 깨물었다. "한 번만 더 그녀를 만났다간." 그가 말했다. "죽여버릴 거요. 알고 있겠지만 농담이 아니오."

"그럼 죽여요." 미론이 어깨를 으쓱했다. "겁 안 나요. 결국은 우리 다 죽잖아요."

남편이 테이블 위로 몸을 내밀어 미론의 턱을 강타했다. 누군가에게 그렇게 세게 맞기는 난생처음이었다. 뜨거운 고통의 파도가 얼굴 한가운데로 밀려들었다가 온몸으로 퍼져나갔다. 몇초 후 정신을 차려보니 미론은 바닥에 널브러져 있고 그런 그를 남편이 옆에 서서 내려다보고 있었다.

"내가 멀리 데려갈 거야." 미론의 배와 갈비뼈를 마구 차면서 남편은 소리를 질렀다. "멀리, 딴 나라로 데려갈 거고, 넌 그녀가 어디 있는지 절대 알 수 없을 거다. 다시는 못 본다고. 알았어, 이 씨발 새끼야?"

웨이터 두 명이 달려들어 남편을 간신히 떼어놓았다. 경찰에 전화하라고 누군가 바텐더에게 소리쳤다. 차가운 바닥에 뺨을 댄 채 미론은 남편이 카페 밖으로 달아나는 것을 지켜보았다. 그리고 몸을 굽혀 괜찮으냐고 묻는 웨이터에게 대답해보려고 애썼다.

"구급차 부를까요?" 웨이터가 물었다.

미론은 필요 없다고 속삭였다. "정말로 괜찮겠어요?" 웨이터가 말했다. "피가 나는데요." 미론은 천천히 고개를 끄덕이고는 눈을 감았다. 그 여자와 함께 있는 자신을 상상해보려고 죽을힘을 다했다. 한 번도 본 적이 없는 그 여자와. 노력 끝에 둘의 모습이 한순간 머릿속에 어렴풋이 떠올랐다. 온몸이 아팠다. 살아 있는 느낌이 들었다.

팀워크

아들은 내가 그녀를 죽이길 바란다. 아직 어려서 표현이 완벽하진 않지만 아들이 뭘 바라는지 나는 안다. "아빠가 세게 때려줬으면 좋겠어." 아들은 말한다.

"아파서 엉엉 울 만큼 세게?" 내가 묻는다.

"아니." 아들은 조그만 머리를 도리도리 젓는다. "더더 세게."

내 아들은 난폭하지 않다. 얼마 후면 네 살 반인데, 지금껏 누굴 때려달라고 내게 부탁한 적은 한 번도 없었다. 또한 도라* 배낭이나 아이스크림처럼 별 필요가 없는 것을 조르고 다니는 아이도 아니다. 받을 만하다 싶을 때만 부탁한다. 아빠와 꼭 닮았다.

---

* 만화 〈탐험소녀 도라〉에 나오는 주인공 캐릭터.

흥을 봐도 괜찮다면 말인데, 엄마와는 영 딴판이다. 예전에 그녀는 고속도로에서 어떤 남자에게 욕을 먹었다거나 가게에서 바가지를 썼다며 눈물바람으로 집에 들어오곤 했다. 나는 서너 가지 다른 방법으로 세목을 검토하고, 질문을 던져보고, 아주 사소한 부분까지 따져보라고 했다. 그 결과 90퍼센트는 명백히 그녀의 잘못이었다. 차에 타고 있던 남자에게는 욕을 먹을 만했고, 가게에서는 계산서에 일반거래세를 더했을 따름이었다.

하지만 내 아들 로이키는 다르다. 그리고 나는 안다. 그 아이가 그냥 울리지만 말고 그보다 더 세게 때려달라고 아빠에게 부탁했다면 정말로 뭔가 있는 거다. "무슨 일 있었니?" 나는 묻는다. "맞았어?"

"아니." 로이키가 말한다. "엄마가 나가고 나면 날 봐주는데 문을 열쇠로 잠가. 캄캄한 내 방에 가두고 안 내보내줘. 내가 아무리 울어도, 아무리 착하게 굴겠다고 약속해도."

나는 아이를 꼭꼭 껴안는다. "걱정 마. 할머니가 다시는 못 그러게 할게."

"아주아주 세게 때려줄 거지?" 아들이 눈물이 그렁그렁해서는 말한다.

우는 아들을 보는 것은 확실히 가슴 아픈 일이다. 이혼을 했다면 더더욱. 그렇게 해주겠다고 맹세하고픈 충동이 강하게 인다.

그러나 로이키에게 아무 말도 하지 않는다. 나는 조심스럽다. 최악의 상황은 아이와 약속을 했다가 지키지 않는 거니까. 그런 경험은 평생 상처로 남는다. 나는 즉시 화제를 돌린다. "아빠 회사 주차장에 가볼래? 아빠가 무릎에 앉혀줄 테니 함께 차를 운전하자, 팀워크 스타일로. 좋지?"

내가 팀워크라고 말하는 순간, 들뜬 아이의 눈은 반짝 불이 켜지고 여태 맺혀 있던 눈물로 눈동자는 한층 더 빛난다. 우리는 그렇게 삼십여 분 동안 주차장에서 차를 몬다. 아이는 운전대를 돌리고 나는 페달을 밟으며, 기어를 바꾸는 것까지 아이에게 맡겨본다. 아이는 후진 기어를 넣고 자지러지게 웃는다. 이 세상 어디에도 아이의 웃음만한 건 없다.

나는 십오 분 일찍 아이를 데려다준다. 그들이 지켜보고 있다는 걸 알기에 더욱더 주의를 기울인다. 집으로 올라가는 엘리베이터 안에서 아이 몸에 먼지나 지저분한 얼룩이 묻지는 않았는지, 깔끔해 보이는지 두 번 점검한다. 그리고 똑같은 기준으로 내 모습도 로비 거울에 재차 비춰본다.

"어디 갔었어?" 미처 문을 열고 들어가기도 전에 그녀가 묻는다. "짐보리에." 로이키가 대답한다. 나와 입을 맞춰놓은 대로. "아빠랑 애들이랑 같이 놀았어."

"오늘은 아빠가 얌전하게 놀았겠지?" 셰이니는 좋아 죽겠다는 듯이 빈정거린다. "또 딴 애들 밀치고 다니지 않았고?"

"아빠는 아무도 안 밀었다." 내가 말한다. 아들 앞에서 이죽거리는 그녀가 못마땅하다는 내 뜻이 분명히 드러나는 투로.

"맞아, 아빠 안 그랬어." 로이키가 말한다. "우린 정말 재밌게 놀았는걸!"

아이는 놀이터에서 울었던 일, 할머니를 때려달라고 부탁했던 일을 깡그리 잊어버렸다. 이래서 아이들은 놀랍다. 아이들과 함께 무슨 일이든 해보라. 한 시간이 지나면 아이들은 죄다 잊고는 금세 다른 생각할 거리, 다른 즐거운 일을 찾아낼 것이다. 하지만 나는 이제 아이가 아니고, 그래서 차로 돌아와도 머릿속에 떠오르는 그림은 오직 좁은 방안에 갇혀 문을 두들기는 로이키와 바깥쪽에서 절대 문을 열어주지 않고 버티는 심술궂은 늙은 장모의 모습뿐이다. 머리를 잘 굴려야 한다. 장모를 막아야 한다. 하지만 동시에 내가 위험에 빠지거나 아들을 보러 가는 데 지장이 생겨서는 안 될 것이다. 지금도 이 주에 한 번밖에 못 만나 미칠 지경이다.

나는 별것도 아닌 일의 대가를 지금껏 치르고 있다. 공원에서 뚱뚱한 여자아이가 구름다리에서 로이키에게 덤벼들었다. 나는 그저 로이키를 세게 꼬집은 그애를 떼어놓으려고 했을 뿐이었다. 그래서 왼손으로 아이를 살며시 당겼다. 절대 홱 잡아당기지 않았다. 하지만 아이는 넘어져 철제 프레임에 부딪혔다. 아무 일도 아니었다. 긁힌 데도 없고 히스테리가 심해 보이는 소녀의 엄마조차 조용히 넘어갔다. 그런데 로이키가 어쩌다 셰이니에게 그 일을 얘기하자, 그녀와 암람은 다짜고짜 메뚜기 떼처럼 내게 덤벼든다. 또다시 아이 앞에서 '폭력을 분출하는' 모습을 보인다면, 우리가 서명한 동의서를 가지고 다시 법정에 항소할 줄 알라고 셰이니가 말한다.

"폭력이라니?" 나는 그녀에게 말한다. "같이 사는 오 년 동안 한 번이라도 내가 손찌검한 적 있어?" 이 문제에 관한 한 자기는 할말이 없다는 걸 셰이니도 안다. 그녀가 무수히 폭력을 불렀지만 나는 자제의 화신이었다. 다른 남자였다면 당장 그녀를 걷어차 이힐로브 병원 응급실로 보내버렸을지 모른다. 하지만 나로 말할 것 같으면 평생 단 한 번도 여자한테 손찌검을 한 적이 없다. 어느새 암람이 나타나 전처와 나 사이에 끼어든다. "지금 이 순간도 당신은 폭력적인데요." 그가 내게 던진 말이다. "당신, 당신 눈에 광기가 비쳐요."

"광기가 아니에요." 나는 그에게 미소지어 보인다. "인간의 영혼이 보이는 거겠지. 우리가 감정이라고 부르는 거요. 당신한테 없다고 무조건 나쁜 것으로 치부해선 안 되죠."

결국 그의 풍부한 비폭력성이 뿜어져나온다. 다시는 아들을 못 볼 줄 알라고 고래고래 소리지르며 협박하는 사람은 암람이다. 녹음을 해두지 못한 게 안타깝다. 어찌나 입이 험하던지 지저분하기가 하수구 못지않았다. 하지만 나는 그를 약 올릴 심산으로 시종 미소를 띠고 침착하게 행동한다. 결국 우리는 내가 다신 그런 짓을 하지 않겠다고 약속하는 선에서 해결을 보았다. 마치 다음날 당장 내가 또다른 다섯 살배기 여자아이를 공원 바닥에 때려눕히기라도 할 것처럼.

다음번 놀이터에 로이키를 데리러 갔을 때 나는 대뜸 할머니 얘기를 꺼낸다. 로이키가 먼저 얘기할 때까지 기다릴 수도 있지만 아이들은 이런 걸 오래 뭉개고 있는 법이고 그만한 시간이 내겐 없다. "지난번 우리가 얘기한 뒤로 또 할머니가 와서 너 봐주셨니?" 나는 말한다.

로이키는 내가 사준 수박 아이스크림을 핥으며 고개를 저었다. "할머니가 또 그러면, 아빠가 할머니 아프게 해줄 거야?" 아이가 묻는다.

나는 숨을 들이쉰다. 그렇다는 대답이 하고 싶어 죽을 지경이지만 위험을 감수할 수는 없다. 그들이 아들을 영영 못 만나게 하면 난 죽을 것이다. "정말 그러고 싶단다." 나는 아이에게 말해준다. "진짜로 할머니를 혼내주고 싶어. 너무너무 세게 때려주고 싶어. 할머니뿐만이 아니야. 누구든 널 아프게 하면 똑같이 때려주고 싶어."

"아이스크림콘 공원에 있었던 그 여자애처럼?" 눈을 반짝이며 아이가 말한다.

"공원에서 그 여자애한테 한 것처럼." 나는 고개를 끄덕인다. "하지만 엄마는 아빠가 사람 때리는 거 안 좋아해. 만일 아빠가 할머니든 다른 누구든 때렸다간 너랑 같이 못 놀게 될 거야. 이게 다 계속 지금처럼 지내기 위해서란다. 알겠니?"

로이키는 대답하지 않는다. 아이가 든 아르틱 아이스바가 녹아 아이의 바지에 떨어져내린다. 아이는 내가 뭔가 해주길 기다리면서 일부러 그냥 둔다. 하지만 나는 아무것도 해주지 않는다. 긴 침묵 끝에 아이가 말한다. "나 혼자 방에 있는 거 싫어."

"알아." 나는 아이에게 말한다. "하지만 아빠가 못 그러게 막을 수는 없단다. 그건 너만 할 수 있어. 어떻게 하면 되는지 아빠가 알려주고 싶은데."

나는 할머니 때문에 또다시 방에 갇히면 정확히 어떻게 해야 하는지 아이에게 설명한다. 벽에다 머리의 어느 부위를 들이받아야 진짜로 다치는 일 없이 또렷한 자국만 남길 수 있는지.

"아프겠지?" 아이가 묻는다.

나는 그럴 거라고 말한다. 죽을 때까지 단 한 번이라도 아들에게 거짓말은 안 할 작정이다. 셰이니와는 달리. 우리가 함께 살 때

예방주사를 맞히러 로이를 소아과에 데려간 적이 있었다. 가는 내내 그녀는 벌과 침, 착한 소년을 위한 특별 간식 같은 이야기를 늘어놓으면서 아이의 머릿속을 어지럽혔다. 내가 중간에서 끊고 이렇게 말하기 직전까지. "거기 가면 어떤 여자가 바늘을 들고 널 아프게 하려고 기다리고 있을 거야. 하지만 어쩔 수가 없구나. 세상에는 그냥 겪어야 하는 일들이 있는 법이란다." 당시 고작 두 살이었던 로이키는 특유의 총명한 눈빛으로 나를 바라보며 말을 알아들었다. 주사실에 들어간 아이는 온몸으로 돌아나오고 싶다고 말하는 듯 보였다. 하지만 버티거나 달아나지 않았다. 어리지만 남자답게 그 일을 받아들였다.

우리는 함께 계획의 단계를 하나하나 점검한다. 나중에 아이가 엄마한테 해야 할 얘기도 연습해둔다. 어떻게 아이가 할머니의 짜증을 돋웠는지, 어떻게 할머니가 아이를 벽에다 밀쳤는지. 요컨대 어떻게 멍이 들었는지.

"아프겠지?" 아이가 다시 묻는다.

"아플 거야." 나는 말한다. "이번 딱 한 번이야. 그러면 앞으로는 할머니가 절대 널 혼자 방안에 가둬놓지 못할 거야."

로이키가 조용해진다. 생각을 한다. 아이스바는 다 먹었다. 아이는 막대를 핥고 있다. "엄마가 듣고 내가 그냥 지어낸 얘기라고 하진 않겠지?"

나는 아이의 이마를 쓰다듬는다. "그럼. 머리에 커다란 멍이 든 걸 보면 절대 그런 말 안 할 거야." 그러고 나서 우리는 차를 타고 주차장으로 돌아간다. 로이키는 운전대를 돌리고 나는 액셀러레이터와 브레이크를 밟는다. 팀워크다. 차를 몰면서 경적 울리는 법을 가르쳐주니 로이키는 미치도록 좋아한다. 아이는 경적을 울리고 울리고 또 울린다. 결국 주차요원이 다가와 그만하라고 한다. 이 늙은 아랍인 사내가 야간 근무 당번이다. "좀 봐주세요." 나는 20셰켈을 쥐어주며 눈을 찡긋한다. "아이가 장난하는 거랍니다. 몇 분만 더 있다가 갈게요." 아랍인은 아무 말도 하지 않는다. 그저 돈을 챙겨 부스로 향한다.

"저 아저씨가 뭐래?" 로이키가 묻는다.

"아무것도 아니야. 시끄러운 소리가 어디서 나나 했대."

"그럼 나 또 눌러도 돼?"

"물론 되지, 우리 천사." 나는 아이에게 입을 맞춘다. "한 번만이 아니라 또 누르고 또 누르고. 그만하고 싶을 때까지 실컷 누르렴."

푸딩

아비샤이 아부디에게 일어난 그 사건을 통해 우리 모두 경각심을 가져야 한다. 아비샤이 아부디보다 더 평범한 사람을 찾기란 몹시 어려울 것이다. 그는 여기저기 쓰레기통을 발로 차고 다니거나 술집에서 시비를 거는 사람이 아니다. 사실 튀는 행동은 절대 하지 않는다. 그런 그에게 어느 날 난데없이 깡패 두 명이 찾아와 현관문을 두드리고 있다. 그들은 그를 계단으로 끌고 내려와 밴 뒷좌석에 처넣고는 곧장 그의 부모가 사는 집으로 향한다. 공포에 휩싸인 아비샤이가 뒷좌석에서 소리친다. "당신들 누구요? 원하는 게 뭐요?"

"네가 해야 할 질문은 그게 아냐." 차를 모는 쪽이 하는 말에 조수석에 앉은 놈이 고개를 끄덕끄덕한다. "네가 누구고 뭘 원하느냐를 물어야지." 그러고서 둘은 마치 아비샤이가 방금 지상 최고의 농담이라도 했다는 듯 웃어댔다.

"난 아비샤이 아부디요!" 아비샤이가 애써 위협조로 들리도록 말한다. "당신네 윗사람과 얘기해야겠어. 내 말 듣고 있어?" 막 아비샤이의 부모가 사는 집 앞 주차장에 밴을 댄 그들이 그에게 고개를 돌린다. 그는 그들에게 맞을 거라고 확신한다. 하지만 이런 일을 당할 만한 짓을 한 적이 없다. 결코. "당신들 돌이킬 수 없는 짓을 하고 있는 거요." 그는 얼굴을 보호하려 애쓰면서 말한다. "엄청난 잘못을 저질렀다고!" 그들은 그를 밴에서 끌어낸다.

그러나 때리지는 않는다. 그들이 무엇을 하려는지 확실치 않지만 느낄 수는 있다. 그가 느낀 것은 바로 그들이 그의 옷을 벗기는 중이라는 것이다. 성적인 분위기는 전혀 없이 그보다 더 적절한 행동은 없다는 듯. 그들은 아비샤이에게 다시 옷을 입히더니 등에다 무거운 배낭을 메여주면서 말한다. "어서 엄마 아빠가 기다리는 집으로 달려가. 늦고 싶진 않겠지." 아비샤이는 달린다. 있는 힘껏 빨리 달린다. 한꺼번에 세 계단씩 뛰어올라 부모가 사는 집의 갈색 나무문 앞에 이른다. 숨을 헐떡이며 문을 두드리고, 엄마가 열어주자 재빨리 안으로 달려들어가 문을 이중으로 걸어잠근다. "무슨 일 있니?" 엄마가 묻는다. "웬 땀을 이렇게 흘려?"

"뛰었어요. 계단에서. 사람들. 문 열지 마요." 아비샤이가 숨을 헐떡거리며 말한다.

"무슨 말인지 하나도 모르겠구나." 엄마가 말한다. "그건 됐고. 이리 와서 가방 내려놓고 얼굴이랑 손 좀 씻으렴. 식탁에 저녁 차려놨단다." 아비샤이는 배낭을 내려놓고 욕실로 가서 얼굴을 씻는다. 세면대 위 거울에 비친 그는 교복 차림이다. 거실에서 배낭을 열자 꽃무늬에 줄이 그어진 교과서와 공책이 몇 권씩 있다. 수학책, 색연필 상자, 뒤꽁무니에 지우개가 달린 작은 철제 컴퍼스까지. 엄마가 다가오더니 잔소리를 한다. "지금은 숙제할 시간이 아니잖니. 어서 와서 밥 먹어. 얼른, 냠냠, 늦으면 샐러드에서 비타민 다 날아간다." 아비샤이는 식탁에 앉아 조용히 먹는다. 음식은 맛있다. 오랫동안 테이크아웃 전문점과 싸구려 식당을 전전하며 살아온 그는 음식이란 게 이토록 맛있을 수 있다는 사실을 까맣게 잊고 있었다. "아빠가 방과후 프로그램 등록하라고 돈 주고 가셨어." 엄마는 협탁 위 다이얼식 전화기 옆에 놓인 흰 봉투를 가리킨다. "그런데 아비, 엄마가 경고하는데, 지난번 모형 비행기 교실 때처럼 수업 한 번 듣고 마음을 바꿀 거라면 지금 말해라. 돈 내기 전에."

아비샤이는 속으로 이건 꿈이라고 생각한다. 그러고는 말한다. "네, 엄마." 꿈이라 해도 버릇없이 굴 이유는 없다. 그는 생각한다. 마음만 먹으면 언제든 깰 수 있어. 꿈에서 깨어나려면 어떻게 해야 하는지 정확히 아는 건 아니다. 살을 꼬집어볼 수도 있겠지만 꼬집기는 오히려 꿈이 아님을 확인하기 위한 행위이다. 숨을 참거나 "일어나, 일어나!"라고 말할 수도 있을 것이다. 주변에서 벌어지는 모든 일을 받아들이지 않든가 의문을 품으면 돌연 모든 게 녹아내릴지도 모른다. 어쨌든 초조해할 필요는 없다. 우선 먹기부터 해도 될 것이다. 그래, 저녁식사 이후야말로 꿈에서 깨기에 더없이 좋은 시간이리라. 저녁을 다 먹고도 진지하게 생각해보니 급할 게 없다. 먼저 방과후 프로그램에 갈 수도 있다. 뭘 할지 정말 궁금하다. 프로그램이 끝나도 날이 훤하면 학교 운동장에서 축구를 할 수도 있으리라. 아빠가 퇴근하면 그때 깨면 된다. 어쩌면 하루이틀 더 깨지 않을 수도 있겠지. 어려운 시험 직전까지는. "무슨 몽상을 그렇게 하는 거니, 애야?" 그의 벗어진 머리를 어루만지며 엄마가 묻는다. "그 크고 둥근 눈 뒤에서 수많은 생각이 핑핑 돌아가고 있어 보기만 해도 피곤하구나."

"디저트 생각을 하고 있었어요." 아비샤이는 거짓말을 한다. "엄마가 젤로를 만들었을지, 아니면 초콜릿 푸딩을 준비했을지 궁금해서요."

"뭐였으면 좋겠니?" 엄마가 묻는다.

"푸딩이요." 아비샤이가 신나서 말한다.

"벌써 준비했지." 엄마는 흐뭇하게 말하며 냉장고 문을 연다. "하지만 마음이 바뀌면 젤로도 간단히 만들 수 있어. 일 분도 안 걸릴 거다."

지퍼 열기

그것은 키스로 시작되었다. 거의 언제나 키스가 발단이다. 엘라와 치키는 침대에서 벌거벗은 채 오로지 혀로 서로를 느끼고 있었다. 엘라가 뭔가에 찔린 아픔을 느낀 건 그때였다. "아파?" 치키가 물었고, 그녀가 고개를 흔들자 황급히 덧붙였다. "피가 나." 정말로 입에서 피가 나고 있었다. "미안." 그가 말했다. 그러고는 미친 듯이 부엌을 뒤져 냉동실에서 얼음틀을 꺼내서는 조리대에 대고 쾅쾅 두들겼다. "여기, 이거 받아." 떨리는 손으로 얼음을 건네며 그가 말했다. "입술에 대고 있어. 그럼 피가 멎을 거야." 치키는 이런 일에 늘 능숙했다. 군대에 있을 때 위생병이었고, 지금은 노련한 여행 가이드이기도 했다. "미안, 내가 깨물었나봐. 너무 흥분해서." 하얗게 질린 얼굴로 그가 말했다.

"신경스이 마." 아랫입술에 얼음을 갖다댄 채 그녀는 웃어 보였다. "아므 이로 아냐." 물론 거짓말이었다. 왜냐하면 므슨 이리 생겼으니까. 같이 사는 사람 때문에 피가 나는데 그 사람은 거짓말을 한다. 분명 찌르는 아픔을 느꼈는데 깨물어서 그렇다고. 이것은 날이면 날마다 벌어지는 일이 아니었다.

그후 며칠 동안 그녀의 상처 때문에 그들은 키스를 나누지 않았다. 입술은 무척 예민한 신체 부위다. 다시 키스할 수 있게 되었을 때도 매우 조심해야 했다. 그녀는 그가 뭔가 숨기고 있다고 느꼈다. 그리고 어느 날 밤, 입을 벌리고 자는 그의 혀 아래 손가락을 밀어넣어 그것을 찾아냈다. 지퍼였다. 아주 조그마한 지퍼. 그녀가 지퍼를 열자 치키의 온몸이 굴石花처럼 쩍 벌어지더니 유르겐이 나타났다. 유르겐은 치키와는 달리 염소수염에 짧은 구레나룻을 세심하게 다듬었고 성기는 할례를 받지 않았다. 엘라는 잠든 유르겐을 바라보았다. 그리고 아주 조용히 치키를 둘둘 말아 쓰레기봉투를 보관하는 부엌 수납장 안에 숨겨두었다.

유르겐과 사는 것은 쉽지 않았다. 섹스는 환상적이었지만 술을 퍼마시는데다 그때마다 소란을 피우며 온갖 당황스러운 상황을 자초했다. 그것도 모자라 자기가 유럽을 떠나 여기서 살게 된 게 그녀 탓이라며 툭하면 죄책감을 자극했다. 직접 겪든 텔레비전에서 봤든 이 나라에 무슨 나쁜 일만 생겼다 하면 그녀에게 말

하는 것이었다. "너네 나라 돌아가는 꼴 좀 봐." 그의 히브리어
는 형편없었고, '너네'라는 말에는 항상 비난의 기색이 역력했
다. 그녀의 부모는 그를 좋아하지 않았다. 치키를 좋아했던 그녀
의 어머니는 유르겐을 이교도라 불렀다. 아버지는 늘 유르겐이
하는 일에 대해 물었고 그때마다 유르겐은 피식 웃으며 "슈비로
씨, 일이란 콧수염 같은 겁니다. 오래전에 한물갔다고요"라고 했
다. 아무도 이 말을 재밌어하지 않았다. 여전히 콧수염을 뽐내는
엘라의 아버지는 더더욱 그랬다.

  결국 유르겐은 떠났다. 음악으로 먹고살기 위해 뒤셀도르프에
돌아간 것이었다. 그는 말했다. 이 나라에서는 절대 가수로 성공
할 수 없다고, 자기 발음을 들으면 질색들을 한다고. 이 나라 사람
들은 심한 편견에 사로잡혀 있다, 독일인을 싫어한다고도 했다.
엘라는 독일에선들 그의 괴상한 음악과 키치풍 가사가 먹힐까
싶었다. 그는 그녀에 대한 노래도 만들었다. 〈여신〉이란 노래였
는데, 방파제에서 섹스를 했고 그녀가 절정에 도달했을 때 "마치
바위에 부딪혀 부서지는 파도 같"았다는 내용이 전부였다.

  유르겐이 떠나고 육 개월 뒤 그녀는 쓰레기봉투를 찾다가 둘
둘 말린 치키를 보았다. 그 지퍼를 연 게 잘못이었을 거야. 그녀
는 생각했다. 그럴지도 모른다. 이런 종류의 일에 대해서는 장
담하기 어렵다. 그날 저녁, 엘라는 이를 닦으면서 그 키스와 쫄

리는 듯한 그 고통을 떠올려보았다. 입을 여러 번 헹궈내고는 거울을 보았다. 상처는 여전히 남아 있었다. 자세히 들여다보니 혀 아래 조그마한 지퍼가 있었다. 엘라는 머뭇머뭇 손가락으로 지퍼를 건드리며 그 속에 있는 자기는 어떤 모습일지 상상해보았다. 한껏 기대가 차올랐지만 한편으로는 살짝 두렵기도 했다. 주근깨가 난 손과 건조한 피부에 대한 두려움이 가장 컸다. 어쩌면 문신을 하고 있을지도 몰라, 장미 문신. 그녀는 생각했다. 언제나 문신을 하고 싶었지만 배짱이 없었다. 몹시 아플 것 같았다.

예의 바른 소년

　예의 바른 소년이 문을 두드렸다. 그의 부모는 싸우느라 바빠서 대답하지 않았고 소년은 몇 번 더 문을 두드리고서야 집안으로 들어올 수 있었다. "실수, 그게 바로 우리야. 이러이러한 일을 하지 말라고 알리는 그림에 묘사된 것 같은 실수. 밑에는 커다랗게 'No!'라고 쓰여 있고 얼굴에 커다란 X자를 그어놓은 거, 그게 바로 우리지." 소년의 아버지가 어머니에게 말했다. "무슨 말이 듣고 싶은 거야? 지금은 무슨 말을 해도 나중에 후회할 것 같은데." 어머니가 아버지에게 말했다. "말해, 말하라고. 지금 당장 후회하면 될 걸 뭘 기다려?" 아버지의 말에는 가시가 돋쳐 있었다. 예의 바른 소년은 모형 비행기를 들고 있었다. 소년이 직접 만든 것이었다. 설명서는 이해할 수 없는 언어로 쓰여 있었지만 화살표가 그려진 훌륭한 도면이 함께 들어 있었고, 아버지에게서 늘 손재주가 있다는 말을 들었던 예의 바른 소년은 그럭저럭 도면을 이해해 어른의 도움 없이 모형 비행기를 완성했다.

"난 예전엔 잘 웃었어." 어머니가 말했다. "매일매일 많이 웃었지. 그런데 지금은⋯⋯" 소년의 머리를 쓰다듬으면서도 어머니는 정신이 딴 데 팔려 있었다. "이제는 안 웃어. 그게 다야." "그게 다야?" 아버지가 고함쳤다. "그게 다라고? 그게 당신이 말한 '나중에 후회할 말'이야? '예전엔 잘 웃었어'가? 거참 대단한 말이구만!"

"와, 멋진 비행기네." 어머니는 아버지에게서 아주 천천히 시선을 돌렸다. "그거 갖고 나가서 놀려무나." "그래도 돼요?" 예의 바른 소년이 물었다. "그럼 되고말고." 어머니는 미소지으며 또다시 소년의 머리를 쓰다듬었다. 강아지 머리를 쓰다듬는 것처럼. "언제 들어와야 해요?" 예의 바른 소년이 물었다. "네가 오고 싶을 때." 아버지가 불쑥 말했다. "만약 바깥이 마음에 든다면 아예 안 와도 돼. 엄마 걱정 안 하시게 가끔 전화나 하고." 어머니가 벌떡 일어나 있는 힘껏 아버지의 뺨을 때렸다. 참으로 이상한 것이, 아버지는 따귀를 맞고도 행복한 듯 보였고 정작 울음을 터뜨린 사람은 어머니였다. "어서, 어서 나가 놀아." 어머니는 훌쩍이며 말했다. "아직 날이 훤하니 나가 놀려무나. 그래도 어두워지기 전에 돌아와야 한다." 어쩌면 아버지 얼굴은 돌처럼 딱딱할지도 몰라. 그래서 그 얼굴을 때린 엄마 손이 아픈 건지도. 예의 바른 소년은 계단을 내려가며 생각했다.

예의 바른 소년은 모형 비행기를 할 수 있는 한 하늘 높이 띄웠다. 한 바퀴 빙글 돈 모형 비행기는 미끄러지듯 수평으로 날더니 식수대에 부딪혔다. 살짝 휜 날개를 펴려고 예의 바른 소년은 끙끙댔다. "우아." 여태껏 있는 줄도 몰랐던 주근깨투성이 소녀가 주근깨투성이 손을 내밀며 말했다. "진짜 멋진 비행기네. 날려봐도 돼?" "이건 비행기가 아니야." 소년이 바로잡아주었다. "모형 비행기야. 모터가 달려 있어야 비행기지." "줘봐. 내가 날려볼게." 소녀가 여전히 손을 내민 채 명령조로 말했다. "치사하게 그러지 말고." "날개부터 고쳐야 해. 여기 휜 거 안 보이니?" 소년이 핑계를 댔다. "치사하다, 너." 소녀가 말했다. "무지무지 끔찍한 일들이 너한테 생겼으면 좋겠어." 소녀는 좀더 구체적인 것을 생각해내려고 미간을 찌푸렸고 마침내 떠오르자 미소지었다. "너네 엄마가 죽었으면 좋겠어. 맞아, 얘네 엄마 죽게 해주세요. 아멘." 그래도 예의 바른 소년은 지금까지 배운 대로 모르는 척했다. 소년은 소녀보다 머리 하나는 더 컸고 마음만 먹으면 그 애를 때릴 수도 있었을 것이다. 그랬다면 소년보다 소녀가 훨씬 더 아팠을 것이다. 소녀의 주근깨투성이 얼굴은 돌이 아닌 게 확실했으니. 하지만 소년은 그러지 않았다. 발로 차지도, 돌멩이를 던지지도, 똑같이 저주를 퍼붓지도 않았다. 그는 예의 바른 소년 이었으니까. "그리고 너희 아빠도 죽어버렸으면 좋겠어." 소녀 는 뒤늦게 생각난 듯 덧붙이고는 가버렸다.

예의 바른 소년은 모형 비행기를 몇 차례 더 날렸다. 가장 잘 날았을 때는 허공에다 완벽한 원을 세 번이나 그리고서야 땅에 떨어졌다. 석양이 지기 시작했고, 하늘은 점점 붉게 물들고 있었 다. 언젠가 아버지는 소년에게 눈을 깜빡이지 않고 너무 오래 해 를 바라보면 앞을 못 보게 된다고 했고, 그래서 예의 바른 소년 은 신경써서 몇 초에 한 번씩 눈을 감았다. 눈을 감아도 하늘의 붉은빛이 여전히 보였다. 이상하다고 생각한 예의 바른 소년은 그 이유를 조금이나마 알고 싶은 마음이 굴뚝같았지만, 제시간 에 돌아가지 않으면 어머니가 틀림없이 걱정할 터였다. "해는 언 제나 떠오르니까." 예의 바른 소년은 그렇게 생각하고는 몸을 구 부려 잔디 위의 모형 비행기를 집어들었다. "그리고 난 절대 늦 지 않아."

예의 바른 소년이 집에 왔을 때 어머니는 여전히 주먹을 꼭 쥔 채 거실에서 울고 있었다. 아버지는 거기 없었다. 어머니는 아버 지가 야간 근무를 나가야 해서 침실에서 자고 있다고 했다. 그 리고 예의 바른 소년에게 급히 저녁을 차려주러 갔다. 침실 문이 약간 열려 있길래 예의 바른 소년은 문을 가만히 밀어보았다. 외출복 차림의 아버지가 구두까지 신고 침대에 엎드려 있었다. 눈을 뜨고 있던 아버지는 예의 바른 소년이 방안을 살짝 들여다보자 고개도 들지 않고 물었다. "모형 비행기는 어때?" "괜찮아요." 예의 바른 소년은 그 말로는 충분치 않은 것 같아 덧붙였다. "정말 괜찮아요." "엄마랑 아빠는 가끔 싸움도 하고 서로에게 상처 주는 말도 한단다." 아버지는 마루로 시선을 떨구었다가 소년을 바라보았다. "그렇지만 아빠가 널 언제나 사랑할 거라는 건 알지? 언제나. 누가 무슨 말을 하든 간에. 알지?" "네." 예의 바른 소년은 고개를 끄덕이고는 등뒤로 문을 닫으며 말했다. "알아요. 고맙습니다."

미스티크

바보 같은 미소를 덕지덕지 얼굴에 처바른 비행기 옆자리의 남자는 내가 하려던 말을 미리 알고 있었다. 전혀 똑똑하거나 세심하지 않은데도 번번이 내가 하려던 말을 나보다 삼 초 먼저 내뱉는다는 점이 몹시 짜증스러웠다. "겔랑 미스티크 있어요?" 그는 비행기 승무원에게 나보다 일 분 먼저 물었고 승무원은 가지런한 치아를 드러내며 활짝 미소짓고는 딱 한 병 남아 있다고 했다. "아내가 그 향수에 미쳤어요. 중독된 것처럼요. 여행 갔다 오는 길에 면세점에서 미스티크를 안 사가면 아내는 제가 더는 자길 사랑하지 않는다고 할걸요. 한 병이라도 사들고 가지 않았다간 큰일날 겁니다." 그건 내 대사였는데, 내가 하려던 말을 남자가 훔쳐가버렸다. 단 한 마디도 빼놓지 않고. 비행기 바퀴가 땅에 닿자마자 그는 휴대전화를 켜고 나보다 일 초 먼저 아내에게 전화를 걸었다. "방금 착륙했어." 그가 말했다. "미안. 어제 도착할 예정이었는데. 비행이 취소됐어. 나 못 믿어? 직접 확인해보든지. 에릭한테 전화해봐. 당신은 안 하겠지. 지금 에릭 전화번호 줄까?" 나를 담당하는 여행사 직원의 이름도 에릭이다. 그 역시 날 위해 거짓말을 해줄 것이다.

비행기가 게이트에 도착할 때까지도 그는 전화기에 매달려 있었다. 그가 해대는 대답은 모두 내가 하려던 것이었다. 그는 시간이 거꾸로 흐르는 세상의 앵무새처럼 어떤 감정의 흔적도 없이 이미 내뱉은 말 대신 이제 하려는 말을 따라 하고 있었다. 그 상황에서 그가 하는 답변들은 더할 나위 없이 적절했다. 비록 근사하지 않은, 조금도 근사하지 않은 상황이었지만. 내가 처한 상황도 멋지지 않긴 마찬가지였다. 내 아내는 아직 전화를 받지 않았지만, 내가 하려는 말들을 먼저 해버리는 남자의 말을 듣고 있자니 그냥 전화를 끊고 싶어졌다. 남자의 말을 듣고 있자니 내가 빠진 구멍이 너무 깊어서 거기서 빠져나온다 한들 또다른 현실이 기다리고 있을 뿐임을 알 수 있었다. 아내는 결코 나를 용서하지 않을 것이며, 결코 나를 믿지 않을 것이다. 결코. 이제부터 모든 여행은 지옥이 될 것이고 여행 사이의 시간은 지옥보다 더할 것이다. 남자는 내가 생각했지만 아직 내뱉지 못한 그 모든 문장을 말하고 또 말했다. 문장들이 그에게서 끊임없이 흘러나왔다. 이제 그는 물에 빠져 가라앉지 않으려고 필사적으로 허우적거리는 사람처럼 목소리를 한층 더 높였다. 사람들이 줄지어 비행기에서 나가기 시작했다. 그는 그때까지도 통화를 계속하며 자리에서 일어나 다른 한 손에 노트북컴퓨터를 챙겨들고 비상구로 향했다. 좌석 위 선반에 따로 넣어둔 가방은 그냥 두고 나가는 중이었다. 그가 까맣게 잊어버렸다는 걸 알았지만 나는 아무 말도 하지 않았다. 그저 가만히 있었다. 기내는 점차 비어갔고, 마침내 수많은 아이를 데리고 탄 과체중의 신앙심 깊은 여인과 나만 남았다. 나는 좌석에서 일어나 세상에서 가장 자연스러운 일이라는 듯 선반을 열었다. 그리고 내 것이었던 듯 면세품 가방을 꺼냈다. 가방 안에는 영수증과 겔랑 미스티크 한 병이 들어 있었다. 내 아내는 그 향수에 미쳤다. 중독된 것처럼. 여행 갔다 오는 길에 면세점에서 미스티크를 안 사가면 아내는 내가 더는 자길 사랑하지 않는다고 할 것이다. 한 병이라도 사들고 가지 않았다간 큰일날 것이다.

문예 창작

마야가 처음 쓴 이야기는 번식하는 대신 자신을 두 개로 쪼개는 사람들의 세계에 관한 것이었다. 그 세계에서는 누구든지, 언제라도 자신을 현재 나이의 절반인 존재 둘로 나눌 수 있었다. 어떤 사람들은 젊은 나이에 쪼개기를 선택했다. 예컨대 열여덟 살이라면 아홉 살짜리 둘로 쪼개질 수 있다. 어떤 이들은 직업적으로나 경제적으로 자리를 잡을 때까지 기다렸다가 중년의 나이에 쪼개기를 시도했다. 마야가 쓴 이야기 속 여주인공은 쪼개기를 하지 않았다. 여든 살이 된 그녀는 온갖 사회적 압력에도 불구하고 쪼개지 않기를 고집했다. 결말에 이르러 여주인공은 죽었다.

결말만 빼고는 괜찮은 이야기였다. 그 결말은 사람을 우울하게 만드는 데가 있다고 아비아드는 생각했다. 우울하게 만드는 데다 너무 빤하다고. 하지만 마야는 그녀가 등록한 창작 교실에서 결말에 대해 칭찬을 많이 받았다. 아비아드는 들어본 적 없지만 나름 유명한 작가일 창작 교실 강사는 그 결말의 진부함에는 영혼을 꿰뚫는 통렬함 같은 게 있다고 했다. 아비아드는 칭찬을 들은 마야가 얼마나 행복해하는지 보았다. 그녀는 몹시 들떠서 아비아드에게 그 이야기를 했다. 성경 구절을 암송하는 사람처럼 강사의 말을 그대로 읊었다. 원래 다른 결말을 제안했던 아비아드는 한발 물러서서 그것은 다 취향의 문제일 뿐 사실 자신은 아는 바가 별로 없다고 했다.

창작 교실에 가보라고 권한 사람은 마야의 어머니였다. 친구의 딸이 다녔었는데 아주 좋아하더라고 했다. 아비아드 역시 더 자주 밖에 나가 스스로 무언가를 하는 게 마야에게 좋을 거라고 생각했다. 그는 일에 파묻혀 지낼 수 있었지만, 유산한 뒤로 마야는 바깥출입을 끊었다. 집에 돌아와보면 그녀는 언제나 거실 소파에 똑바로 앉아 있었다. 책을 읽지도, 텔레비전을 보지도, 그렇다고 울고 있지도 않았다. 마야가 창작 교실에 갈까 말까 망설일 때 아비아드는 그녀를 설득할 방법을 알고 있었다. "한번 해봐." 그는 말했다. "아이가 캠프 가는 것처럼 말이야." 나중에 생각해보니 유산한 지 두 달밖에 지나지 않았는데 하필 아이를 예로 든 건 무신경했다. 그래도 마야는 자기에게 필요한 건 캠프일지 모르겠다며 미소지었다.

그녀가 두번째로 쓴 이야기는 사랑하는 사람만 보이는 세계에 관한 것이었다. 주인공은 아내를 사랑하는 남자였다. 어느 날 복도를 걸어오던 아내와 부딪히는 바람에 그가 들고 있던 유리잔이 바닥에 떨어져 산산조각났다. 며칠 후에는 안락의자에 앉아 졸고 있는 그를 아내가 깔고 앉았다. 두 번 다 그녀는 핑계를 대고 빠져나갔다. 딴생각을 하느라 그랬다. 안 보고 앉아서 그런 것이다 등등. 하지만 남편은 의심이 싹트기 시작했다. 아내가 이제 자기를 사랑하지 않는 게 아닐까. 그런 생각을 확인하기 위해 그는 과감한 수단을 써보기로 했다. 왼쪽 콧수염만 밀어버린 것이다. 그는 콧수염이 한쪽만 남은 얼굴로 아네모네 꽃다발을 들고 집에 왔다. 아내는 고맙다는 인사와 함께 미소지으며 꽃을 받았다. 그러고는 키스하려고 허공을 더듬는 것을 남편은 보았다. 마야는 이 이야기를 '반쪽 콧수염'이라 불렀고, 창작 교실에서 낭독했을 때 몇몇은 울었다고 그에게 말했다. "와아." 아비아드는 그녀의 이마에 입을 맞추며 말했다. 그날 밤, 두 사람은 사소한 일로 다투었다. 그녀가 깜박하고 메시지를 못 전했거나 뭐 그런 일이었는데, 그는 그녀에게 고함을 질렀다. 하지만 잘못한 건 그였고 결국 그녀에게 사과했다. "오늘 회사에서 완전 지옥이었거든." 그는 버럭한 걸 만회할 요량으로 그녀의 다리를 쓰다듬으며 말했다. "용서해줄래?" 그녀는 그를 용서했다.

창작 교실 강사는 장편소설과 단편집을 한 권씩 냈다. 둘 다 그다지 성공적이진 않았으나 몇몇 좋은 평을 받았다. 적어도 아비아드 회사 근처의 서점 여직원 말은 그랬다. 장편소설은 624페이지나 되어서 매우 두꺼웠다. 아비아드는 단편집을 샀다. 사무실 책상에 놔두고 점심시간 틈틈이 읽어보려고 노력했다. 단편들은 각각 다른 나라를 배경으로 하고 있었다. 교묘한 수법이었다. 뒤표지 문구를 보니, 작가는 여행 가이드로 수년간 쿠바와 아프리카를 여행했고 그 경험이 작품에 영향을 미쳤다고 쓰여 있었다. 그의 흑백사진도 자그맣게 실려 있었다. 사진 속의 그는 스스로 행운아라고 생각하는 사람들이 보이는 의기양양한 미소를 짓고 있었다. 마야가 아비아드에게 전하길, 강사가 창작 교실이 끝나면 그녀의 단편들을 자기 편집자에게 보내겠다고 했단다. 지나친 기대는 금물이지만 지난 몇 년간 출판계는 재능 있는 새로운 작가를 애타게 찾고 있었다고.

마야의 세번째 이야기는 기묘하게 시작했다. 고양이를 낳은 임산부에 관한 이야기로, 주인공은 그 고양이가 자기 아이가 아닐 거라 의심하는 남편이었다. 그들의 침실 창문 바로 아래 쓰레기통 뚜껑 위에서 잠을 자는 다갈색의 살찐 수고양이가 있었는데, 남편이 쓰레기를 버리러 내려갈 때마다 수고양이는 업신여기듯 바라보았다. 결국 남편과 고양이 사이에 격렬한 충돌이 벌어졌다. 남편은 돌을 던졌고 고양이는 물고 할퀴며 반격했다. 상처입은 남편은 광견병 주사를 맞으려고 아내, 아내가 젖을 먹이던 새끼 고양이와 병원에 갔다. 그는 창피하고 아팠으나 기다리는 동안 울음을 꾹 참았다. 그의 고통을 감지한 새끼 고양이는 엄마 품을 빠져나와 그에게 다가와서 부드럽게 얼굴을 핥으며 위로하듯 "냐옹" 하고 울었다.

"들었어?" 아내는 감격해 물었다. "얘가 방금 '아빠'라고 했어."

그 순간, 남편은 더이상 눈물을 참기가 어려웠다. 그리고 이 문단을 읽고 아비아드 역시 울지 않기 위해 안간힘을 써야 했다. 이 단편을 시작했을 때 마야는 다시 임신한 사실을 알기도 전이었다고 했다. "묘하지 않아?" 그녀가 물었다. "내 뇌가 모르는 것을 무의식이 어떻게 알고 있었을까?"

그다음 주 화요일은 창작 교실이 끝나면 아비아드가 마야를 데려오기로 한 날이었다. 삼십 분 일찍 도착한 그는 주차장에 차를 세우고 그녀를 찾으러 갔다. 마야는 강의실에 있다가 그를 보고 깜짝 놀랐다. 그는 마야에게 강사를 소개시켜달라고 졸랐다. 강사에게서는 짙은 보디로션 냄새가 났다. 그는 아비아드의 손을 잡고 맥없이 흔들면서 마야가 남편으로 골랐다니 틀림없이 특별한 사람이겠군요, 라고 말했다.

삼 주 후, 아비아드는 초보자를 위한 창작 교실에 등록했다. 마야에게는 아무 말도 하지 않았다. 만약을 위해 집에서 전화가 오면 중요한 회의중이라 방해할 수 없다며 둘러대라고 비서에게 일러두었다. 그를 제외한 다른 수강생들은 죄다 그에게 추파를 던지는 할머니였다. 날씬하고 젊은 강사는 머리에 스카프를 두르고 있었는데, 수강생들은 그녀가 점령지구의 정착촌 출신에다 암 환자라고 뒤에서 수군거렸다. 강사는 모두에게 자동기술을 연습하라고 했다. "머릿속에 떠오르는 건 뭐든 전부 쓰세요." 그녀가 말했다. "생각하지 말고 무조건 쓰세요." 아비아드는 생각을 멈춰보려 했다. 몹시 힘겨운 일이었다. 주변의 나이든 여자들은 마치 선생이 펜을 내려놓으라고 하기 전에 끝내려고 정신없이 시험 문제를 푸는 학생처럼 무서운 속도로 써내려갔고, 몇 분후 그도 작문을 시작했다.

그가 쓴 이야기는 바닷속에서 행복하게 헤엄치다가 사악한 마녀에 의해 인간 남자로 바뀌어버린 물고기에 관한 것이었다. 변화에 적응할 수 없었던 그는 물고기로 되돌아가기 위해 마녀를 찾기로 결심했다. 아주 잽싸고 진취적인 물고기였던 그는 마녀를 찾아다니는 동안 결혼도 하고, 극동으로부터 플라스틱 제품을 수입하는 작은 회사까지 세웠다. 물고기였을 때 7대양을 가로

지르며 얻은 엄청난 지식 덕분에 그의 회사는 점점 번창해 상장까지 하게 되었다. 한편 사악한 마녀는 사악한 짓을 저질렀던 세월에 질려서 자신이 저주를 걸었던 인간과 생명체 들을 찾아가 사과하고 원래 모습으로 되돌려주리라 결심했다. 그리하여 어느날 자신이 사람으로 바꿔놓은 물고기를 만나러 갔다. 물고기의 비서가 그는 지금 타이완에 있는 사업 파트너와 위성회의중이니 끝날 때까지 기다리라고 했다. 그즈음 물고기는 자신이 실은 물고기임을 거의 기억하지 못했고, 회사는 벌써 세계의 절반을 좌지우지했다. 몇 시간을 기다려도 회의가 끝날 기미가 보이지 않자 마녀는 빗자루를 타고 날아가버렸다. 물고기는 갈수록 더 잘살았다. 어느 날, 많이 늙어버린 그는 좋은 조건으로 사들인 수십 개의 해변 마천루 중 하나에서 창밖의 바다를 내다보고 있었다. 그때 불현듯 자신이 물고기라는 기억이 떠올랐다. 전 세계 주식시장에 상장된 수많은 계열사를 거느린 부자이지만, 그럼에도 여전히 물고기라는 기억이. 그는 오랫동안 바다의 소금 맛을 잊고 산 물고기였다.

아비아드가 펜을 내려놓자 강사는 뭔가 묻는 듯한 눈길로 바라보았다. "어떻게 마무리해야 할지 모르겠어요." 그가 속삭였다. 여전히 쓰고 있는 나이든 여자들을 방해하지 않도록 낮은 목소리로, 사과라도 하듯이.

재수없는 놈

아버지와 아들이 침술사 진료실 책상 앞에 앉아 기다리고 있다.

침술사가 들어온다.

중국인이다.

책상 맞은편에 앉는다.

그러더니 이상한 억양의 영어로 아들에게 손을 책상 위에 올려보라고 한다.

중국인 침술사는 아들의 팔에 손가락을 대고 눈을 감는다. 그 다음에는 아들에게 혀를 내밀어보라고 한다.

아들은 대들듯 혀를 내민다.

중국인 침술사는 고개를 끄덕이더니 이번에는 침대에 누우라고 한다.

아들은 침대에 누워 눈을 감는다.

옷도 벗어야 하느냐고 아버지가 묻는다.

침술사는 고개를 젓는다.

그는 길고 가느다란 침들을 책상 서랍에서 꺼내 아들에게 꽂기 시작한다.

양쪽 귀 뒤에.

양쪽 뺨, 코 가까이에.

양쪽 이마, 눈 가까이에.

아들은 조용히 신음한다. 눈은 그대로 감은 채.

이제 기다려야 합니다. 침술사가 아버지와 아들에게 말한다.

침을 맞고 나면 나아질까요? 아버지가 묻는다.

침술사는 어깨를 으쓱해 보이고는 밖으로 나간다.

아버지는 침대로 다가가 아들의 어깨에 한 손을 올린다.

아들의 몸이 긴장한다.

침이 피부를 찌를 때도 움찔거리지 않았는데 지금은 움찔한다. 삼십 분 후 중국인 침술사가 돌아와 빠른 손놀림으로 침을 하나하나 빼낸다.

그는 아버지와 아들에게 소년의 몸이 치료에 반응하고 있고, 좋은 징조라고 말한다.

그 증거로 그는 침을 놓았던 자리를 가리킨다. 자리마다 동그

랗고 붉은 자국이 있다.

그다음 그는 책상에 앉는다.

아버지는 진료비가 얼마냐고 묻는다.

진료하기 전에 물을 작정이었는데 깜박하고 말았다. 더 일찍
물어봤더라면 흥정에 유리했을 것이다. 그렇다고 흥정할 계획이
었다는 건 아니다. 결국 여기서 중요한 것은 외동아들의 건강이
니까. 하나뿐인, 살아 있는 아들.

침술사는 한 번 진료하는 데 350셰켈이고, 식후 복용해야 하
는 약값은 별도로 100을 더 내야 한다고 말한다.

진료를 계속 받아야 한다고도 설명한다. 적어도 열 번. 토요일
만 빼고 매일.

토요일도 진료할 수 있으면 더 좋을 테지만 아내가 허락하지
않아서 쉰다고 덧붙인다.

아내는 재수없는 놈 외에 침술사가 거의 유일하게 히브리어로
한 말이다.

그가 아내라고 말할 때, 아버지는 끔찍한 고독감을 느낀다.

그리고 괴상한 생각에 휩싸인다.

침술사에게 화장실을 쓰겠다고 말하고서 문을 걸어잠그고 변
기에 대고 자위를 하고 싶다.

그러면 고독감에서 조금은 벗어날 수 있을 것이다. 확신할 수

는 없지만.

중국 의학에서는 정자를 에너지의 한 형태로 간주한다. 사정을 하면 그만큼 힘이 빠질 테고, 따라서 사정을 권장하지 않는다. 특히나 몸이 안 좋을 때는.

이런 사실을 아는 것은 아니지만 어찌되었건 아버지는 그 괴상한 생각을 접는다. 고독감을 견디기는 힘들지만 중국인 침술사와 아들을 단둘이 두는 것도 찜찜하다.

토요일만 빼고 매일. 침술사가 다시 한번 말한다. 처음 얘기했을 때 아버지가 유심히 듣지 않았다고 생각하는 것이다.

아버지는 진료비를 지불한다. 정확히 450. 잔돈은 필요 없다.

그들은 다음날 진료 예약을 잡는다.

문 쪽으로 가면서 중국인 침술사는 히브리어로 말한다. "건강하세요, 두 분 다."

아들은 침술사의 인사가 이상하다고 생각한다. 어쨌든 아픈 사람은 자기뿐이었으니까.

아버지는 그것을 알아차리지 못한다. 딴생각에 빠져 있다.

아내, 재수없는 놈, 건강하세요, 두 분 다.

건강하세요, 두 분 다, 재수없는 놈, 아내.

중국인이 하는 히브리어를 듣는 것보다 이상한 일은 없다.

뻐꾸기 꼬리 잡기

밤이 가장 힘들다. 하지만 오해는 마시라. 밤에 그녀가 가장 그립다는 말은 아니다. 난 그녀가 그립지 않다. 하지만 밤에 홀로 침대에 있을 때면 그녀를 생각하긴 한다. 우리가 함께했던 따사롭고 몽롱한 순간들을 생각하는 건 아니다. 그보다는 입을 벌린 채 푸우푸우 숨을 쉬면서 베개에 동그란 침자국을 남기며 팬티와 티셔츠 차림으로 잠들어 있던 그녀와 그런 그녀를 바라보던 내 모습을 더 많이 생각한다. 그녀를 바라보면서 도대체 나는 무엇을 느꼈나? 우선 사그라지는 법이 없었던 경이로움, 그다음에는 일종의 애정. 사랑이 아니다. 애정이다. 아내를 향한 감정이라기보단 외려 동물이나 아기를 향한 감정에 가까웠다. 그러고서 나는 운다. 거의 매일 밤. 후회 때문이 아니다. 후회할 일은 하나도 없다. 떠난 사람은 그녀였다. 돌이켜보면 우리가 갈라선 것은 단지 그녀만이 아니라 나를 위해서도 옳은 길이었다. 자식이 있었더라면 더 복잡했을 텐데 생기기 전에 헤어진 것도 천만다행이었다. 그렇다면 왜 나는 우는가? 원래 그런 법이다. 아무리 하찮은 것이라 해도 뭔가가 떨어져나가면 아프다. 종양을 제거하면 상처가 남는다. 그리고 그 상처를 긁기에 가장 좋을 때가 아마도 밤이리라.

우지의 새 휴대전화는 실시간으로 주식시장 정보를 업데이트해준다. 그의 컴퓨터 회사 주식이 오르면 휴대전화에서 〈정말 최고야〉가, 떨어질 땐 〈장대비가 내릴 거야〉가 흘러나온다.* 그 휴대전화를 갖고 다닌 지 한 달이 되었는데도 우지는 매번 웃음을 터뜨린다. 〈장대비가 내릴 거야〉보다 〈정말 최고야〉가 들릴 때 더 많이 웃는다. 돈을 강탈당할 때보다는 돈이 쏟아져들어올 때 더 쉽게 웃음이 나오기 마련이다. 우지가 내게 오늘은 나스닥 옵션에 투자하기로 한 중요한 날이라고 한다. QQQQ라는 옵션인데 우지는 그걸 'cuckoo', 그러니까 뻐꾸기라 부르는 걸 더 재밌어한다. 나스닥이 올라가면 뻐꾸기도 올라간다. 우지 말로는 나스닥이 금방 천장을 뚫고 날아오를 테니 우리는 그저 뻐꾸기 꼬

---

* 각각 1989년 티나 터너가, 1962년 밥 딜런이 발표한 노래.

리를 잡고 하늘을 날기만 하면 된단다.

우지는 이십 분에 걸쳐 이 모든 걸 설명하고 휴대전화 액정을 확인한다. 설명을 시작했을 때 뻐꾸기는 1.3이었는데 지금은 벌써 1.55다. "우린 망했다." 사방에 부스러기를 흩뿌리며 아몬드 크루아상을 먹던 우지가 애석해한다. "방금 우린 삼십 분 만에 투자액의 10퍼센트 이상을 벌 수도 있었어. 알겠냐?"

"왜 아까부터 자꾸 우리라는 거야?" 내가 묻는다. "그리고 무슨 돈? 여기 투자할 돈이 나한테 있을 것 같아?"

"그렇게 많이 안 넣어도 돼." 우지가 말한다. "오천 정도 넣었더라면 오백이 늘었을 거야. 그런데 우린 안 그랬지. 알아? 됐고, 왜 널 여기 끌어들이냐고? 난 그런 적 없는데. 마음속으로는 그랬을지 모르지. 그리고 난 어머니의 한결같은 사랑을 확신하는 어린아이처럼 절대적인 사실을 알고 있어. 나스닥이 1.5보다 오를 거라는 거야."

"자식을 버리는 엄마도 있어." 내가 말한다.

"그렇겠지." 우지가 중얼거린다. "하지만 어미 뻐꾸기는 안 그래. 여기에다 내가 가진 돈을 다 넣었어야 했는데 그냥 기다리기만 했지. 왜인 줄 알아? 난 실패자니까."

"그렇지 않……" 나는 무슨 말이라도 해보려 하지만 벌써 저 멀리 가버린 우지를 말릴 수 없다. "야, 내 나이 서른다섯인데 백만도 없어."

"불과 일주일 전에 백만도 넘게 주식에 투자했다고 하지 않았어?" 내가 말한다.

"셰켈이잖아." 우지는 경멸하듯 코웃음을 친다. "백만 셰켈 따위가 뭐? 난 지금 달러를 말하는 거야." 우지는 남은 크루아상을 아쉬운 듯이 삼키고는 다이어트 콜라 한 모금을 들이켰다. "주변을 좀 둘러봐." 그가 말한다. "내가 투자한 신생 기업에서 일회용 컵에 커피를 따라주던 여드름쟁이 애들도 지금은 BMW 몰고 다녀. 내가 치위생사처럼 푸조 205 타는 동안."

"그만 좀 징징대라. 너랑 처지를 바꿀 수 있다면 살인이라도 할 사람 많을 거다." 나는 그에게 말한다.

"그런 사람이 많다고?" 우지가 반쯤은 악의적으로 스스로를 비웃는다. "많은 사람 누구? 스데로트의 실직자? 인도의 나병 환자? 데디, 왜 이래? 지금 너 설마 아미슈 얘기 하는 거야? 이혼하더니 완전 맛이 갔구나."

우지와 나는 세 살 때부터 알고 지낸 사이다. 많은 시간이 흘렀지만 변한 건 많지 않았다. 우지 말로는 나는 이미 그때도 늘 의기소침했다. 고등학생 시절 내가 여자친구가 생겼으면 좋겠다 하고 있을 때 우지는 벌써 떼돈 벌 궁리를 하고 있었다. 그는 어린이 여름 캠프를 열었다. 사업 계획은 간단했다. 학부모에게서

받은 돈을 아이와 반씩 나누고 그 대신 아이는 잔디밭에서 다 떨어진 축구공을 차거나 두 시간에 한 번씩 분수대에서 물 마시는 것 외엔 아무 활동도 하지 않는다는 사실을 고자질하지 않는다는 것이었다. 오늘날 우지에게는 자기 명의의 아파트 한 채와 유령회사에서 일하던 시절 만난 비서 출신의 아내, 그리고 자기를 쏙 빼닮은 통통한 딸아이가 있다. "만약 내가 지금 이혼하면 마누라가 절반을 가져가. 전부의 절반을. 이게 다 내가 마음 약해서 혼전계약서를 안 쓴 탓이야." 우지가 말한다.

나는 아침 먹은 돈을 내고 지금 우지와 함께 잔돈을 기다리는 중이다. 우지가 말을 잇는다. "반면에 넌 말이야. 말하자면 이혼의 챔피언이지. 네 처는 한푼도 안 가져갔잖아."

"그거야 가져갈 게 하나도 없어서지." 나는 칭찬과 거리를 두고 사실을 보려 한다.

"당분간이잖아." 우지는 내 등을 두드린다. "당분간. 게다가 너희 둘 사이의 모든 일은 서류상으로도 깔끔하게 끝났고. 그러니까 지금이 파트너 없이 혼자 다 먹는, 단 한 명의 승리자가 될 절호의 기회야."

"파트너 없이." 나는 커피의 다디단 마지막 한 방울을 삼키면서 무의식적으로 따라 말한다.

"파트너 없이." 우지가 되풀이한다. "너랑 나 단둘이서만. 내

느낌엔 뻐꾸기가 다시 약간 떨어질 것 같아. 진짜 낮아지는 건 아니고, 아마 1.35 포인트 정도. 그때 우리가 사는 거지. 우리가 산다 이 말이야." 종업원은 잔돈을 갖다주지 않는다. 대신 주인이 다가온다. "실례합니다." 그가 말한다. "방해해서 정말 죄송합니다만, 손님께서 종업원에게 낸 100셰켈짜리가 위조지폐입니다. 보세요." 그는 지폐를 불빛 쪽으로 들어올린다. "진짜가 아니에요." 나는 지폐를 받아들고 워터마크를 살펴본다. 전직 대통령 벤츠비의 초상 대신 끼적거려놓은 웃는 얼굴이 나를 내다본다.

"위조?" 우지가 내 손에서 지폐를 낚아챈다. "어디 좀 보자." 그러고는 다른 지폐를 꺼내 불빛에 비추어 살펴보고 주인에게 건넨다. 그동안 나는 사과를 한다. "여기 오면서 택시를 탔는데, 제가 기사한테 200셰켈짜리 지폐를 냈거든요. 그 기사가 잔돈을 주면서 슬쩍 위조지폐를 넘긴 게 틀림없어요."

"이 지폐 끝내주는데." 우지가 말한다. "이거 나한테 안 팔래? 100셰켈 줄게."

"왜 그렇게 흥분해?" 내가 우지에게 묻는다. "이건 위조지폐라고."

"그러니까, 이 바보야." 우지가 지갑에서 지폐 한 뭉치를 꺼내며 말한다. "위조지폐 아닌 건 이미 있잖아. 그렇지만 위조지폐는 가치가 있지. 서비스가 시원찮을 땐 이걸 던져줄 테야."

"좋아, 그럼 너 가져. 내가 주는 선물이다, 위조 100셰켈."

이제 우리는 우지의 차 안에 있다. 방금 탔다. 우지에게 왜 내가 밤마다 운다고 말했는지 모르겠다. 우지는 그런 얘기를 털어놓을 만한 상대가 아니다. "그녀 때문이 아니야." 나는 강조한다. "다시 돌아오길 바라는 게 아니라고."

"알아, 알아." 우지가 중얼거린다. "네 마누라, 잘 알지." 그의 휴대전화가 그는 정말 최고라고 알린다. 하지만 우지는 액정을 들여다보며 주식이 얼마나 올랐는지 확인하는 대신 환자를 진찰하는 의사처럼 내 얼굴을 가까이서 빤히 본다. "지금 당장 너한테 필요한 게 뭔지 알아?" 그가 말한다. "마탈론 가 56번지의 에티오피아 샌드위치야."

"방금 뭐 먹었잖아." 내가 항의한다.

"샌드위치는 음식이 아니야." 우지가 운전대 잠금장치를 만지작거리며 말한다. "샌드위치란, 네 아래 에티오피아 여자 하나가 있고 또하나가 위에서 젖꼭지로 네 등을 누르고 있는 걸 뜻하지. 분명히 말하는데 처음 들었을 때는 나도 전혀 안 당겼지만 실제로는 끝내줘."

"마탈론 가 56번지는 뭔데?" 나는 묻는다. "창녀촌이냐?"

"말 돌리지 말고." 우지가 시동을 걸면서 말한다. "지금 네 얘길 하고 있잖아. 오프라랑 깨지고 한 번도 못 해봤다는 거잖아?"

나는 고개를 끄덕이며 말한다. "근데 그럴 기분도 아니야."

"인생은 말이야, 기분대로만 하면서 살 순 없어." 우지가 핸드브레이크를 푼다.

"내가 밤마다 우는 이유가 여자랑 섹스를 못 해서라고 얘기하고 싶은 거면, 틀렸어." 나는 항의한다.

"내 말은 그런 뜻이 아니야." 우지가 손가락으로 운전대를 두드린다. "넌 인생이 텅 비어서 우는 거야. 삶에 아무 의미가 없어서. 네 안이 텅 빌 때면……" 그는 자기 심장 오른쪽께를 살짝 건드린다. "주변의 의미 있는 걸 네 안에 좀 집어넣어. 그런 게 없으면 플러그를 끼워보든가. 당분간이라도. 제조사가 의미를 실어보내줄 때까지. 그런 경우에 에티오피아 샌드위치는 훌륭한 플러그야."

"집에 데려다줘. 창녀한테 안 가도 내 인생은 충분히 비참해." 나는 말한다. 우지는 내 말을 듣고 있지 않다. 낯설고 단조로운 휴대전화 벨소리가 그에게 전화가 왔음을 알리고 있다. 은행이다. 우지는 주가가 떨어진 QQQQ를 2만 달러어치 매입해달라고 말한다. "만 달러는 내 거, 나머지 만 달러는 친구 거예요."

나는 고개를 내젓지만, 우지는 모르는 척한다. 전화를 끊고 그가 말한다. "데디, 익숙해지도록 해. 너랑 나, 우린 뻐꾸기 꼬리를 잡을 거라고."

얇은 벽을 통해 나는 정말 최고라고 노래하는 우지의 휴대전화 소리와 여자의 큰 웃음소리를 듣는다. 오늘 마탈론 가 56번지에는 에티오피아인이 하나도 없어서 우지는 자신을 체코인이라고 영어로 소개한 가슴 큰 여자와 방으로 들어갔다. 나는 금발로 탈색한 러시아인으로 보이는 여자를 골랐다. 벽 저쪽에서는 이제 우지도 큰 소리로 웃고 있다—아마 체코식 오픈 샌드위치도 그렇게 형편없는 플러그는 아닌 모양이다. 이름이 마리아라는 금발이 나에게 옷 벗는 걸 도와달라고 한다. 나는 그럴 필요 없다고, 정신 나간 친구 때문에 온 것뿐이니 그냥 여기 앉아 우지가 끝내기를 기다렸다가 갈 거라고 말한다. 섹스는 하지 않고. "안 한다고요?" 마리아가 이해하려 애쓴다. "입으로도요?" 벽 저쪽에서 우지의 휴대전화가 계속해서 그는 정말 최고라고 노래한다. 저기서는 뭔가 좋은 일이 벌어지고 있다. 마리아가 내 바지 단추를 끄른다. 멈추라고 한다면 그녀를 모욕하는 셈이라고 나는 스스로에게 말한다. 물론 사실이 아니라는 걸 알지만 믿어보려고 한다. 우지 말이 맞을지도 모른다. 지금 내게 필요한 것은 오로지 플러그뿐이다. 그녀가 그 짓을 하는 동안 나는 그녀의 삶을 머릿속으로 그려본다. 매춘을 스스로 택한 행복한 버전으로. 언젠가 그런 영화를 본 적이 있다. 명랑하고 따뜻한 프랑스 창녀 이야기. 마리아의 삶도 그럴지 모른다. 러시아인이라는 차이만 뺀다면. 시선을 떨구자 보이는 것이라곤 마리아의 머리카락뿐이다. 그녀는 잠깐씩 고개를 들고 묻는다. "좋아?" 나는 당황해서 고개를 끄덕인다. 이 짓도 금방 끝날 것이다.

마탈론 가 56번지에서 우리가 보낸 삼십 분 동안 뻐꾸기는 천장을 뚫고 날아오른다. 햇볕에 달궈진 거리로 다시 나왔을 무렵에는 벌써 1.75에 도달해 있다. 우지 말로는, 100퍼센트의 수익이 난 것이다. 뻐꾸기가 연처럼 파란 하늘을 가르고 날아오른다. 꽁무니에 우리를 매달고서. 우리는 추락하지 않으려고 안간힘을 다해 뻐꾸기 꼬리를 꽉 움켜쥐고 있다.

색깔 고르기

검은 남자가 흰 동네로 이사를 왔다. 그는 검은 현관이 있는 검은 집에 살았고 매일 아침 그 현관에서 블랙커피를 마셨다. 그러던 어느 검은 밤, 흰 이웃들이 집으로 쳐들어와 무자비하게 그를 때렸다. 그는 검은 피 웅덩이 속에 우산 손잡이처럼 몸을 웅크리고 있었고, 이러다간 검은 남자가 죽어서 모두 감옥에 갈 테니 그만하라고 누군가 비명을 지를 때까지 두들겨맞았다.

검은 남자는 죽지 않았다. 구급차가 와서 그를 머나먼 곳으로, 사화산 꼭대기의 마법에 걸린 병원으로 데려갔다. 병원은 희었다. 문도 희고 벽도 희고 침구 역시 희었다. 검은 남자는 차츰 회복되었다. 회복되면서 사랑에도 빠졌다. 헌신과 친절로 그를 보살펴준 흰 제복 차림의 흰 간호사와 사랑에 빠졌다. 그녀 또한 그를 사랑했다. 그리고 그들의 사랑은 남자처럼 매일매일 강해졌고, 강해진 사랑은 침대를 빠져나와 기어가는 법을 배웠다. 마치 어린아이처럼. 마치 갓난아기처럼. 마치 잔인하게 두들겨맞던 검은 남자처럼.

그들은 노란 교회에서 결혼식을 올렸다. 노란 사제가 주례를 보았다. 그의 노란 부모는 노란 배를 타고 그 나라로 왔다. 부모님 역시 흰 이웃들에게 두들겨맞았다. 하지만 사제는 검은 남자가 무슨 일을 겪든 관심이 없었다. 그를 잘 몰랐고, 아무튼 예식이든 뭐든 엮이고 싶지 않았다. 그는 하느님은 그들을 사랑하시며 행운을 빌어주신다고 말할 계획이었다. 하지만 노란 남자는 정말 그럴지 확신이 없었다. 그는 오랫동안 확신을 가지려고 노력을 기울여왔다. 하느님은 우리 모두를 사랑하시며 행운을 빌어주신다는 걸 안다는 확신. 하지만 그날, 아직 서른도 안 된 나이에 심하게 맞아 상처투성이 몸으로 휠체어에 앉은 검은 남자의 결혼을 주재하던 날은 더더욱 믿기 어려웠다. "하느님께서 두 분 모두 사랑하십니다. 하느님께서 당신들을 사랑하시며 행운을 빌어주십니다." 마침내 말한 그는 부끄러움에 사로잡혔다.

검은 남자와 흰 여자는 행복하게 살았다. 그러던 어느 날, 흰 여자가 시장에 다녀오는데 계단참에서 기다리고 있던 갈색 칼을 쥔 갈색 남자가 가진 걸 몽땅 내놓으라고 했다. 검은 남자가 집에 돌아왔을 때 아내는 숨이 끊어져 있었다. 그는 갈색 남자가 왜 아내를 찔렀는지 이해할 수 없었다. 그냥 돈만 가지고 달아날 수도 있었을 텐데. 장례식이 노란 사제의 노란 교회에서 거행되었고, 노란 사제를 본 검은 남자는 노란 사제복을 움켜쥐고 말했다. "사제님이 말하지 않았습니까. 하느님은 우릴 사랑한다고. 하느님이 우릴 사랑하신다면 왜 이런 끔찍한 일을 저지르는 겁니까?" 노란 사제에게는 준비된 대답이 있었다. 신학교에서 배운 대답. 하느님은 신비로운 방식으로 역사하시며 죽은 여인은 틀림없이 그분 곁에 있을 것입니다. 하지만 그렇게 대답하는 대신 사제는 욕을 하기 시작했다. 하느님을 향해 거친 욕설을 퍼부었다. 이제까지 세상에서 들을 수 없었던 욕설이었다. 너무나 모욕적이고 아픈 나머지, 아무리 하느님이라 한들 상처받지 않을 수 없었다.

하느님은 장애인용 경사로를 통해 노란 교회 안으로 들어섰다. 그 역시 휠체어 신세였으며 사랑하는 여인을 잃은 경험이 있었다. 그는 은빛이었다. 은행가의 BMW처럼 번쩍거리는 싸구려 은빛이 아니라 광택 없이 은은한 은빛. 언젠가 그분이 은빛 연인과 함께 은빛 별 사이를 활공하고 있을 때, 한 무리의 금빛 신이 공격해왔다. 어릴 때 하느님에게 맞은 적이 있는 키가 작고 마른 금빛 신이 어른이 되어서 친구들을 이끌고 복수하러 온 것이었다. 금빛 신들은 햇빛으로 만든 금빛 봉으로 하느님의 신성한 몸에 있는 뼈란 뼈는 다 부러질 때까지 때렸다. 하느님은 몇 년이 지나고야 회복할 수 있었다. 하느님의 연인은 회복하지 못했다. 식물인간이 된 그녀는 보고 들을 수는 있지만 말은 한마디도 할 수 없었다. 은빛 하느님은 그녀가 보면서 시간을 보낼 수 있도록 자신의 형상을 본뜬 종種을 창조하기로 결심했다. 그 종은 정말이지 그를 꼭 닮았다. 그와 마찬가지로 흠씬 두들겨맞은데다 고통받았다. 하느님의 은빛 연인은 눈이 휘둥그레져서는 몇 시간이고 그 종의 구성원들을 바라보고 또 바라보았지만 눈물 한 방울 흘리지 않았다.

"어떻게 생각하는가?" 은빛 하느님이 좌절감에 휩싸인 노란 사제에게 물었다. "너희 모두를 이 모양으로 창조한 게 내가 원해서였던 것 같나? 내가 이 모든 고통을 즐기는 변태라든가 가학증 환자라서? 내가 너희를 이렇게 만든 이유는 바로 내가 아는 모습이 이렇기 때문이다. 이것이 내가 할 수 있는 최선이다."

노란 사제는 무릎을 꿇고 하느님에게 용서를 빌었다. 더 강한 하느님이 교회로 왔다면, 지옥에 떨어진다 해도 아마 욕설을 퍼부어대고 있었을 것이다. 그러나 은빛의 장애인 하느님을 보자 후회와 비통함이 밀려왔고 정말이지 그분의 용서를 받고 싶었다. 검은 남자는 무릎을 꿇지 않았다. 하반신마비 때문에 그럴 수가 없었다. 검은 남자는 그저 휠체어에 앉아 천국 어디선가 눈을 크게 뜨고 그를 내려다보고 있는 은빛 여신을 그려보았다. 그 모습은 그에게 어떤 목적의식, 어떤 희망의 감각까지도 불어넣었다. 정확히 이유를 설명할 수는 없었지만 신과 똑같은 고통을 겪고 있다고 생각하자 축복받은 느낌이 들었다.

멍

응급실에서 뼈가 부러지고 근육이 거의 두 갈래로 찢어졌다는 말을 들었다. 의사 말이 어떤 사람들은 시속 80킬로미터로 정면 충돌하는 사고를 당하고도 상처 하나 없이 멀쩡하다고 했다. 언젠가는 3층 아파트에서 아스팔트로 추락한 뚱뚱한 남자가 응급실에 실려왔는데 등에 멍이 든 것이 다였다고 했다. 결국 모든 게 운인 것이다. 확실히 그녀의 편은 아니었던 운. 그녀는 계단을 내려가다 단 한 번 삐끗했을 뿐인데 발목이 반대로 꺾여버렸고, 그리하여 여기, 병원에서 깁스를 하고 있었다.

아랍인처럼 보이는 남자가 그녀의 발에 젖은 붕대를 둘둘 감았다. 자신은 인턴이며 원한다면 의사를 기다려도 되지만 진료가 밀려서 적어도 한 시간은 넘게 걸릴 거라고 그가 말했다. 깁스를 다 대주고는 여름철이라 줄곧 가려울 거라고도 했다. 어떻게 하면 되는지는 알려주지 않고 그냥 그 말만 했다. 몇 분이 지나자 정말로 가려워졌다.

깁스만 아니었더라면 데이비드가 전화했을 때 그녀는 집에 없었을 것이다. 깁스만 아니었더라면 직장에 있었을 것이다. 그는 유대인 에이전시와 관련된 무슨 강연회 때문에 일주일 일정으로 이스라엘에 왔고 지금은 텔아비브라고 했다. 강연들에 지쳤고 그녀가 보고 싶다고. 그녀는 좋다고 했다. 깁스만 아니었더라면 이런저런 핑계를 대고 빠져나갔겠지만 그녀는 지루했다. 그가 오면 신나는 일도 생기겠지. 거울 앞에 서서 블라우스를 고르고 눈썹을 다듬을 것이다. 그가 와도 분명 아무 일 없을 테지만, 적어도 준비하는 동안은 즐거울 터였다. 게다가 그녀가 잃을 게 뭐란 말인가? 다른 이와 있을 때라면 실망하게 될까봐 걱정할지 몰라도 데이비드에게는 더 실망할 여지조차 남아 있지 않다. 지난번 만남에서 그는 이미 그녀를 실망시켰다. 얼마만큼 그녀를 사랑하는지 시끄럽게 떠들어대더니 애무를 주고받다가 그녀가 손으로 그의 물건을 만져주자 그만 호텔 침대 위에서 잠들어버린 것이다. 다음날에도 그다음 날에도 그는 전화하지 않았다. 이틀이 지나자 그녀는 더 기대하지 않았다. 클리블랜드 혹은 포틀랜드, 아니 미국 어디든 고향이라 불리는 곳으로 그가 돌아갔다는 것을 알았다. 마음이 아팠다. 길에서 마주친 누군가가 그녀를 못 알아보는 척할 때처럼 마음이 아팠다. 만약 클리블랜드 혹은 포틀랜드, 아니 어디든 길에서 마주친다면 그는 여자친구와 함께 있을 테지. 분명 그럴 것이었다.

그때 그는 여자친구 얘기를 했다. 결혼할 사이라는 것도. 그동안 왜 숨겼느냐고 그를 추궁할 수는 없었다. 그래도 그의 말을 들어보면 그 모든 게 그녀를 만나기 전까지의 일이며 지금은 그의 인생이 완전히 새로운 방향, 즉 그녀가 포함된 쪽으로 바뀐 것 같았다. 하지만 오해였던 게 틀림없다. 아니면 그가 오해할 만한 인상을 주었든지. 모든 것은 관점에 달려 있다. 호텔에 함께 있는 모습을 그려볼 때 그녀의 기분이 어떤지에 달려 있기도 하다. 그녀는 스스로에게 말했다. 그만해, 이 바보야. 그는 미국인이야, 뭘 기대한 거야? 정말 미국에서의 삶을―그가 설명해주려 애쓰던 JCC 일을 죄다 팽개칠 거라고 생각하는 거야? 그러고는 단지 너랑 함께 있겠다고 여기 와서 바텐더나 배달원을 할 거라고? 그래도 어떤 날은 분통이 터졌다. 왜 그는 사랑이란 말을 입에 올렸을까? 그저 그녀에게 끌린다거나 정욕이 솟구친다거나 취했다거나 집이 너무 멀다고 할 수도 있었다. 뭐라고 했든 그녀는 손으로 해줬을 테지만, 그다음 이틀을 전화벨이 울리기만 기다리며 집에 붙어 있진 않았을 것이다. 휴대전화가 없었을 때라

집전화 옆에서 하염없이 기다려야 했다. 그때도 여름이었고, 그녀의 아파트에는 에어컨이 없었다. 방안의 공기는 움직이지 않았다. 온종일 책—돈 드릴로의 『지하세계』였다—을 붙잡고 있었지만 날이 저물도록 서문에서 벗어나지 못했다. 읽은 내용이 하나도 기억나지 않았다. 야구경기에 대한 것이었는데. 이후로도 그 책은 다시 읽지 않았고 데이비드에게서는 전화가 오지 않았다. 그런데 거의 일 년이 지난 지금, 그가 불쑥 전화해서 집에 들러도 되겠느냐고 물었고, 그녀는 좋다고 했다. 마음 아파했다는 걸 그가 알아차리는 게 싫었다. 다시는 보고 싶지 않다고 할 정도로 그에게 큰 의미를 두었다고 생각하는 게 싫었다.

그는 와인 한 병과 피자를 사들고 왔다. 올리브와 안초비가 반씩 들어 있는 피자였다. 전화를 걸어 뭘 먹고 싶은지, 배는 고픈지 물어보지도 않고. 그래도 피자는 아주 맛있었다. 화이트 와인은 미지근했는데 시원해질 때까지 기다릴 여유가 없어서 얼음을 넣어 마셨다. "이거 100달러짜리 와인인데. 우린 다이어트 콜라처럼 마시고 있네." 그가 웃으며 말했다. 틀림없이 와인에다 많은 돈을 썼다는 걸 말하고 싶었으리라. 그날 밤 이후 난 비참했어. 그가 말했다. 기분이 정말 거지같더군. 다음날 아침 당신한테 전화해서 다 설명했어야 했어. 아니, 처음부터 그러지 말았어야 했어. 미안해. 그녀는 그의 뺨을 어루만졌다. 유혹의 손길이라기보다는 마치 커닝 사실을 고백하는 아들을 그렇게 큰일은 아니라고 달래는 어머니의 손길에 더 가까웠다. 그렇다, 그녀는 그를 생각했었다. 왜 전화하지 않는지 궁금했었다. 하지만 어떤 경우에도 그가 미안해해서는 안 된다. 처음부터 자기는 여자친구가 있다고 말하지 않았던가.

데이비드는 그사이 여자친구와 결혼했다고 했다. 이스라엘에서 돌아오자 캐런—여자친구의 이름이다—이 임신을 했으니 함께 살지 낙태를 할지 결정해야 한다고 했다. 캐런에게 그 이야기를 들었을 때는 비행기에서 내린 직후라 그의 머리카락에 그녀의 체취가 묻어 있었을 것이다. 함께 보낸 밤 이후로 샤워를 하지 않았으니 그 향이 남아 있었을 것이다. 함께 살든지 낙태를 하든지 해야 해. 캐런이 말했다. 그는 함께 살고 싶지 않았다. 그녀 때문에, 그녀와 함께 보낸 밤 때문에. 하지만 캐런이 낙태를 하는 것도 원치 않았다. 설명하기는 어려웠다. 종교가 있거나 한 것도 아니었다. 하지만 낙태라는 것은 돌이킬 수 없는 일 같아서 마음이 편치 않았다. 그래서 그는 청혼했다. 아기를 낳는 것도 돌이킬 수 없는 일이야. 마치 농담이라도 하는 듯한 그녀의 말에 그는 움찔하며 알고 있다고 했다. 그러고는 숨도 쉬지 않고 이어서 아기는 딸이었고 자기 삶에 일어난 가장 멋진 일이라고 덧붙였다. 대체로 잘 지내는 편이라 그런 일은 없을 것 같지만 캐런과 이혼하게 된다면, 실제로 그런 일이 생긴다고 해도 캐런이 낙태를 하지 않아서 기쁘다고 했다. 어린 딸은 믿을 수 없을 만큼 사랑스러웠다. 금요일에 정확히 다섯 달이 되는데, 아이가 태어난 이후 떨어져 지낸 건 이번이 처음이었다. 그는 이번 강연회에도 참석하지 않을 생각이었다. 적어도 다섯 번은 이랬다저랬다 하다가 결국 비행기를 탔다. 가장 큰 이유는 그녀를 만나기 위해서였다. 그녀에게 미안하다고 하기 위해서.

"당신한테 용서를 빌러 왔어." 그가 또 한번 말했다. 그녀는 너무 일을 확대해서 생각하는 거라고 말해주고 싶었다. 침소봉대하는 거라고. 하지만 또 한번 기나긴 침묵이 흐르고, 그녀는 용서한다고 말했다. 처지가 같았던 적은 없었지만 그를 완전히 이해했다. 그저 그가 전화를 하지 않아 조금 서운했던 것이다. 떠나기 전에 하는 인사 전화 말이다. 그뿐이었다. "내가 전화를 했다면 돌아왔을 거야. 돌아왔다면 당신과 사랑에 빠졌겠지. 나는 두려웠어." 그가 말했다. 마음만 먹으면 그녀는 함께 밤을 보낸 첫날 이미 그가 사랑한다고 말했다는 사실을 들먹여 그의 기분을 망칠 수도 있었다. 하지만 그러는 대신 탁자 위에 놓인 그의 커다란 손을 쓰다듬었다. 그러고는 함께 거실로 돌아와 〈로스트〉를 보면서 와인 한 병을 비웠다. 삼 년 전 지오라가 그녀를 임신시켰을 때 그녀는 낙태를 원하는지 함께 살기를 원하는지 그에게 묻지 않았었다. 아무 말도 하지 않고 그냥 낙태를 하러 갔었다. 두 달 후 그들은 헤어졌다. 데이비드는 그녀가 지오라를 사랑했던 것보다 조금 더 캐런을 사랑했음이 틀림없었다. 아니면 적어도 덜 미워했든가. 그녀는 이 밤이 언제 끝날지는 자기에게 달려 있음을 알고 있었고, 그래서 마음이 든든했다. 늦게까지 시간을 끌다가 피곤하다고 해버리면 데이비드는 조용히 떠날 것이다. 그를 바라보면서 미소지으면 그는 키스를 해줄 것이다. 장담할 수 있었다. 하지만 그녀가 정말로 원하는 것은 무엇인가? 그가 정욕에 가득차 호텔방으로 돌아가서는 그녀와 잘됐을 경우를 상상하며 자위하는 것? 아니면 함께 밤을 보내고 다음날 그가 비참해하는 것? 그녀의 마음은 자꾸 바뀌었다. 데이비드 생각은 하지 마. 그녀는 스스로에게 말했다. 그가 어떻게 느낄지 따위는 생각하지 말라고. 너 자신을 생각해. 원하는 게 뭐야?

집스 때문에 화장실에 가기가 고역이었다. 그녀는 깨금발로 균형을 잡아야 했다. 데이비드는 끙끙대는 그녀를 가만 보고 있지만은 않았다. 마치 불타는 건물에서 그녀를 구해내는 소방대원처럼, 혹은 결혼식 날 밤 그녀를 안고 문지방을 넘는 신랑처럼 두 팔로 들어올렸다. 그리고 그녀가 소변을 보는 동안 화장실 문 앞에서 기다렸다가 다시 안아서 거실로 데려왔다. 〈로스트〉는 이미 끝나 있었다. 그 에피소드를 이미 본 데이비드가 결말을 애기해주었다. 미국에서는 일주일 전에 방영한다. 전에 벌써 봤다는 얘기를 하지 않은 건 그녀와 함께라면 다시 봐도 상관없어서였다. 아무튼 그는 텔레비전 광은 아니었다. 그 시리즈에 푹 빠진 캐런 때문에 처음 보게 된 것뿐이었다. 아파트 안이 덥네, 숨막히게 더워. 그의 말에 그녀는 알고 있다고 했다. 에어컨이 없는 대신, 집주인은 그녀와 룸메이트에게 월세를 60달러 깎아주었다. 다리가 부러진 후로 여기 틀어박혀 있다고 그녀는 말했다. 병원에서 목발을 줬지만 그걸 짚고 네 층이나 되는 계단을 내려갈 만큼 힘센 사람이 어디 있을까. 무슨 일이 일어나고 있는지 그녀가 알아차리기도 전에 그는 그녀를 어깨로 들어올려 업더니 4층에서 아래로 걸어내려갔다. 그냥 그렇게.

그는 그녀를 업고 메이에르 공원까지 갔다. 그들은 공원 벤치에 앉아 담배를 피웠다. 덥고 습하기는 거기도 매한가지였다. 그래도 거긴 적어도 산들바람이 땀을 식혀주었다. 당신이 날 용서해준 건 나한테 정말 중요해. 그가 말했다. 너무나도 중요해. 이유는 나도 설명 못 해. 이전에 여자한테 그런 식으로 나쁘게 군 적이 아예 없었던 건 아니지만 당신에게는…… 그는 울기 시작했다. 그가 울고 있다는 걸 깨닫는 데 시간이 걸렸다. 처음에는 기침을 하거나 목이 메었거나 뭐 그런 거라고 생각했지만 그는 울고 있었다. 그만 울어, 이 바보야. 그녀가 희미하게 미소지으며 그에게 말했다. 사람들이 쳐다보잖아. 내가 당신을 찬 줄 알 거야, 당신 마음을 찢어놓은 줄 알 거라고. 데이비드가 그녀에게 말했다. 나 바보 맞아, 진짜야. 난 그때 아마도…… 당신 클리블랜드에 가본 적 없지? 클리블랜드 얘길 할까, 텔아비브 얘길 할까. 그녀는 그 말이 무슨 뜻인지 알아들었다. 분명 캐런 얘기, 당신 얘기, 라는 뜻이리라. 그가 그렇게 말하지 않아서 그녀는 기뻤다.

그들은 아주 천천히 네 층을 다시 올라왔다. 그가 더는 업어줄 수 없어서 그녀는 그에게 기대 한 걸음씩 절뚝거리며 걸었다. 현관문 앞에 이르렀을 때는 둘 다 땀을 뻘뻘 흘리고 있었다. 또다시 깁스 안쪽이 미친 듯이 가려웠다. 나 갈까? 그의 물음에 그녀는 고개를 가로저었지만, 실은 그러는 게 좋겠다는 뜻이었다. 나중에 그녀는 침대에 누워 천장의 팬을 바라보며 전체 스토리를 이해해보려고 노력했다. 미국 남자와 이스라엘 여자가 우연히 만난다. 어느 멋진 저녁. 침이 묻은 그녀의 왼쪽 손바닥이 데이비드의 성기를 감싸고 위아래로 미끄러진다. 그리고 두 사람은 바다를 사이에 두고 별로 중요하지도 않은 이 모든 세부사항을 거의 일 년이나 마음에 담아두게 된다. 어떤 사람들은 건물 3층에서 추락하고도 등에 멍 하나만 생긴다. 반면 어떤 사람들은 계단을 내려가다 단 한 번 삐끗했을 뿐인데 깁스를 하는 신세가 되기도 한다. 그녀와 데이비드는 후자에 속하는 사람들이었다.

주머니에는 무엇이 들었나?

라이터, 목캔디, 우표, 살짝 구부러진 담배 한 개비, 이쑤시개,
손수건, 펜, 5셰켈짜리 동전 두 개. 이것들은 내 주머니에 든 물
건의 일부에 지나지 않는다. 그러니 주머니가 불룩해도 놀라운
일은 아니겠지? 많은 사람들이 묻는다. "도대체 그 망할 네 주머
니에는 뭐가 든 거야?" 대부분의 경우 나는 대답하지 않거나 그
저 미소짓고 가끔 예의상 짧게 웃기도 한다. 농담이라도 들은 것
처럼. 그래도 알려달라고 조르면 아마 주머니 안의 물건을 다 보
여줄 것이다. 왜 그 전부가 항상 필요한지 설명도 해줄 것이다.
하지만 사람들은 다시 묻지 않는다. 망할 이게 뭐야, 미소, 짧은
웃음, 어색한 침묵이 지나가고 나면 우리는 다음 화제로 옮겨가
있다.

사실 주머니에 넣어둔 물건은 모두 어떤 순간이 닥쳐도 대처할 수 있도록 내가 세심하게 고른 것이다. 그게 다 거기 있어서 결정적인 순간에 유리하다. 아니, 그건 정확한 표현이 아니다. 그게 다 거기 있어서 결정적인 순간에 불리하지 않을 수 있다. 나무 이쑤시개나 우표가 있으면 어떨 때 유리한가? 예를 들어 아름다운 소녀—뭐 아름답진 않아도 매력이 있어서 숨이 멎을 만큼 미소가 황홀한 평범한 외모의 소녀—하나가 우표가 있느냐고 묻는다든가, 아니면 묻지는 않더라도 어느 비 내리는 밤거리의 빨간 우체통 앞에 우표가 붙어 있지 않은 편지 봉투를 손에 들고 서서 혹시 당신은 그 시각에 문을 연 우체국을 아는지 궁금해한다면. 때마침 한기와 절망 때문에 소녀가 살짝 기침이라도 한다면. 마음 깊은 곳에서는 그 시각 그 동네엔 문을 연 우체국이 없다는 것을 아니까, 암튼 그 결정적인 순간에 소녀는 절대 "도대체 그 망할 주머니에는 뭐가 든 거예요?"라고 묻지 않고 우표에 매우 감사할 것이며, 단지 감사하는 데 그치지 않고 예의 그 황홀한 미소를 지어 보일 텐데 그러면 우표 한 장으로 황홀한 미소를 얻는 셈이다—그런 거래라면 난 언제든 응할 것이다. 설령 우표 값이 치솟고 미소 값은 곤두박질친다 해도.

미소를 지은 소녀는 고맙다고 하면서 다시 기침을 할 것이다. 춥기도 하고 조금 당황스럽기도 할 테니까. 그러면 나는 소녀에게 목캔디를 줄 것이다. "그 주머니에는 또 뭐가 들었나요?" 소녀는 물을 것이다. 망할이나 그 어떤 부정적인 뉘앙스도 섞이지 않은 상냥한 말투로. 그러면 나는 주저 없이 대답하리라. 당신한테 필요한 것 전부요, 내 사랑. 당신한테 필요한 것 전부.

이제 알겠는가. 내 주머니에 무엇이 들었는지. 바로 망쳐버리지 않을 기회다. 보잘것없는 기회. 대단치 않은 기회, 일어날 가능성도 별로 없는 기회. 나도 그건 안다. 바보가 아니니까. 행복과 함께 오는 그 작은 기회에 나는 "그럼요"라고 말할 수 있다. "미안해요, 담배/이쑤시개/자판기에 넣을 동전이 지금 없네요"라고 말하지 않아도 된다. 미안하다는 말 대신 그렇다고 할 작은 기회. 내 불룩한 주머니에 든 것은 바로 이것이다.

나쁜 업보

"한 달에 15셰켈이면, 고객님께 그런 일이 생기면 안 되겠지만 혹시라도 사망하실 경우 따님께 십만 셰켈을 보장해드릴 수 있습니다. 어린 고아에게 십만이 어떤 차이를 만들 수 있는지 아십니까? 화이트칼라 직업인의 삶과 치과 접수원의 삶, 딱 이 차이랍니다."

사고 이후로 오슈리는 핫케이크를 팔듯이 보험을 팔았다. 그가 다리를 약간 절고 오른팔을 제대로 못 쓴다는 사실과 상관이 있는지는 분명치 않으나 사람들은 끝까지 앉아 얘기를 듣고 그가 권하는 보험에 다 들었다. 생명보험, 소득보상보험, 실손의료보험 등등. 처음에는 두 가지 사례를 즐겨 들었다. 보험에 가입한 바로 그날 유치원으로 딸을 데리러 가던 길에 아이스크림 트

럭에 치인 예멘인과 의료보험 권유를 웃어넘겼다가 한 달 후 췌
장암 진단을 받고 울먹이며 전화를 걸어온 교외에 사는 남자. 하
지만 그는 자신의 스토리가 가장 잘 먹힌다는 걸 금세 알아차렸
다. 보험설계사 오슈리 시반은 시내에 있는 쇼핑 아케이드 근처
카페에서 미래의 고객과 한창 상담하는 중이었는데, 그때 한 젊
은이가 인생을 끝내기로 마음먹고 옆 건물 11층에서 창밖으로
몸을 던져 그의 머리 위로 퍽, 떨어진다. 그 추락으로 젊은이는
죽고, 망설이는 고객에게 방금 막 예멘인과 아이스크림 트럭 이
야기를 마친 오슈리는 그 자리에서 의식을 잃는다. 사람들이 얼
굴에 물을 끼얹어도, 구급차 안에서도, 응급실에서도, 심지어 집
중치료실에서도 그는 깨어나지 않는다. 혼수상태다. 의사들은
몹시 위중하다고 말한다. 그의 아내와 딸이 침상 옆에 앉아 울
고 또 운다. 육 주 동안 어떤 변화도 없다가 갑자기 기적이 일어
난다. 오슈리가 아무 일도 없었던 것처럼 문득 혼수상태에서 깨
어난 것이다. 그냥 눈을 번쩍 뜨더니 자리에서 일어난다. 그리
고 뒤이어 씁쓸한 사실이 드러난다. 우리의 오슈리는 자신이 설
파했던 대로 하지 않았다. 아무 보험도 들어놓지 않은 그는 결
국 대출금을 감당할 수 없어 아파트를 팔고 셋집을 얻어야 했다.
"저를 보세요." 오슈리는 오른팔을 억지로 움직여보려는 서툰
시도로 자신의 슬픈 이야기를 마무리짓곤 했다. "절 보시라고요,

여기 당신과 함께 카페에 앉아 피 토하며 보험을 팔고 있잖아요. 만약 매달 30셰켈만 따로 떼어놨더라면—30셰켈은 진짜 아무것도 아닌 돈이잖아요. 겨우 낮 상영 영화 티켓 한 장 값이고 그나마 팝콘도 못 사먹는다고요—아마 전 통장에 이십만을 넣어두고 왕처럼 편안히 지냈을 거예요. 기회가 있었는데 날려버린 거죠. 그런데 모티, 제 실수에서 깨닫는 거 없어요? 점선에 서명하고 끝내버리자고요. 오 분 후 당신 머리 위에 뭔가 떨어질지 누가 알겠어요?" 그러면 그와 마주앉은 모티, 혹은 이갈, 혹은 미케이는 잠시 바라보다가 그가 멀쩡한 팔로 건네는 펜을 받아들고 사인을 했다. 예외는 없었다. 만약에, 그러면, 하지만 같은 말도 없었다. 그러고 나서 마비된 오른팔 때문에 악수를 할 수 없는 오슈리는 잘 가라는 인사로 윙크를 했고, 나가는 길에 그들이 얼마나 결정을 잘했는지 다시 한번 확인시켜주곤 했다. 그리하여 큰 노력 없이도 오슈리 시반의 파탄났던 은행 계좌는 급속도로 회복되기 시작해 삼 개월 만에 아내와 그는 예전보다 대출을 훨씬 적게 끼고 새 아파트를 사게 되었다. 병원에서 받은 온갖 물리치료로 팔도 좋아지기 시작했는데, 고객들이 악수하려고 손을 내밀면 여전히 전혀 움직일 수 없는 척을 하긴 했다.

"파랗고 노랗고 하얗고 부드러운 맛이 입안에 감돈다. 저 높은 곳에서 무언가가 어른거린다. 근사한 무언가가. 나는 그곳으로 간다. 그리나아간다."

밤마다 그는 꿈을 꾸었다. 그날의 사고에 대한 꿈이 아니라 혼수상태에 대한 꿈이었다. 이상하게도 그로부터 긴 시간이 흘렀건만 여전히 그 육 주 동안의 모든 것을 세세히 기억할 수 있었다. 그는 색깔과 맛, 얼굴을 식혀주던 신선한 공기를 기억했다. 추억의 부재 상태, 이름도 과거도 없이 현재에 존재한다는 감각을 기억했다. 육 주 동안의 현재. 현재가 아니라고 느낀 것은 오로지 살아 있다는 낯선 감각에 동반된 낙관주의로 나타난 미래의 조짐이었다. 그 육 주 동안 그는 자기 이름도, 결혼했다는 사실도, 어린 딸의 존재도 모르고 지냈다. 사고를 당한 것도, 살기 위해 병원에서 사투를 벌이고 있다는 것도 몰랐다. 오로지 살아 있다는 사실 말고는 아무것도 몰랐다. 그리고 그것만으로도 무척 행복했다. 대체로 그 무無의 상태에서 생각하고 느낀 경험은 이제껏 했던 어떤 경험보다 강렬해 마치 배경의 소음은 모조리 사라지고 눈물나게 진실하고 순수하고 아름다운 소리만 남은 것 같았다. 아내는 물론 누구와도 이런 얘기를 하지 않았다. 죽음 가까이서 그토록 큰 기쁨을 느끼면 안 되는 법이다. 아내와 딸이 침대 옆에서 가슴 아프게 울고 있는데 혼수상태를 짜릿해서는 도 안 되는 법이다. 그리하여 기억나는 게 있느냐는 사람들의 물음에 전혀 없다고, 하나도 기억나지 않는다고 답했다. 아내와 딸 메이탈이 그에게 해준 얘기들을 혼수상태에서도 들었느냐는 질문에는 기억은 나지 않아도 틀림없이 도움이 되었을 거라고 했다. 무의식의 영역에 힘을 주어 살고 싶다는 욕망을 불러일으켰을 거라고. 그렇게 말은 했지만 사실이 아니었다. 혼수상태에 빠져 있을 때 이따금 외부세계의 목소리도 듣긴 했다. 물속에서 들리는 것처럼 낯설고 날카로운 동시에 모호한 소리였다. 그는 그 소리들이 조금도 마음에 들지 않았다. 위협적인 목소리들은 당시 그가 살았던 쾌적하고 다채로운 세상 너머의 무언가를 가리키고 있었다.

"다시는 비통함을 알지 못하리라."

시바* 주간에 오슈리는 자신의 머리 위로 추락한 젊은이의 가

---

* 유대교에서 장례식이 끝난 직후 고인의 부모와 자녀, 형제, 배우자가 한집에 모여 일주일 동안 치르는 애도 의식.

족에게 위로 전화를 걸지 못했다. 묘비 제막식에도 참석하지 못했다. 하지만 일주기에는 꽃을 들고 찾아갔다. 묘지에는 젊은이의 부모와 여동생과 뚱뚱한 고등학교 친구가 와 있었다. 그들은 그가 누구인지 몰랐다. 젊은이의 모친은 그가 아들의 상사인 줄 알았다. 그의 이름도 오슈리였기 때문이다. 여동생과 뚱뚱한 친구는 그를 부모의 친구라고 생각했다. 무덤에 작은 돌을 하나씩 올려놓는 의식을 마치고 모친이 물어보자 그는 내티—죽은 젊은이의 이름—가 창밖으로 몸을 날렸을 때 그 아래 깔렸던 사람이라고 밝혔다. 대답을 듣자마자 모친은 정말 미안하다면서 울음을 멈추지 못했다. 부친은 그녀를 달래려 애쓰며 오슈리를 미심쩍은 눈길로 바라보았다. 신경질적인 흐느낌이 오 분 동안 이어진 후 부친은 그가 당한 모든 일에 대해 정말 유감이라고, 만약 살아 있었다면 내티도 틀림없이 미안해할 거라고, 하지만 이제 그만 가준다면 모두를 위해 더 좋을 거라고 퉁명스럽게 말했다. 오슈리는 금방 동의하면서, 이제 자기는 거의 괜찮아졌으며 이러니저러니 해도 그렇게 끔찍하진 않았다고—내티의 양친이 겪어야 했던 일들에 비하면 분명 그렇게 끔찍하지 않았다고 재빨리 덧붙였다. 부친은 중간에서 그의 말을 끊었다. "우릴 고소할 생각이오? 그럴 작정이라면 시간만 버리는 셈이오. 지바와 내 이름으로 된 돈은 한푼도 없소. 알겠소? 한푼도 없어." 그 말을

들은 모친은 더 서럽게 울었고, 오슈리는 그들을 안심시키려고
아무한테도 나쁜 감정이 없다는 말을 주워섬기고는 자리를 떴
다. 묘지 입구에서 판지로 만든 야물크를 나무상자에 넣고 있는
데 내티의 여동생이 뒤따라와 부친에 대해 사과했다. 정확히 사
과라기보다는 부친이 어리석은 사람이고 내티도 생전에 항상 부
친을 미워했었다는 말이었다. 내티의 아버지는 늘 모든 사람이
자기를 해코지한다고 믿었는데 결국 동업자가 돈을 갖고 튀면서
그 믿음이 현실이 되었다. "오빠가 살아서 그 꼴을 봤더라면, 아
마 히스테릭하게 웃었을 거예요." 여동생은 자신을 마아얀이라
고 소개했다. 오슈리는 습관적으로 그녀가 내민 손을 보고만 있
었다. 일 년 동안 고객들 앞에서 팔이 완전히 마비된 척해온 터
라 심지어 집에 혼자 있을 때도 가끔씩 손을 쓸 수 있다는 걸 잊
어버렸다. 그가 손을 잡지 않자 마아얀은 악수하려던 손으로 더
없이 자연스럽게 그의 어깨를 만졌는데, 결과적으로 이 행동 때
문에 둘은 조금 불편해졌다. "당신이 여기 오다니 이상해요." 둘
사이의 침묵을 깨고 잠시 후 그녀가 말했다. "오빠는 당신에게
뭔가요? 사실 모르는 사이였잖아요." "그래서 아쉬워요." 오슈
리는 어떻게 대답해야 할지 확실히 모르는 채로 말했다. "내가
그를 몰랐다는 게요. 알고 지냈더라면 좋았을 사람 같아서요."
오슈리는 자기가 여기 온 것이 전혀 이상하지 않다고 말하고 싶

었다. 그녀의 오빠와는 해결되지 않은 일이 있다고. 그날 그 카페에는 굉장히 많은 사람이 있었는데 내티는 그 많은 사람 중 하필이면 오슈리 위로 떨어졌다. 그가 오늘 여기 온 것은 그 이유를 이해하기 위해서였다. 하지만 입 밖에 내기 전에 바보 같은 소리라는 걸 깨닫고 내티가 왜 그토록 젊은 나이에 자살했는지 물어보았다. 마아얀은 어깨를 으쓱했다. 처음 받는 질문은 아니었다. 그는 헤어지기 전에 명함을 건네며 도움이 필요하면 뭐라도 상관없으니 언제든 전화하라고 말했다. 그녀는 미소지으며 고맙지만 자신은 뭐든 혼자 잘하는 편이라고 했다. 명함을 훑어보다가 그녀가 말했다. "보험설계사예요? 정말 묘하네요. 내티오빠는 시종일관 보험이라면 질색했거든요. 나쁜 업보를 쌓는 일이라면서요. 보험을 든다는 건 다 잘될 거라는 믿음에 반하는 행위랬어요." 오슈리는 방어적이 되어 말했다. 젊을 때는 많이들 그렇게 생각하죠. 하지만 아이가 생기면 다르게 보게 될 겁니다. 게다가 다 잘될 거라 믿고 싶다고 해서 조심하지 말란 법은 없으니까요. 그녀가 가기 전에 그가 덧붙였다. "그래도 필요한 게 있으면 꼭 전화하세요. 보험 들라고 안 할게요." 그녀는 미소지으며 고개를 끄덕였다. 두 사람 다 알고 있었다. 그녀가 전화하지 않으리란 걸.

묘지에서 집으로 돌아가는 길에 아내에게서 전화가 왔다. 학원에서 메이탈을 데리고 오라는 것이었다. 오슈리는 냉큼 그러겠다고 답했고 지금 어디냐고 묻는 아내에게 라마트 하샤론에서 고객과 약속이 있었다고 둘러댔다. 왜 거짓말을 했는지 스스로도 납득이 되지 않았다. 여태 어깨에서 희미하게 느껴지는 손길의 감촉 때문도, 마땅한 이유 없이 추도식에 다녀왔기 때문도 아니었다. 이유가 있다면 그가 내티, 분명 똑똑하고 잘나갔고 오슈리만큼 사랑받았으나 기어이 모든 걸 끝내기 위해 창밖으로 뛰어내린 그 남자에게 고마워하고 있다는 걸 아내에게 들킬까봐 두려웠다는 것이리라. 차에 탄 메이탈이 우쭐해선 직접 만든 모형 비행기를 보여주길래 칭찬해주고 하늘로 날릴 계획이냐고 물었다. "아닌데." 메이탈은 조롱하는 눈길로 그를 바라보며 말했다. "이건 그냥 모형이잖아." 오슈리는 당황해서 고개를 주억거리며 정말 똑똑한 아가씨라고 말해주었다.

기분 좋은 꿈들

사고 이후 부부의 잠자리 횟수는 현저히 줄어들었다. 서로 얘기해보진 않았지만 아내는 그래도 괜찮다고 생각하는 분위기였다. 사고 후에 그가 회복한 것만 해도 너무 기뻐서 횟수 같은 건 신경쓰지 않는 것 같았다. 사랑을 나눌 때면 예전처럼 좋았다. 이제는 그가 또다른 관점, 꼭대기층에서 뭔가가 머리 위로 떨어졌을 때만 도달할 수 있는 세계와 연계된 관점, 그밖의 것은 전부 난쟁이처럼 작아 보이게 하는 관점에 서 있다는 사실만 제외하면. 섹스뿐만 아니라 아내에 대한 사랑, 딸에 대한 사랑, 아니 모든 게 그랬다.

다시 깨어났을 때 그는 혼수상태의 세계에서 느낌이 어땠는지 정확히 기억하지 못해 만약 누군가에게 설명해보려 해도 할 수 없었을 것이다. 딱 한 번, 눈 먼 여자에게 보험을 권하던 중 그 느낌을 묘사하려 시도해보았다. 다른 사람도 아니고 왜 하필 그녀가 이해해줄 거라 기대했는지는 모르지만, 세 문장을 말했을 무렵 그녀가 겁을 집어먹었다는 걸 눈치채고 그만두었다. 그러나 꿈속에서 그는 정말 그곳으로 되돌아갈 수 있었다. 묘지에 갔던 날 후로 혼수상태 꿈을 더 자주 꾸었다. 꿈에 중독되고 있는 느낌이었다. 하도 그렇다보니, 밤이 되어 잠자리에 들기 훨씬 전부터 오랜 세월 추방되어 있었던 사람이 고향으로 돌아가는 비행기에 오르기라도 하듯 기대감으로 몸을 떨었다. 우습게도 너무 흥분한 탓에 잠 못 드는 날도 있었다. 그럴 때면 그는 자고 있는 아내 곁에 꼼짝 않고 누워 잠을 이루려고 갖은 방법을 강구했다. 그중 하나가 자위였다. 묘지에 다녀온 뒤로 자위를 할 때마다 그는 마아얀을, 어깨에 닿았던 그녀의 손길을 떠올렸다. 그녀가 아름다워서가 아니었다. 그렇다고 그녀가 아름답지 않다는 뜻은 아니었다. 비록 그녀의 아름다움이란 게 젊음에 따라오는 부서지기 쉬우면서도 아주아주 빨리 사그라질 종류의 것이긴 해도. 사실 오래전 처음 만났을 때 그의 아내 역시 같은 종류의 아름다움을 지니고 있었다. 하지만 그것이 마아얀을 생각하는 이유는 아니었다. 다채롭고 고요한 세계에 닿게끔 도와줬던 남자와 연결되어 있는 존재라는 게 이유였고, 마아얀을 떠올리며 자위를 할 때면 그녀 덕분에 돌연 여인의 형상을 취한 그 세계에 대고 자위를 하는 것 같았기 때문이었다.

한편 그는 아찔한 속도로 보험을 팔아치우고 있었다. 의도한 것도 아닌데 날이 갈수록 능란해져갔다. 이제는 보험을 팔 때 눈물을 흘리는 스스로를 발견하는 일도 종종 있었다. 속임수가 아니었다. 그것은 예기치 않게 솟구치는 진짜 눈물이었다. 그리고 그 덕분에 미팅 시간이 줄어들었다. 오슈리가 울고 나서 사과하면, 그 즉시 고객들은 괜찮다면서 계약서에 사인을 했다. 그는 자신이 사기꾼이 된 기분도 조금 들었으나, 그 울음은 정말이지 순수한 것이었다.

해안도로의 교통 정체

어느 주말, 부부는 딸을 데리고 처가의 키부츠*에 다녀오던 길에 자동차 충돌 사고 현장을 지나게 되었다. 앞서가던 운전자들이 목을 빼고 구경하느라 속도를 늦추었고, 아내는 저러는 건 이스라엘인뿐이라며 역겹다고 했다. 구급차 소리에 뒷좌석에 잠들어 있던 딸이 깼다. 아이는 창문에 얼굴을 갖다대고 피투성이가 된 남자가 의식을 잃고 들것에 실려가는 것을 보았다. 어디로 데려가는 거냐고 딸이 물었고, 오슈리는 좋은 곳으로 데려간다고 했다. 네가 상상도 못 하는 색채와 맛과 냄새로 가득한 곳이란다. 그는 그 장소에 대해 말했다. 그곳에서는 어떻게 사람의 육체가 한없이 가벼워지는지, 어떻게 아무것도 원하지 않는데 모든 것이 이루어지는지. 어찌해서 그곳에서는 어떤 두려움도 없고 따라서 아픔이 있다 해도 그저 하나의 느낌, 느낄 수 있다는 게 마냥 기쁜 그런 느낌으로 변하는지. 그는 말하고 또 말했다. 아내의 얼굴에 떠오른 화난 기색을 알아챌 때까지. 라디오에서 고속도로 정체가 심하다고 했고, 다시 백미러로 눈길을 돌리니 들것 위의 남자에게 미소지으며 손을 흔드는 메이탈이 보였다.

---

* 이스라엘의 농업 및 생활 공동체.

아리

내 여자친구는 절정에 이르면 "아리"라고 비명을 지른다. 한
번도 아니고 여러 번. "아리, 아리―아리―아리!" 나는 아리로
태어나 자랐기에 상관은 없다. 그래도 가끔은 뭐든 좋으니 다른
말을 외쳐주었으면 싶다. "내 사랑." "날 반으로 쪼개줘." "그만,
더는 못 버티겠어." 무난하고 진부한 "멈추지 마!"도 괜찮을 것
이다. 아주 가끔은 뭔가 색다른 말, 그 상황에 딱 들어맞는 구체
적인 말―그 시점에 좀더 적절한 감정이 담긴 말―을 듣는다면
근사할 것이다.

내 여자친구는 지방대학의 법학도다. 큰 종합대학에 다니고
싶어했지만 들어가지 못했고, 지금은 계약법 전문가가 되려고
준비중이다. 계약서만 다루는 변호사라는 것이 정말로 있다. 그

들은 사람을 만나지 않고 법원에 나타나지도 않고 온종일 자리에 앉아 인쇄된 서류를 한 줄 한 줄 들여다본다. 마치 그것이 세상의 전부인 것처럼.

내가 아파트를 세낼 때 그녀도 자리에 있었다. 그리고 집주인이 몇몇 조항에서 우리를 속이려 한다는 걸 금세 알아챘다. 나라면 백만 년이 지나도 몰랐을 텐데 그녀는 눈 깜짝할 사이에 찾아냈다. 내 여자친구는 칼날처럼 예리하다. 오르가슴을 느낄 때는 또 어떠한가. 나는 평생 그 비슷한 것도 본 적이 없다. 사방으로 버르적거리며 완전히 폭발하는 몸. 꼭 전기의자에 앉은 사람을 보는 것 같다. 의지와는 상관없이 저 깊은 곳에서부터 비롯된 경련의 파도가 그녀를 삼킨다. 파도는 우렁우렁 그녀의 목을 타고 내려가 발바닥을 간질인다. 마치 그녀 몸의 온 조직이 고마움을 표현하려 애쓰지만 어찌할 바를 모르는 것처럼 보였다.

한번은 나 이전에 다른 남자들과 관계할 때 절정에 이르면 무슨 소리를 냈는지 물어보았다. 그녀는 놀라서 나를 빤히 쳐다보더니 절정에서는 항상 "아리"라고 소리쳤다고 했다. 언제나 "아리"라니. 나는 그냥 넘어갈 수 없어서 이름이 아리가 아닌 남자들 앞에서는 뭐라고 했는지 물어보았다. 그녀는 잠시 생각하더니 이름이 아리가 아닌 남자와는 섹스한 적이 없었다고 했다. 나를 포함해 잠자리를 한 스물여덟 명의 남자 모두가—지금 돌이켜 생각해봤는데—아리, 한 명도 빠짐없이 아리였다. 그 말을 마친 그녀는 침묵에 빠져들었다. 나는 아주 차분하게 말했다. "그건 좀 심한 우연인걸…… 아니면 모든 게 새로운 아리를 찾기 위한 너의 선택 과정일지 모르지." "그럴지도." 그녀는 깊이 생각에 잠긴 채 대답했다. "그럴지도."

그 순간부터 나는 주변의 모든 아리를 몹시 의식하게 되었다. 팔라펠 노점에 한 명, 내 회계사, 커피숍에서 마주치면 늘 신문의 스포츠 섹션을 좀 남겨달라는 뻔뻔한 사내. 그렇다고 뭐 그리 대단한 일을 한 것은 아니고 그저 머릿속으로 메모를 해두었다—아리 플러스 아리 플러스 아리. 골칫거리가 생길 때—만약 생긴다면—그것은 이 남자들 중 하나로부터 비롯되리라는 사실을 마음속 깊은 곳에서부터 알았으니까.

내 여자친구의 이름도 말하지 않고 이렇게 많은 걸 털어놓다니 이상한 일이다. 마치 이름 따위는 전혀 중요하지 않다는 듯이. 사실이긴 하다. 한밤중에 눈을 떴을 때 그녀의 이름이 떠오르지는 않을 것이다. 떠오르는 것은 울기 직전 반쯤 놀란 표정이라든가 엉덩이, 또는 "나 할말 있어"라고 아이처럼 귀엽게 말하는 모습 같은 거겠지. 내 여자, 그녀는 환상적이다. 하지만 가끔은 우리 관계의 끝이 어떨지 확신이 서지 않는다.

임대차계약을 속여 우리를 벗겨먹으려 했던 집주인, 그의 이름도 아리였다. 그는 할머니로부터 해변에서 다섯 블록 떨어진 건물 하나를 통째로 물려받은 쉰 살 먹은 놈일 뿐 아무것도 아니었다. 세입자들에게 수표를 거둬들이는 것 외에 평생 일 비슷한 것도 해본 적이 없었다. 그의 파란 눈은 전투기 조종사에게서나 볼 법한 것이고 은회색 머리카락은 구름 언저리처럼 반짝거렸지만 그는 파일럿이 아니다. 계약서에 사인할 때 그가 말하길, 군 복무는 츠리핀에 있는 어떤 수송 기지에서 사무를 보는 일로 마쳤노라고 했다. 예비군이 그가 어디 있는지 확인하는 것조차 성가시게 생각한 지 십수년은 되었을 것이다.

그가 내 여자친구와 자는 사이라는 걸 알게 된 것은 순전히 우연이었다. 만일 그녀가 이 모든 아리의 이야기를 해주지 않았더라면 아마 나도 의심하지 않았을 것이다. 아파트에서 두 사람을 보았을 때 옷을 다 입고 거실에 있던 그는 우리가 '그의 자산을 망가뜨리고 있지 않나' 확인차 들렀다고 했다. 그가 떠난 직후 나는 그녀를 몰아붙여 진실을 토해내고 인정하게 했다. 하지만 그건 죄책감이라곤 조금도 없는 고백이었다. 온전히 사실관계 위주였고 건조하기 짝이 없었다. 꼭 모르는 사람에게 8번 버스는 디젠고프에 서지 않는다는 말이라도 하는 것 같았다. 얘기를 끝내자마자 그녀는 물어볼 게 있다고 한다. 그녀가 알고 싶은 건 우리가 다 함께 그걸 해도 될까 하는 것이다. 그와 나, 둘 모두와.

그녀는 협상까지 한다. 딱 한 번만 다 같이 하면 두 번 다시 그를 만나지 않겠다고. 평생 딱 한 번, 자기 안에서 한 쌍의 아리를 느껴보고 싶다. 인생이 따분한 변태인 그는 틀림없이 좋다고 할 것이다. 그녀는 확신한다. 그러면 결국에는 나도 항복할 것이다. 왜냐하면 그녀를 사랑하니까. 진실로 사랑하니까.

그렇게 해서 내가 집주인과 한 침대에 누워 있게 된 것이다. 그는 옷을 벗기 일 초 전에도 부엌 셔터가 제대로 닫히지 않았다는 둥 경첩에 기름칠을 해야 한다는 둥 장광설을 늘어놓는다. 잠시 후 여자친구의 몸이 내 위에서 떨리기 시작한다. 그녀가 절정을 향해 치닫고 있다는 게 느껴진다. 어찌되었건 그녀가 비명을 내지를 때 별문제는 없을 것이다. 우리 이름은 정말로 아리니까. 단 하나, 우리가 영원히 알 수 없는 건 그녀가 소리쳐 부르는 게 그냐 나냐 하는 것이다.

암캐

홀아비. 그는 이 단어의 울림을 아주 많이 사랑했다. 사랑했지만 동시에 그 사랑이 부끄럽기도 했다. 그래도 별수 있나, 사랑이란 통제 불능의 감정인 것을. 총각은 늘 이기적, 향락적으로 느껴졌고, 이혼남 하면 패배자, 심지어 만신창이가 떠올랐다. 하지만 홀아비? 홀아비는 책임감 있고 헌신적인 사람을 뜻하는 말 같았고, 현재 그가 혼자 몸이라 하면 사람들은 출신지에 따라 신이나 자연의 힘을 탓할 뿐이었다. 그가 객차 안에서 담배를 꺼내막 불을 붙이려는 순간, 거식증에 걸린 건너편의 젊은 여자가 프랑스어로 투덜거리며 NON FUMEUR(금연) 표시를 가리켰다. 마르세유와 파리를 오가는 기차에서 골루아즈에 불을 못 붙이게 하다니 누가 믿겠는가. 홀아비가 되기 전에는 담배에 불을 붙이

려 할 때마다 베르타가 그의 건강 문제에서 시작해 늘 자기 편두
통으로 끝나는 독백을 늘어놓았다. 지금 비쩍 마른 프랑스 여자
의 불평을 듣자니 불현듯 베르타가 그리워졌다.

"아내도 내가 담배 피우는 걸 싫어했지요." 담뱃갑에 담배를
도로 집어넣으며 그가 말했다.

"영어 못해요." 프랑스 여자가 말했다.

"아가씨는 내 딸 또래로 보이네요. 더 많이 먹어야지. 건강에
안 좋아요." 그는 계속 말했다.

"영어 못해요." 프랑스 여자는 또다시 말했지만, 움츠러든 어
깨를 보면 하나도 빠짐없이 알아듣고 있다는 걸 알 수 있었다.

"딸이 마르세유에 살아요." 그가 말을 이었다. "의사와 결혼했
어요. 안과 의사." 그는 두려움에 깜빡거리는 여자의 녹색 눈을
가리키며 말했다.

기차에서 마시는 커피조차 하이파에서보다 세 배는 수준이 높
았다. 그렇다, 맛에 관한 한 저 프랑스 놈들은 모두를 뛰어넘는
다. 마르세유에 온 지 일주일이 지나자 바지 단추를 채우기 힘들
지경이었다. 자하바는 그가 더 있었으면 했다. "어딜 그렇게 급히
가시게요?" 그녀가 물었다. "이제 엄마는 돌아가셨고 아빠는 은
퇴했잖아요. 아빠는 완전 혼자라고요." 혼자와 은퇴, 이 두 단어에
는 탁 트인 구석이 있어서 그 말을 듣자 바람이 얼굴을 스치는 듯

했다. 어쨌든 가게 일은 전혀 좋아하지 않았어도 베르타, 그녀에게는 애틋한 마음이 있었다. 하지만 그들의 좁은 침실에 있던 나무 옷장처럼 그녀가 너무 많은 공간을 차지해버려 다른 것이 있을 자리가 그녀 옆에 남지 않았다. 베르타가 죽고 그가 처음 한 일은 고물상을 불러 그 옷장을 없애는 것이었다. 거대한 옷장이 3층에서 벨트를 타고 미끄러져내려가는 것을 호기심 어린 눈으로 지켜보는 이웃들에게 그는 옷장을 보면 그 참극이 하도 많이 생각나서 그런다고 했다. 참극. 이제 옷장이 사라진 방은 돌연 넓고 환해졌다. 오랫동안 옷장에 가려 있던 창문을 잊고 지낸 것이다.

식당칸에서는 칠십대 여인이 마주앉았다. 한때 미인이었을 그녀는 그 사실을 사람들에게 일깨워주려고 갖은 애를 썼다. 립스틱과 아이라이너를 예술적으로 놀려 아주 섬세하게 그 작업을 해냈다. "아…… 당신이 오십 년 전에 날 봤더라면." 그녀 옆에는 식판을 두는 선반이 있었는데, 수놓인 연푸른색 스웨터를 우아하게 차려입은 작은 푸들이 거기 앉아 있었다. 크고 낯익은 눈동자를 그에게 딱 고정한 채. '베르타?' 그는 반쯤 두려움에 사로잡혀 생각했다. 맞다고 확인이라도 해주듯 푸들은 짧게 짖었다. 늙은 여인은 환한 미소를 지어 보이며 그에게 무서워할 거 없다고 했다. 푸들의 눈동자는 그에게서 떨어질 줄 몰랐다. "옷장이 내 위로 넘어진 게 우연이 아니라는 거 알아." 눈동자가 말했다.

"당신이 밀었잖아." 그는 담배를 짧게 한 모금 빨고 늙은 여인에게 초조한 미소를 지어 보였다. "당신이 날 죽이려고 한 게 아니라는 것도 알아. 그냥 반사작용이었지. 내가 겨울옷을 다시 내려 달려고 해서 그만 자제력을 잃은 거야." 이번에도 그는 반사작용으로 절로 고개를 끄덕거렸다. 그가 다른 사람, 덜 터프한 사람이었더라면 벌써 눈물을 글썽였으리라. "지금 행복해?" 푸들의 눈동자가 물었다. "그냥 그래." 그도 눈동자로 말했다. "혼자라는 게 힘들어. 당신은?" "나쁘지 않아." 푸들은 흡사 미소짓는 것처럼 입을 벌렸다. "여주인이 잘해줘. 착한 여자야. 우리 딸은 잘 있어?" "지금 그애 집에서 오는 길이야. 아주 좋아 보이더라. 참, 질베르가 아이 갖는 데 동의했대." "잘됐다." 푸들은 뭉툭한 꼬리를 흔들었다. "그런데 당신, 자기도 잘 돌봐야지. 살쪘어, 담배도 너무 많이 피우고." "제가 좀……" 그는 말없이 허공에 대고 쓰다듬는 시늉을 하며 늙은 여인에게 허락을 구했다. 여인은 고개를 끄덕이며 미소지었다. 그는 베르타의 온몸을 쓰다듬고 몸을 굽혀 입을 맞췄다. "미안해." 그가 갈라지고 울음 섞인 목소리로 말했다. "베르타, 미안해. 용서해줘." "당신을 사랑하네요." 늙은 여인이 서툰 영어로 말했다. "봐요, 당신 얼굴 핥는 거 좀 보라니까요. 낯선 사람한테 이러는 거 한 번도 못 봤어요."

승리의 이야기

이 이야기는 책으로 쓰인 이야기 중 최고다. 아니 그 이상이다. 이것은 세계 최고의 이야기다. 우리만 내린 결론이 아니다. 학문적 기준이 엄격하고 우리와 무관한 수많은 익명의 전문가들이 세계 문학의 대표 작품과 견주어본 끝에 끌어낸 결론이기도 하다. 이 이야기는 이스라엘인이 이루어낸 독특한 혁신이다. 장담하건대, 어째서 미국인이 아니라 우리(작디작은 이스라엘)가 이것을 만들어냈을까 반문하고 있을 것이다. 하지만 알아야 할 것은 미국인들도 스스로에게 똑같은 질문을 던지고 있다는 사실이다. 이 질문이 유효한 한 준비된 답이 없는 미국 출판계의 잘난 양반들 상당수는 실업자가 될 듯싶다.

우리 군대가 세상에서 가장 훌륭한 군대인 것처럼 이 이야기

역시 그렇다. 우리는 지금 너무 혁신적이어서 특허로 보호받고 있는 서두 부분에 대해 얘기하는 거다. 특허가 어디 등록되었느냐고? 중요한 건 바로 그거다. 특허는 이야기 자체에 등록되어 있다! 이 이야기에는 그 어떤 상투성도 없고 속임수도 없고 감정 과잉도 없다. 깊은 통찰과 알루미늄이 섞인 덩어리 하나를 벼려 만든 이야기다. 녹슬지도 파멸하지도 않을 테지만 떠돌 수는 있다. 아주아주 현대적이며 영원히 문학적이다. 역사가 판단케 하라! 그런데 상식 있는 사람들 다수에 따르면 판단은 이미 끝났다—그리고 우리 이야기는 에이스로 떠올랐다.

"이 이야기의 어떤 점이 그렇게 특별한가요?"(질문하는 자가 누구인지에 따라) 순진함 혹은 무지 때문에 이런 질문이 나온다. "이 이야기에 체호프나 카프카 또는 내가 모르는 작가들에게는 없는 점이 있나요?" 이 질문에 대한 답은 길고 복잡하다. 이 이야기보다는 더 길지만 덜 복잡하다. 이 이야기보다 복잡한 것은 세상에 없으니까. 그럼에도 우리는 예를 들어서 답을 해보려 한다. 체호프나 카프카의 작품과 달리, 이 이야기의 결말에서 운 좋게 승리한 자는—이야기를 옳게 읽은 모든 독자 가운데 무작위로 선출된다—새로 출시된 메탈릭 그레이 색상의 마쓰다 랜티스를 받을 것이다. 그리고 잘못 읽은 독자들 가운데 특별한 한 사람은 다른 차를 받게 될 것이다. 더 싸지만 색상 면에서 결코 빠지지 않는 차라 속상하지는 않을 것이다. 이 이야기는 괜한 생색내기용이 아니니까. 이 이야기의 목적은 당신을 기분 좋게 만드는 것이다. 집 근처 음식점의 테이블 매트에 어떤 문구가 인쇄되어 있는가? 맛있게 드셨다면 친구들한테 말씀하시고, 아니면 저희한테 말씀하세요! 하지만 이 경우엔 이야기한테 말하라. 이 이야기는 이야기를 할 뿐만 아니라 듣기도 한다. 이야기의 귀는 대중의 마음을 흔드는 것이라면 뭐든 들을 준비가 되어 있다고 한다. 그리고 충분히 대중이 즐기고 나서 누군가가 이야기를 끝내달라고 하면 이 이야기는 꾸물거리거나 제단 끄트머리를 부여잡고 늘어지지 않을 것이다. 이야기는 거기서 멈출 것이다.

승리의 이야기 II

그러나 어느 날 향수에 젖어 불현듯 이 이야기를 다시 원하게 된다면, 이야기는 언제나 기꺼운 마음으로 당신의 부탁을 들어 주리라.

좋은 것

아주 생생한

거숀이 뉴욕으로 날아가기 전날 밤 그의 아내는 꿈을 꾸었다. "아주 생생했어." 짐을 싸고 있는 거숀에게 그녀가 말했다. "보도 연석들은 빨간색이나 흰색이고 전신주에는 '아파트 팝니다'라는 광고지가 붙어 있더라니까. 있잖아, 꼭 현실에서처럼 하나씩 떼어갈 수 있는 부분이 달린 광고지. 보도에 개가 싼 똥을 신문지로 치우는 남자도 있었고. 정말 일상적이고 정말 평범했어." 거숀은 작은 슈트케이스에 옷가지와 팸플릿을 더 많이 쑤셔넣으려 낑낑대고 있었다. 보통은 아내가 짐 싸는 걸 도왔는데 이날 아침엔 너무도 생생하고 너무도 디테일한 꿈에 완전히 사로

148

잡혀 도와줘야겠다는 생각은 들지도 않는 모양이었다. 현실에서 꿈 자체는 길어야 십 초였을 테지만 그녀가 최대한 질질 끌려고 하는 바람에 거숀은 화가 치밀어 눈물이 날 지경이었다. 세 시간 뒤면 그는 뉴욕행 비행기에 올라 세계에서 가장 큰 장난감 제조업자를 만나러 가고 있을 것이다. 세계에서 가장 큰, 이것은 그저 또하나의 진부한 표현이 아니라 엄청난 수의 장부와 판매액에 기반한 사실이며, 만약 거숀이 제대로만 한다면 제조업자는 그가 개발한 '멈춰-경찰' 보드게임을 사서 21세기판 모노폴리로 만들지도 모른다. 그리고 아내가 좀더 열렬하게 반응해주었으면 하는 건 빨간색 흰색 연석이라든가 구겨진 신문 경제면으로 집어드는 개똥 이야기 따위가 아니라 이런 기념비적 성공을 앞두고 있다는 생각이다. "……그리고 나서 아빠가 유모차를 끌고 내 앞에 불쑥 나타나 한다는 말이 '애 좀 잘 봐라'였어. 그냥 그러고는 유모차를 내 옆에 두고 사라지는데 어찌나 자연스럽던지." 거숀이 슈트케이스를 잠그느라 진땀을 빼는 동안 아내는 이야기를 계속 이어갔다. "그런데 유모차 안의 여자아기가 나이든 여자처럼 정말 슬프고 외로워 보여서 들어올려 꼭 껴안아주고 싶었어. 그 모든 게 아주 생생해서, 잠에서 깨선 어떻게 내가 길 한가운데 있다가 우리 침실로 왔는지 생각해내는 데 시간이 좀 걸렸다니까. 어떤 기분인지 알겠어?"

안절부절못하는

    옆자리에 앉은 백색증* 환자가 말을 걸어왔다. 거숀은 정중하게 대답했지만 마음을 열진 않았다. 비행 경험이 많은 그는 옆자리와의 역학관계에도 훤했다. 원래 성품이 유쾌하고 개방적인 사람도 있고, 이륙 후 자기가 팔걸이를 독차지해도 상대가 당황해서 어영부영 넘어갈 수 있도록 약간의 친밀감을 미리 조성해놓는 사람도 있다. "미국에 처음 가는 거예요." 백색증이 말했다. "거기 경찰들 장난 아니라면서요? 무단횡단만 해도 감옥에 처넣는다는데요." "아무 문제 없을 겁니다." 거숀은 퉁명스레 대답하고 눈을 감았다. 그는 글로벌 토이 사(社) 회장의 사무실로 들어가 앞에 선 은발의 남자에게 따뜻하고 견실한 악수를 건네며 "손자들 있으시죠, 립스카 씨? 올여름에 그애들이 뭘 가지고 놀게 될지 말씀드리죠"라고 말하는 자신의 모습을 상상해보았다. 그의 왼다리가 자꾸 비행기 옆면을 쿵쿵 치고 있었다. 그는 스스로에게 말했다. 미팅에서는 절대 다리를 떨어선 안 돼. 자신감 없어 보이니까.

---

  * 멜라닌 합성이 부족해 생기는 선천질환으로 피부가 하얗고 머리카락은 황금색 혹은 황백색이거나 눈의 홍채가 투명해 보이는 등 다양한 증상이 있다.

그는 기내식에 손도 대지 않았다. 백색증은 닭고기와 샐러드를 고급 요리라도 되는 양 게걸스레 먹어치웠다. 거숀은 식판에 다시 눈길을 주었다. 하나같이 맛없어 보였다. 셀로판지로 포장된 초콜릿 케이크는 아내의 꿈에 나왔다던 개똥을 연상시켰다. 하지만 사과는 비교적 괜찮아 보였다. 그는 냅킨으로 사과를 싸서 빈 서류가방에 넣었다. 그러고는 생각했다. 여기 팸플릿 몇 부를 넣어둘걸. 만일 슈트케이스가 안 오면 어떡하지?

우리 모두 사람이다

슈트케이스는 오지 않았다. 백색증을 포함한 모든 승객이 이미 공항을 떠났다. 수하물 컨베이어 벨트가 텅 빈 채 몇 분 더 돌다가 지쳐서 멈추었다. 지상근무를 하는 콘티넨털 항공사 여직원이 정말 미안하다면서 그의 호텔 주소를 받아적었다. "매우 드문 일이지만 착오가 생기기도 합니다. 우리 모두 사람이잖아요." 그녀가 말했다. 그럴지도. 비록 거숀 자신은 그렇지 않다고 느꼈던 순간이 있었다 해도 말이다. 예를 들면, 에란이 라니아도 병원에서 그의 품에 안겨 숨을 거두었을 때. 거숀이 사람이었다면 울부짖거나 무너졌을 것이다. 가까운 사람들은 그가 그 사실을 미처

받아들이지 못한 거라고, 시간이 필요하다고 말해주었으나 머리가 아닌 가슴으로 이해했을 때도 그는 타격을 입지 않았다. 하지만 그때 이후 십 년 동안 그 어떤 것도 그에게 타격을 입히지 못했다. 군대에서 장교 훈련을 거부당했을 때는 계집아이처럼 울었었다. 원사가 곤혹스러워하며 그를 바라보던 모습이 눈에 선했다. 하지만 가장 친한 친구가 죽었을 때는 아무 일도 일어나지 않았다.

"물론 저희가 손님께 옷가지와 개인 물품 액수에 준해 120달러의 배상을 해드리겠습니다." 지상근무 직원이 말했다.

"개인 물품." 거슨이 따라 했다.

그녀는 거슨의 말을 질문으로 받아들였다. "그러니까 칫솔, 면도크림이요. 여기 양식 뒷면에 다 적혀 있습니다." 서류의 오른쪽 페이지를 가리키며 그녀가 말하고는 덧붙였다. "진심으로 죄송합니다."

좋은 것

글로벌 토이 사 빌딩 로비에는 싸구려 양복을 입은 젊은 남자가 서 있었다. 가느다란 콧수염이 벌어진 입 위에 부자연스럽게 나 있었는데, 마치 뭔가 창피했던 윗입술이 가발을 쓰기로 작정한 듯 보였다. 거숀은 그에게 엘리베이터가 어디 있느냐고 물어보려 하다가 금방 찾아냈다. 립스카 씨는 분명 팸플릿을 가져오지 않은 그를 아마추어라고 생각할 터였다. 미리 이런 일에 대비해 기내용 서류가방에 프레젠테이션 자료라도 넣어두었어야 했다. 짐 씨는 내내 짜증스러운 아내의 꿈이 두개골 안쪽을 이리저리 헤집고 다니지 않았더라면 틀림없이 그렇게 했을 것이다. "신분증 좀 보여주세요." 콧수염의 요청에 거숀이 놀라서 말했다. "네?" "신분증요." 콧수염이 다시 한번 말하고 옆에 선 회색 재킷의 대머리 흑인 사내에게 말했다. "너, 우리가 여기서 대하는 사람들이 어떤 유인지 알겠지?"

거숀은 주머니를 천천히 뒤졌다. 이스라엘에서 신분증을 제시하는 데는 익숙했으나 나라 밖에서 이런 일을 당하기는 처음이었고, 억센 뉴욕식 억양 때문에 콧수염의 말은 금방이라도 수갑을 채우며 법적 권리를 읊어댈 것처럼 들렸다. "진짜 자기들 편한 대로지 않아?" 콧수염이 재킷 차림의 흑인에게 말했다. "왜 안 그러겠어. 어쨌든 우리가 여기 있잖아." 재킷은 부드럽고 소심한 미소를 지었다. "패트릭, 내가 장담하는데 말이야." 콧수염은 거숀이 건넨 여권을 흘깃 보며 말했다. "너희 엄마가 네 이름을 괜히 패트릭이라고 지은 게 아니야. 넌 성자야." 거숀에게 여권을 돌려주면서 그가 뭐라고 중얼거렸다. 거숀은 고개를 끄덕이고는 엘리베이터 쪽으로 걸음을 옮겼다. "잠깐만요." 콧수염이 말했다. "어딜 그리 급히 가십니까? 이봐요, 영어 못해요?" "저, 영어 압니다." 거숀이 조바심을 내며 대답했다. "그리고 죄송하지만 제가 미팅 때문에 좀 바빠서요." "서류가방을 열어보라고 했잖습니까, 영어 아는 아저씨." 콧수염이 거숀의 이스라엘 억양을 흉내냈다. "가방 좀 봐도 되겠습니까?" 그러고는 옆에 서서 웃지 않으려고 애쓰며 맘껏 즐거운 시간을 보내고 있는 재킷에게 말했다. "내가 말했잖아, 여기는 동물원이라니까." 거숀은 서류가방 안의 반쯤 먹다 남은 사과를 떠올렸다. 그것을 본 콧수염이 보일 재수없는 반응과 재킷이 급기야 참지 못하고 터뜨릴 웃음을 상상했다. "음, 가방 여세요." 콧수염이 말을 이었다. "열다가 무슨 뜻인 줄 아시죠, 선생님?" 그러면서 그는 재빨리 그 단어를 적어서 보여주었다. "열다가 무슨 뜻인지 압니다." 거숀이 대답하면서 서류가방을 양손으로 품에 끌어안았다. "닫다가 무슨 뜻인지도 알죠. 명목 수익률, 모순어법도 알고요. 열역학 제2법칙과 비트겐슈타인의 『논리철학논고』가 무엇인지도 압니다. 당신이 절대 모를 많은 걸 난 알고 있어, 이 오만하고 하찮은, 아무것도 아닌 인간아. 그리고 네 얄팍한 머리로는 절대 알아내지 못할 놀라운 비밀 중 하나가 바로 이 서류가방에 뭐가 들어 있는지야. 내가 누군 줄은 알아? 왜 내가 오늘 여기 왔는지는? 실존에 대해 뭐 하나 아는 거라도 있어? 이 세상에 대해서는? 매일같이 당신이 집에서 여기까지 타고 오는 버스 번호 말고, 당신이 사는 어둡고 좁아터진 건물의 이웃들 이름 말고, 아는 게 하나라도 있나?" "선생님……" 재킷이 필요할 때만 나오는 정중한 태도로 쏟아지는 말을 막아보려 했지만 이미 늦었다. "당신을 일 초만 봐도 인생 전체가 보여. 점점 벗어져가는 머리, 거기 다 쓰여 있거든. 모든 게 다. 당신 인생 최고의 날은 아마 응원하는 야구팀이 챔피언전에서 우승하는 날일 거야. 최악의 날은 뚱뚱한 아내가 당신 보험으로는 치료 혜택을 못 받아서 암으로 죽는 날이겠고. 그리고 그 두 순간 사이의 모든 일은 가벼운 방귀처럼 지나갈 거고 그래서 인생의 마지막에 돌아봐도 당신은 그 냄새조차 기억 못 할 거라고……"

거숀은 얼굴에 닿은 주먹을 느낄 새도 없었다. 정신을 차려보니 로비의 우아한 대리석 바닥에 쓰러져 있었다. 갈비뼈에 가해지는 발길질과 로비에 울려퍼지는 심야 라디오 아나운서처럼 듣기 좋은 저음의 목소리 때문에 그는 의식을 회복했다. "그만해, 그만, 젠장, 이럴 가치도 없는 사람이야." 목소리는 반복해서 말했다.

그는 바닥에 박힌 조그마한 금빛 돌들이 알파벳 G—자기 이름의 첫 글자—모양을 만들고 있음을 그제야 알아보았다. 우연이라고 생각할 수도 있었지만, 거슨은 이 초고층 빌딩을 세운 건설 노동자들이 언젠가 그가 여기 올 것을 알고 그를 기리기 위해 어떤 표시를 해두고 싶었으며, 그리하여 그가 이 악랄한 도시에서 정말 외톨이고 달갑지 않은 존재라고 느끼지 않아도 되는 거라고 생각하는 쪽을 택했다. 발길질은 멈추지 않았고 아픔은 아내의 꿈처럼 아주 생생했다. 장인이 유모차에 두고 간 여자아기는 어쩌면 아내일지 모른다. 그럴 수 있다. 결국 장인은 나쁜 놈이었으니까. 아마 그래서 그 꿈이 그녀에게 그토록 중요했던 건지도 모른다. 그리고 그녀가 만일 꿈에서 포옹을 원했다면 그가 안아줄 수도 있었을 것이다. 바로 이 순간 서부 해안의 작은 공항 수화물 컨베이어 벨트 위에서 낯선 이들의 발목을 쿵쿵대고 있을 게 뻔한, 도통 말을 들어먹지 않는 슈트케이스와 씨름하는 동안 잠깐 짬을 내어 아내를 꼭 끌어안고 이렇게 말해줄 수 있었으리라. "여보, 내가 여기 있잖아. 오늘 비행기를 타긴 하지만 금방 돌아올게."

회색 재킷을 입은 흑인 남자가 그를 일으켜주었다. "괜찮으세요, 선생님?" 그가 서류가방과 휴지 한 장을 건네며 말을 이었다. "피가 약간 나는데요." 그는 핏방울의 크기를 줄이기라도 하려는 듯 부드럽고 나지막한 목소리로 약간이라 말했다. 콧수염은 엘리베이터 근처 의자에 앉아 울고 있었다. "대신 사과드리겠습니다." 재킷이 말했다. "저 친구가 요즘 좀 힘들거든요." 그는 힘들거든요를 과장스레 말했다. 거의 외치듯이. "사과하지 마." 눈물을 흘리는 중에도 콧수염이 말했다. "그 후레자식한테 미안하다고 하지 마." 재킷은 어깨를 으쓱해 보이고는 난감해하며 코를 훌쩍였다. "저 친구 어머니가……" 그가 거숀에게 속삭이려 했다. "얘기하지 말라니까." 콧수염이 울부짖었다. "우리 엄마 얘긴 한마디도 하지 마, 알았냐? 그러기만 해봐, 너한테도 좋은 거 하나 먹여주겠어."

로르샤흐

"'멈춰-경찰'은 역사상 처음으로 아이에게 정답을 강요하지 않고 자기만의 해결책을 찾도록 자극하는 보드게임일 겁니다. 로르샤흐테스트 그림처럼 목표-승리를 향해 나아가는 동안 상상력을 발휘하도록 격려하는 게임이라고 생각하시면 됩니다." "로르샤흐테스트 그림이라." 립스카 씨가 삐죽이 미소지었다. "멋진데요. 맘에 들어요, 아라지 씨. 그런데 정말 괜찮으십니까?" "전 괜찮습니다." 거숀이 고개를 끄덕였다. "괜찮으시다면 지금

간단하게 모의게임을 함께 해보면 어떨까요?" "모의게임." 립
스카 씨가 따라 말했다. 그는 거숀이 상상했던 것보다 훨씬 젊어
서 까만 머리카락에는 윤기가 흐르고 새치 한 올 보이지 않았다.
"미안하지만 지금은 그걸 할 때가 아닌 것 같네요. 당신 눈. 게다
가 코. 세상에, 이 피 좀 보세요. 누가 이런 짓을 했습니까?"

이 금붕어에게 무슨 소원을?

요나탄에게는 다큐멘터리를 찍을 굉장한 아이디어가 있었다. 그는 문을 두드릴 것이다. 카메라맨 없이, 바보 같은 짓도 하지 않고. 오로지 요나탄 혼자, 소형 카메라를 손에 들고 질문을 할 것이다. "만약 세 가지 소원을 들어주는 말하는 금붕어를 발견한 다면 무슨 소원을 비시겠어요?"

사람들은 소원을 말할 테고, 요나탄은 수많은 대답 중 흥미로 운 것들만 편집해서 영상을 만든다. 소원을 보여주기 전에 자기 집 문 앞에 가만히 서 있는 응답자부터 보여줄 것이다. 이 장면 에 응답자의 이름, 가정환경, 월급, 어쩌면 지난 선거 때 투표한 정당 이름까지도 자막으로 넣을 것이다. 이 모든 요소가 세 가 지 소원과 결합되어 다큐멘터리는 요나탄의 통렬한 사회적 발언으로 마무리될 수도 있을 것이다. 그리하여 이 다큐멘터리는 사람들의 꿈과 그들이 타협해버린 현실의 커다란 간극을 증언하게 되리라.

천재적인 생각이야. 요나탄은 확신했다. 그렇지 않더라도 최소한 제작비는 저렴할 것이다. 두드릴 문과 그 너머에서 박동하는 심장만 있으면 된다. 잘만 찍는다면 채널 8이나 디스커버리 채널에 금방 팔 수도 있다. 한 편짜리 영화나 짧은 장면으로 짤막한 영화 코너 여러 개를 만들어 코너마다 문 앞에 서 있는 독특한 사람들을 보여주고 뒤이어 그 사람의 죽여주는, 소중한 세 가지 소원을 내보내는 것이다.

더 잘되면 광고문구로 잘 포장해 은행이나 휴대전화 회사에 넘겨서 돈을 벌 수도 있을 것이다. 아마 이런 문구를 붙이리라. '다양한 꿈, 다양한 소원, 하나의 은행' 또는 '꿈을 실현시켜주는 은행'.

예행연습이나 계획도 없이 최대한 자연스럽게, 요나탄은 카메라를 들고 문을 두드리러 갔다. 제일 먼저 찾아간 동네 사람들은 건강, 돈, 큰 아파트, 젊어지기나 날씬해지기처럼 일반적이고 예측 가능한 소원을 말했다. 하지만 거기서도 놀라운 순간들은 있었다. 주름투성이의 깡마른 노파는 아이를 소원했다. 팔에 수인 번호가 새겨진 홀로코스트 생존자는 느리고 고요한 목소리로—

마치 요나탄이 오기를 기다리고 있었다는 듯, 마치 이것이 진짜라는 듯—(이 금붕어가 개의치 않는다면)살아 있는 모든 나치에게 그들이 지은 범죄에 대한 책임을 물을 수 있는지가 계속 궁금했다고 했다. 어깨가 떡 벌어진 거만한 바람둥이는 카메라를 무시하고 담배를 꺼내들며 여자가 되는 게 소원이라고 했다. "딱 하룻밤만이요." 카메라 렌즈에다 손가락 하나를 들어 보이며 그가 덧붙였다.

이 모두가 텔아비브의 어느 작고 생기 없는 교외 동네 한 블록에서 녹취한 소원들이었다. 디벨로프먼트 타운*이나 북쪽 국경의 집촌, 서안 정착촌과 아랍촌, 부서진 트레일러들이 꽉 메운 그곳 이민자 통합 거주지의 열사의 태양에 타 지친 사람들은 과연 어떤 꿈을 꾸고 있을지 상상도 할 수 없었다.

만약 이 프로젝트가 무게감을 가지려면 실업자들과 종교적 극단주의자들, 아랍인들과 에티오피아인들, 이스라엘에 사는 미국인들 등 모든 사람을 다루어야 했다. 그는 앞으로의 촬영 계획을 세우기 시작했다. 야파, 디모나, 아슈도드, 스데로트, 타이베, 탈피오트. 그리고 헤브론. 몰래 성벽을 넘을 수 있다면 헤브론이

---

* 1950년대 이스라엘이 아랍 국가에서 온 유대인 난민들, 유럽에서 온 홀로코스트 생존자들, 새로운 이민자들에게 영구적인 주택을 제공하기 위해 건설한 정착촌.

좋을 것이다. 그 도시 어디쯤에선가 어느 탄압받는 아랍인이 문 앞에 서서 요나탄과 카메라를, 무無를 들여다보며 잠자코 있다가 고개를 끄덕이고 평화가 소원이라고 말할 수도 있을 것이다— 그러면 굉장한 볼거리가 되리라.

세르게이 고랄리크는 그의 집 문을 두드리는 낯선 이들이 그다지 달갑지 않다. 특히 낯선 이들이 질문할 때면 더더욱. 세르게이가 젊을 때 지냈던 러시아에서는 그런 일이 더 잦았다. KGB는 당연한 듯 문을 두드려댔었다. 그의 아버지가 시온주의자라는 사실은 KGB에게 언제든 들러도 된다는 초청장이나 마찬가지였다.

세르게이가 이스라엘에 와서 야파로 이주했을 때 가족들은 당최 이해할 수 없었다. 가족들은 그에게 "그런 곳에서 뭘 하려는 거냐? 거긴 중독자와 아랍인, 연금 생활자뿐인데"라고 했었다. 그러나 중독자와 아랍인과 연금 생활자의 가장 훌륭한 점은 세르게이 집 대문을 두드리지 않는다는 것이다. 그리하여 세르게이는 잠을 잘 수 있고 어둠이 가시기 전에 일어나 작은 배를 바다에 띄워놓고 고기를 다 잡을 때까지 낚시를 할 수도 있다. 혼자. 침묵 속에서. 마땅히 그래야 하는 법 그대로. 과거에 해왔던 그대로.

어느 날, 귀걸이를 한쪽만 해서 약간은 동성애자처럼 보이는 웬 어린 녀석이 문을 두드리기 전까지는 그랬다. 녀석은 아주 세게, 탕탕탕 문을 두들겨댄다. 세르게이가 딱 싫어하는 방식이다. 게다가 녀석은 방송에 내보낼 질문들을 좀 하고 싶다고 말한다.

세르게이는 녀석에게 대놓고 싫다고 말한다. 관심 없다고. 뜻을 분명히 하기 위해 세르게이는 카메라를 밀어낸다. 하지만 귀걸이를 한 녀석은 완강하다. 녀석은 빠르게 온갖 얘기를 떠벌린다. 세르게이는 녀석의 말을 따라잡기 어렵다. 그의 히브리어 실력은 썩 좋지 않다.

세르게이의 얼굴이 강렬하고 근사해서 자기 영화에 꼭 넣고 싶다고 녀석은 또박또박 말한다. 세르게이 역시 또박또박 분명히 뜻을 전한다. 그만 꺼지라고. 하지만 녀석은 요리조리 잘도 빠져나가더니 세르게이가 안 된다고 말할 때였나, 문을 쾅 닫을 때였나, 아무튼 그사이 어디쯤을 틈타 어느새 집안에 들어와 있다. 그리고 벌써 허락도 없이 카메라를 돌리며 영화를 찍는 중이고, 카메라 뒤에서 녀석은 감성이 풍부하고 미묘하다며 아직도 세르게이의 얼굴에 대해 떠들어댄다. 그러다 문득 부엌의 커다란 유리병 안에서 살랑살랑 헤엄치는 금붕어를 발견한다.

귀걸이를 한 녀석이 고함을 지르기 시작한다. "금붕어다, 금붕어!" 그는 몹시 흥분한다. 그러자 극심한 압박을 느낀 세르게이는 그에게 말한다. "아무것도 아니야. 그냥 보통 금붕어라고. 그만 찍어. 그냥 금붕어라니까." 어쩌다 그물에 걸려든 심해 금붕어라고 세르게이가 말한다. 하지만 그는 듣지 않고 있다. 계속 찍으면서 다가가며 말하는 금붕어와 마법의 소원에 대해 떠든다.

세르게이는 싫다. 녀석이 금붕어에게 가까이 가는 것이, 벌써 유리병에 손을 뻗은 것이. 그 순간 세르게이는 녀석이 방송 때문에 온 것이 아니라는 걸 알아차린다. 녀석이 여기 온 목적은 세르게이의 물고기를 낚아채 훔쳐가는 것이 분명하다. 자기가 무슨 짓을 하고 있는지 이해하기도 전에 세르게이 고랄리크는 가스레인지 위의 버너를 들어 녀석의 머리를 후려친다. 녀석이 쓰러진다. 카메라도 떨어진다. 부서진 카메라가 바닥에 나뒹굴고 있다. 녀석의 두개골과 함께. 머리에서 피가 철철 흘러나오고, 세르게이는 뭘 해야 할지 정말 모르겠다.

실은 뭘 해야 하는지 정확히 알고 있지만 일이 더 복잡해질 것이다. 만일 녀석을 병원에 데려간다면 사람들이 무슨 일인지 물어볼 테고, 사태는 세르게이가 원치 않는 방향으로 굴러갈 것이다.

"어쨌든 병원에 데려갈 이유는 없어." 금붕어가 러시아어로 말한다. "벌써 죽었는걸."

"죽었을 리 없어." 세르게이가 신음하며 말한다. "나는 거의 손도 안 댔어. 그냥 버너야. 작은 거였다고." 세르게이는 금붕어가 볼 수 있게 버너를 들어올려 방금 한 말을 증명해 보이겠다고 자기 머리통을 그걸로 톡톡 쳐본다. "게다가 그렇게 단단하지도 않아."

"그럴지도 모르지. 하지만 확실히 그 아이 머리보다는 더 단단해 보이는데." 물고기가 말한다.

"그애는 나한테서 널 빼앗아가려 했어." 세르게이가 흐느끼다시피 말한다.

"말도 안 돼. 그 아이는 그냥 텔레비전에 내보낼 영화나 한 편 만들어보려고 여기 온 거야." 물고기가 말한다.

"하지만 그애가 한 말은—"

"그애가 한 말은." 물고기가 말을 잘랐다. "자기가 하려던 일에 대한 거였지. 하지만 넌 그 말을 이해 못 했어. 솔직히 네 히브리어는 좀 심하잖아."

"넌 잘해? 넌 히브리어를 그렇게 잘하냐고." 세르게이가 말한다.

"그럼. 난 엄청 잘하지." 금붕어가 짜증스럽다는 듯 말한다. "난 마법의 물고기야. 모든 걸 다 잘한다고." 그러는 사이 귀걸이를 한 녀석의 머리에서 흘러나온 피가 만든 웅덩이는 커져만 간다. 세르게이는 피 웅덩이를 밟지 않으려고, 발에 피를 묻히지 않으려고 필사적으로 부엌 벽에 붙어 발끝으로 서 있다.

"너 소원 하나 남았잖아." 물고기가 세르게이에게 알려준다. 물고기는 마치 세르게이가 모르는 것처럼, 둘 중 하나는 횟수 세는 걸 잊어버린 것처럼 쉽게 말한다.

"안 돼." 세르게이가 말한다. 고개를 가로젓고 있다. "난 못 해. 여태 그걸 아껴왔어. 뭔가를 위해 아껴뒀다고." 그가 말한다.

"뭘 위해서?" 물고기가 말한다.

하지만 세르게이는 대답하지 않을 것이다.

첫번째 소원은 여동생의 암이 발견되었을 때 써버렸다. 불치의 폐암이었다. 물고기는 세르게이가 그 말을 입 밖에 내기 무섭게 순식간에 여동생의 폐를 원상태로 되돌려놓았다. 두번째 소원은 오 년 전 스베타의 아들을 위해 사용했다. 아이는 겨우 세 살이 될까 말까 하는 어린 나이였는데, 의사들은 아이의 머리에 문제가 있음을 알아차렸다. 아이가 자라도 뇌는 자라지 않을 것이었다. 세 살의 지능이 아이가 도달할 수 있는 최대치였다. 스베타는 매일 밤 침대에서 세르게이를 보고 울었다. 태양이 떠오를 무렵 해변을 따라 집으로 걸어온 세르게이는 문을 열고 들어서자마자 금붕어에게 아이를 고쳐달라고 부탁했다. 스베타에게는 아무 말도 하지 않았다. 그러고 나서 몇 달 후 스베타는 그를 버리고 번쩍거리는 혼다를 모는 모로코인 경찰한테 가버렸다. 스베타를 위해서가 아니라 순전히 그 꼬마를 위해서였다고 세르게이는 마음속으로 몇 번이고 되뇌었다. 하지만 그의 머리는 확신을 갖지 못했고 그 대신 빌 수 있었던 다른 모든 소원에 대한 상념이 그를 계속해서 갉아먹어 반쯤 미치게 만들었다. 세번째 소원은 아직 빌지 않았다.

"나는 그애를 원래대로 돌려놓을 수 있어." 금붕어가 말한다. "다시 살릴 수 있다고."

"누가 그러고 싶대?" 세르게이가 말한다.

"그애를 예전으로 되돌려놓을 수 있다니까." 금붕어가 말한다. "너희 집 문을 두드리기 전으로. 바로 그때로 돌려놓을 수 있어. 할 수 있어. 넌 부탁만 하면 돼."

"난 마지막 소원은 날 위해 쓸 거야." 세르게이가 말한다.

물고기는 물속에서 꼬리를 왔다갔다 휙 움직인다. 진짜로 흥분했을 때 그런다는 걸 세르게이는 알고 있다. 금붕어는 벌써 자유의 맛을 느끼고 있다. 세르게이의 눈에 훤히 보인다.

마지막 소원을 빌고 나면 세르게이에게는 다른 선택지가 없다. 금붕어를 보내줘야 한다. 자신의 마법 금붕어를. 자신의 친구를.

"바로잡을 수 있어. 걸레질해서 피를 닦아낼 거야. 좋은 스펀지로 닦으면 아무 일도 없었던 것 같을 거야." 세르게이가 말한다.

물고기는 머리를 가만히 두고 꼬리만 살랑살랑 움직인다.

세르게이는 심호흡을 한다. 부엌 한가운데로, 피 웅덩이로 발을 내디딘다. "어두워지고 세상이 잠들면 낚시를 하러 가서 큰

돌을 매달아 바다에 던져버릴 거야. 사람들은 백만 년 후에도 그
애를 못 찾을 거야. 절대로."

"세르게이, 넌 그애를 죽였어. 살인을 했다고. 그런데도 넌 살
인자가 아닌 거야." 금붕어가 말한다. 꼬리 흔들기는 멈추었다.
"여기 써버리는 게 싫다면 말이지, 그 소원은 뭘 위해 남겨놓을
건데? 나한테 말해봐, 세르게이."

첫번째 소원이 평화라고 말한 잘생긴 아랍인은 사실 베들레
헴에서 찾아냈다. 무니르라는 이름의 그 뚱뚱한 남자는 흰 콧수
염이 풍성했고 화면발을 아주 잘 받았다. 말을 할 때도 감동적이
었다. 소원을 빌 때는 완벽했다. 이 남자를 카메라에 담는 순간,
요나탄은 드디어 광고에 적합한 인물을 찾아냈다고 확신했다.

무니르 아니면 그 러시아인. 요나탄이 야파에서 만났던 희미
한 문신이 있던 러시아인 말이다. 카메라를 똑바로 바라보면서
말하는 물고기를 발견해도 아무 소원을 빌지 않을 거라고 했던
사나이. 그저 커다란 유리병에 물고기를 넣어 선반 위에 올려두
고는 하루 종일 얘기를 할 거라고 했지. 아무 얘기나 상관없다
고. 스포츠든 정치든, 금붕어가 즐겁게 얘기할 수 있는 거라면
뭐든지.

아무거나요. 그 러시아인은 말했다. 혼자가 되지 않으려고요.

완전히 혼자는 아닌

그녀가 사귀었던 남자 중 세 명이 자살을 시도했다. 그녀는 슬픈 듯 말했지만 자부심도 약간 섞여 있었다. 그중 한 명은 성공하기까지 했다. 인문학부 건물 꼭대기에서 뛰어내려 내장이 전부 파열되었지만 겉으로는 멀쩡하고 심지어 평화로워 보였다. 그녀는 그날 학교에 가지 않아 그 자리에 없었지만 친구들이 알려주었다. 이따금 홀로 집에 있을 때 그녀는 곁에서 자신을 지켜보며 거실에 함께 있는 그를 느낄 수 있고 그럴 때면 잠깐 무섭기도 하지만 행복하기도 하다. 완전히 혼자는 아니라는 걸 알기 때문이다. 나로 말할 것 같으면, 그녀는 날 진짜 좋아한다. 좋아하지만 반하진 않았다. 그 사실이 그녀를 슬프게 한다. 나를 슬프게 하는 것만큼. 아니 그보다 더. 그녀는 진짜 나 같은 사람에게 반하고 싶어하니까. 나처럼 똑똑하고 부드럽고 그녀를 진심으로 사랑하는 사람에게. 일 년째 그녀는 연상의 미술상과 바람을 피우고 있다. 유부남이고 아내와 헤어질 생각을 하기는커녕 그런 생각은 고려사항도 아닌 남자였다. 그녀가 진짜 반한 사람이 그다. 잔인하다. 내게도 잔인하고 그녀에게도 잔인하다. 그녀가 내게 반했다면 인생은 훨씬 단순했을 것이다.

나는 그녀를 만질 수 있다. 가끔 허리가 아프면 그녀가 부탁할 때도 있다. 내가 마사지하는 동안 그녀는 눈을 감고 미소지으며 말한다. "아, 좋아. 정말 좋아." 딱 한 번, 우리는 섹스를 한 적도 있다. 돌이켜보면 그건 실수였어, 라고 그녀는 말한다. 그녀의 일부가 정말이지 섹스를 원해서 제정신을 접어두고 저지른 일이었다. 내 몸, 내 체취, 우리 사이의 무언가는 잘 맞지 않았다. 그녀는 심리학과 4학년이면서도 여전히 설명하지 못한다. 어떻게 그녀의 정신은 그토록 그걸 원하는데 몸이 따라주지 않는지를. 우리가 함께 잠자리에 들었던 그날 밤은 그녀를 슬프게 한다. 많은 것이 그녀를 슬프게 한다. 그녀는 외동딸이다. 어린 시절 대부분을 혼자 보냈다. 아빠는 병에 걸려 시름시름 앓다가 죽었다. 그녀를 이해하고 위로해줄 형제는 없었다. 내가 그녀에겐 제일 오빠 같은 존재다. 나와 인문대학 꼭대기에서 뛰어내린 남자 쿠티가 그렇다. 화제가 무엇이든 그녀는 내게 몇 시간이고 이

야기할 수 있다. 나와 한 침대에서 잘 수 있고 벗은 내 몸을 볼 수
도 벗은 자기 몸을 보여줄 수도 있다. 우리 사이의 그 무엇도 그
녀는 쑥스러워하지 않는다. 그녀 옆에서 내가 자위를 할 때조차
도 그렇다. 비록 침대 시트에 남긴 얼룩이 그녀를 슬프게 해도.
날 사랑할 수 없다는 생각이 그녀를 슬프게 하지만, 자위를 해
서 내가 좀 나아진다면 그녀는 아무렇지도 않게 얼룩진 시트를
빨 수 있다.

　그녀의 아빠는 죽기 전까지 그녀와 가까웠다. 쿠티 역시 그녀
와 가까웠다. 그는 그녀를 사랑했다. 나는 그녀와 가까운 남자
중 유일하게 살아 있는 자다. 결국 나는 다른 여자와 데이트를
하게 될 것이고 그녀는 홀로 남을 것이다. 그렇게 되리란 걸 그
녀는 안다. 그날이 오면 그녀는 슬플 것이다. 슬프겠지만 사랑을
찾은 나를 위해 기뻐해줄 것이다. 내가 절정에 오르고 나서 그녀
는 내 얼굴을 쓰다듬으며 슬프지만 기분이 좋기도 하다고 말한
다. 이 세상 모든 여자 중 내가 자위하면서 떠올리는 유일한 여
자라 기분이 좋다고. 그녀와 자는 사이인 미술상은 나보다 키가
작고 털이 많지만 성적 매력이 물씬 풍기는 남자다. 그는 네타냐
후* 밑에서 군생활을 했고 그때부터 그들은 쭉 연락해왔다. 진짜

---

* 베냐민 네타냐후. 현 이스라엘 총리로, '비비'라는 별명으로도 불린다.

친구로. 그녀를 보러 올 때면 그는 아내에게 비비네 집에 간다고 해둔다. 그녀는 미술상과 그의 아내를 쇼핑몰에서 한 번 마주친 적이 있다. 불과 몇 발자국 떨어진 곳에 그들이 서 있었다. 그녀가 남몰래 살짝 미소지어 보였으나 그는 모른 척했다. 그의 눈은 그녀를 향해 있었지만 텅 비어 있었다. 마치 허공을 보는 것처럼. 그녀는 그가 아내와 함께 있어서 미소지어 보이거나 말을 걸 수 없다는 걸 이해했지만 설령 그럴지라도 거기엔 몹시 상처가 될 만한 무언가가 있었다. 그녀는 공중전화 옆에 혼자 서서 울었다. 바로 그날이 나와 섹스한 날이었다. 돌이켜보면 그건 실수였다.

그녀가 사귀었던 남자 중 네 명이 자살을 시도했다. 그중 두 명은 성공하기까지 했다. 그 두 명을 그녀는 가장 좋아했다. 그들은 친오빠처럼 그녀와 아주 가까웠다. 때때로 홀로 집에 있을 때 그녀는 곁에서 자신을 지켜보고 있는 우리, 거실에 함께 있는 나와 쿠티를 느낄 수 있다. 그럴 때면 무섭기도 하지만 행복하기도 하다. 완전히 혼자는 아니라는 걸 알기 때문이다.

위로 한 걸음

살인청부업자, 그들은 야생화와 같다. 이름을 일일이 댈 수도 없을 만큼 다양한 종류로 돋아난다. 한때 나는 분명 다른 가명도 있었겠지만 막시밀리안 셰르만이라 불리던 남자와 알고 지냈다. 막스는 최상급, 최고의 킬러였다. 품격 있는 살인청부업자. 일 년에 한두 번 의뢰를 수락하는 타입. 머리당 받는 액수를 생각하면 더 계약할 필요도 없었다.

내 친구 막시밀리안은 열네 살 때부터 채식을 했다. 내게 말해주기론 양심상의 이유라고 했다. 다르푸르 지역에서 누리라는 이름의 소년을 입양하기도 했다. 막스는 한 번도 본 적 없는 그 아이에게 긴 편지를 보냈고 누리는 답장에 사진 몇 장을 끼워 보냈다. 내가 하려는 말인즉, 막시밀리안은 인정 많은 킬러였다는 것이다. 그는 어린아이를 죽이지 않았다. 나이든 여성에게도 약했다. 그런 종류의 도덕적 고매함 때문에 그는 전 경력을 통틀어 많은 비용을 치러야 했다. 엄청나게 많은 돈을.

자, 막시밀리안이 있고, 또 내가 있다. 이것이야말로 우리가 살아가는 세상의 사랑스러운 점이다. 이 얼마나 다채로운 태피스트리인가. 난 막시밀리안처럼 세련되게 말하는 사람도 아니고 혈액으로는 추적이 불가능한 독극물 따위에 관한 과학 논문에 코를 처박고 있는 사람도 아니다. 하지만 막시밀리안 셰르만과 달리 나는 기꺼이 나이든 여인을 도살할 것이다. 어린아이를 파운드당 돈을 받고 죽일 것이다. 눈 하나 깜짝하지 않고 그 일을 해치울 것이며 추가 경비도 받지 않을 것이다.

내 변호사가 말하길 바로 그래서 그들이 내게 사형을 구형했단다. 지금은 예전 같지 않다고 그는 말한다. 옛날에는 사람들이 근사한 식사보다 공개 교수형을 더 선호했다. 요즘은 살인자들을 죽이는 데 입맛을 다시지 않는다. 되레 속이 메슥거리고 불편한 기분이 든다. 하지만 아동 살해범은? 여전히 맹렬한 식욕으로 뒤쫓을 것이다. 말이 된다고 당신은 생각하겠지. 내가 아는 한 생명은 생명이다. 막시밀리안 셰르만과 나의 고결한 배심원들은 오래오래 얼굴을 찌푸리겠지만, 여성학을 전공하는 스물여섯 살짜리 폭식증 학생이나 시를 사랑하는 예순여덟 살 리무진 기사의 목숨을 빼앗는 것이 세 살 먹은 코흘리개의 생명을 빼앗는 것보다 더 괜찮거나 덜 괜찮지는 않다. 검사들은 미미하고 하찮은 차이를 따지기 좋아한다. 그들은 순수함과 무력함에 대해 얘기하면서 당신 머릿속을 헤집어놓길 즐긴다. 하지만 생명은 생명이다. 일생일대의 날 부패한 법조인들과 더러운 정치가들 앞에선 자로서 나는 이 점을 강조해야 한다. 몸이 경련하고 눈동자가 안구에서 튀어나오는 운명의 순간, 바로 그때는 그 어떤 차이도 없이 모두가 순수하고 무력하다는 것을. 하지만 마이애미 출신의 가는귀가 반쯤 먹은 퇴직 법률가에게 그걸 설명해보라. 더구나 그녀가 겪은 유일한 상실의 경험이—같이 살기 힘들었던 남편은 빼고—자신이 돌보던 애완 햄스터가 작디작은 결장에 암이 생겨 죽은 경우라면 어떻겠는가.

법정에서 그들은 나를 아동 혐오자로 몰아세웠다. 아마 뭔가 있을 것이다. 그들은 내가 계약도 하지 않고 쌍둥이를 살해한 예전 사건을 파헤쳤다. 돈도 받지 않고 저지른 살인 같은 게 아니라 다른 건에 쌍둥이가 말려든 것일 뿐이다. 아이의 겉모습은 내게 아무 문제가 되지 않는다. 사실 외양만 보면 아이들은 꽤 귀엽다. 사람 같은데 작을 뿐. 아이들이 기내에서 받곤 했을 미니 소다 캔이나 작은 시리얼 상자가 연상된다. 그러나 행동의 측면에서 보자면? 유감이다. 나는 그들이 사소하게 떼를 쓰고 이성을 잃어버리는 것, 쇼핑몰 한가운데 드러누워 신경질을 부리는 것을 좋아하는 사람이라곤 할 수 없겠다. 아빠 가버려, 엄마 미워 등등 그 모든 새된 소리. 그 난리법석은 고작 2달러짜리 후진 장난감 때문에 벌어지는데, 당신이 그걸 사준다 한들 아이들은 일분도 갖고 놀지 않을 것이다. 나는 잠자리에서 읽어주는 모든 동화도 증오한다. 그 작고 불편한 침대에 아이들과 함께 누워야 하는 어색한 상황 때문만이 아니라 그들이 가하는 정서적인 협박 때문이다. 장담하건대 그들은 기다리는 법이 없으며 또다른 이야기를 끌어내기 위해 고문할 것이다. 하지만 내가 가장 견딜 수 없는 것은 동화 그 자체. 언제나 송곳니와 발톱을 제거한 사랑스럽고 귀여운 숲속 생명체들이 등장하는 이야기, 악이 존재하지 않는 세계, 죽음보다 더 지루한 그곳을 거짓으로 묘사하는 이야기. 우리의 이야기가 다시 죽음으로 돌아온 것 같다. 내 변호사는 항소할 수 있다고 생각한다. 효과가 있어서가 아니다. 그렇게 해서 상급 법원으로 가면 시간을 더 벌 수 있어서다. 나는 관심 없다고 그에게 말한다. 우리끼리 하는 말이지만, 내가 좀더 살아봐야 얻어낼 게 뭐가 있겠는가. 코딱지만한 감방에서 윗몸일으키기나 더 하라고? 텔레비전으로 대학 농구나 엉터리 리얼리티 프로나 더 보라고? 만약 나에게 닥쳐올 것이 약물로 가득찬 주삿바늘뿐이라면 지금 당장 그걸로 찔러 끝장을 내라. 괜히 질질 끌지 말자.

내가 아이였을 때 아버지는 늘 천국이 불만스럽다며 투덜거렸다. 그 얘기를 너무 많이 한 나머지 세상에, 엄마가 다른 놈이랑 놀아나고 있다는 사실도 까맣게 몰랐다. 만일 도래할 세상에 대한 아버지의 해석이 맞다면 그 얼마나 지루하기만 할까. 우리 아버지, 그는 유대인이었다. 하지만 감옥에서 사람들이 물었을 때 나는 신부를 불러달라고 청한다. 어쨌거나 가톨릭교인들이 덜 추상적인 것 같고, 지금 내 처지에 철학적 관점은 문제되지 않는다. 지금 당장 중요한 것은 실용성이다. 그러니까 나는 결국 지옥에 갈 텐데 신부한테서 정보를 많이 끌어낼수록 가기 전에 좀 더 대비를 할 수 있을 것이다. 내 경험으로 보아 슬개골을 부수거나 두개골을 박살내면 어느 사회에서든 지위가 올라가게 되어 있다. 거기가 그루지야의 소년원이든, 해병대 훈련소든, 방콕의 교도소든 간에. 구체적으로 누구의 무엇을 부술지 판단하는 데는 지혜가 필요하다. 그리고 바로 이 지점이 신부가 도와줘야 할 부분이다. 돌이켜보면 나는 랍비나 카디*, 아니 차라리 말없는 힌두 바바**를 부를 수도 있었다. 그 수다쟁이 신부는 전혀 도

---

* 이슬람 국가의 법관.
** 힌두교의 사제.

움이 되지 않고 있으니까. 그는 마치 일본인 관광객 같았다. 그 자신도 그걸 알아야 한다. 그는 나를 보자마자 굳이 그럴 필요가 없는데도 자신은 이민 4세의 미국인이라고 서둘러 말했다. 신부는 지옥에 가는 것은 철저히 본인에게 달려 있다고 했다. 천국과 꼭 마찬가지로 결국에는 모두가 각자의 자격에 따라 지옥 혹은 천국으로 가게 된다고. 그래도 나는 포기하지 않을 것이다. 거기 책임자가 누구요? 나는 그에게 묻는다. 어떤 식으로 돌아가는 곳입니까? 탈출하려 몸부림친 자들의 역사가 있습니까? 그는 그저 대시보드에 붙여놓은 강아지 인형처럼 고개만 까딱거릴 뿐 대답은 하지 않는다. 그가 세번째로 고백성사를 하라고 했을 때 나는 더 참지 못하고 그에게 정말 큰 것 한 방을 먹인다. 손발이 묶여 있어서 머리통을 써야 한다. 그래도 충분히 하고도 남는다. 요즘 일본인 신부들이 어떤 재질로 만들어지는지 몰라도 내 몸은 순식간에 분리되는 물질로 되어 있다.

교도관들이 우리를 떼어놓고 나를 인정사정없이 때린다. 발로 차고, 곤봉을 휘두르고, 머리에 주먹을 날린다. 나를 진압하려는 듯이 행동하지만 실은 그냥 재미 삼아 때리고 있다. 이해한다. 때리는 것은 재미있지. 진실? 신부를 정수리로 들이받은 것이 마지막 식사로 나온 스테이크와 감자튀김보다 훨씬 좋았다. 참고로 그 스테이크는 썩 괜찮았다. 폭력은 굉장히 재미있다—이제는 약물주사를 맞고 저 먼 곳에서 날 기다리는 폭력만을 상상할 수 있을 뿐이다. 약속하건대, 지옥에서 내 손이 닿는 범위 내에서 있는 개자식들은 내가 불쾌한 것 이상으로 고통을 맛보게 될 것이다. 그 개자식이 평범한 죄인이든 악마든 사탄 그 자체든 나는 개의치 않을 것이다. 피 흘리는 일본인 신부가 내 식욕을 한껏 돋워놓았다.

주삿바늘은 아프다. 그 독선적인 청교도인들은 분명 아프지 않은 주사를 찾을 수도 있었을 텐데 따끔한 것으로 골랐다. 그들은 그렇게 벌을 준다.

나는 죽어가면서 내가 죽인 모든 이를 떠올린다. 그들의 영혼이 귀를 통해 빠져나가기 직전 그들의 얼굴에 번지던 표정을 본다. 그들이 저 건너편에서 분노로 이글거리며 날 기다리고 있을지 모른다. 그때 마치 누가 방금 내 심장에 주먹을 한 방 먹인 것처럼 온몸이 마지막으로 맹렬히 경련한다. 내 먹잇감들아, 날 기다려다오. 그들이 거기 있었으면 좋겠다. 그들 모두를 다시 한번 죽일 수 있다면 기쁠 것이다.

나는 눈을 뜬다. 정글 속에 있는 것처럼 키 큰 풀들이 나를 둘러싸고 있다. 지옥은 지하감옥처럼 어두컴컴하고 좀더 지하실 같을 거라 상상했었다. 하지만 여기는 모든 게 푸르고 하늘 높이 태양이 빛나고 있다. 나는 무기로 쓸 만한 막대나 돌, 날카로운 나뭇가지 같은 걸 찾아 앞으로 난 오솔길을 걷는다. 아무것도 없다. 키 큰 풀과 질척거리는 땅 말고는 아무것도 없다. 거대한 인간의 두 다리를 발견한 건 바로 그때였다. 누군지는 모르겠지만 나보다 여덟 배는 더 크다. 게다가 내겐 무기가 하나도 없다. 무릎이든 고환이든 기관지든 그의 약점을 찾아야 한다. 재빨리 세게 치고는 그게 먹히길 기도해야 한다. 그때 거인이 몸을 구부린다. 생각했던 것보다 더 민첩하다. 나를 힘껏 허공으로 들어올리더니 입을 벌린다. 여기 있네, 라고 말하며 나를 품에 꼭 껴안는다. 여기 있네, 내 귀엽고 사랑스런 곰돌아. 내가 널 세상 무엇보다 사랑하는 거 알지! 나는 그와 가까이 있다는 걸 이용해 목을 깨물고 손가락으로 눈을 찌르려고 한다. 그러고 싶은데 몸이 말을 듣지 않는다. 몸은 내 바람과는 반대로 움직여 이제 나는 그를 꼭 껴안고 있다. 그러더니 입술이 달싹거린다. 나도 어떻게 할 수가 없다. 입술은 제멋대로 속삭인다. 나도 널 사랑해, 크리스토퍼 로빈.* 세상 누구보다도 널 더 사랑해.

---

* 〈곰돌이 푸〉에서 아기 곰 푸와 가장 친한 친구로 나오는 남자아이.

크고 파란 버스

어떤 아이들은 바닥에 드러누워 성질을 부린다. 얼굴이 빨개지고 땀범벅이 될 때까지, 입과 코에서 떨어지는 온갖 타액과 점액이 회색 아스팔트 보도에 얼룩을 남길 때까지 울부짖고 팔을 휘젓고 몸부림친다. 그는 그런 아이가 아니라 얼마나 고마운가.

길라드는 진정하려고 그 생각에 매달렸다. 그리고 느린 호흡. 효과가 있었다. 길라드는 어린 힐렐과 함께 보도 옆에 서 있었다. 아이는 주먹을 꽉 쥐고 이마를 찡그리고 눈을 꼭 감고 만트라를 외듯 똑같은 말을 계속 중얼거리고 있었다. "하고 싶어 하고 싶어 하고 싶어."

길라드는 이야기를 시작하기 전 미소를 짓기로 한다. 그래도 힐렐이 볼 수 없다는 걸 알지만 어쨌든 미소에 담긴 어떤 것이 목소리에도 실리기를 바란다. "힐렐, 아가야." 미소지으며 그가 말한다. "힐렐, 우리 귀염둥이, 더 늦기 전에 얼른 걷자꾸나. 유치원에서 오늘 아침으로 팬케이크를 준대요. 우리가 제시간에 도착 못 하면 딴 애들이 하나도 남김없이 다 먹어치울걸."

하고 싶어 하고 싶어 하고 싶어 하고 싶어 하고 싶어 하고 싶어 하고 싶어 하고 싶어 하고 싶어 하고 싶어 하고 싶어 하고 싶어 하고 싶어 하고 싶어 하고 싶어 하고 싶어

그와 나아마가 헤어지기 전, 부부는 힐렐이 텔레비전을 못 보게 규칙을 정했다. 먼저 시작한 사람은 나아마였다. 그녀가 〈하아레츠〉*에서 뭔가를 읽었고 길라드는 순순히 따랐다. 납득이 되었으니까. 하지만 헤어지고 나서는 감시할 사람이 없었다. 대체로 혼자 있을 때는 뭔가를 계속하기가 더 힘든 법이다. 포기할 때마다 다른 쪽이 나중에 그 대가를 치르든가 계산을 나누어 할거라고 느낄 테고, 그러다 불현듯 비용이 감당할 만하다고 여겨지는 것이다. 어떻게 보면 담배꽁초를 계단에 버리느냐, 집안에 버리느냐 하는 문제와 유사하다. 지금은 그들에게 같이 사는 집이 없기에 신나게 어지르는 중이다.

하고 싶어 하고 싶어 하고 싶어 하고 싶어 하고 싶어 하고 싶

---

* 이스라엘의 가장 오래된 일간지.

어 하고 싶어 하고 싶어 하고 싶어 하고 싶어 하고 싶어 하고 싶어 하고 싶어 하고 싶어 하고 싶어 하고 싶어

길라드와 함께 있을 때 힐렐이 보고 싶어하는 프로그램 중 하나는 토니라는 마법소년이 나오는 일본 만화다. 요정 엄마는 토니에게 눈을 감고 "하고 싶어"라고 되뇌기만 하면 모든 소원이 이루어질 거라고 가르쳤다. 토니의 꿈이 실현되는 데 일 초도 걸리지 않을 때도 있지만, 만일 아무 일도 일어나지 않으면 요정 엄마가 나타나 실패한 것이 아니라 "하고 싶어"라는 주문을 너무 빨리 멈춰서라고 설명한다. 토니는 마법이 통할 때까지 거의 한 화 전체를 중간에 포기하지 않고 눈을 감고서 "하고 싶어 하고 싶어 하고 싶어"로 채울 수 있다. 제작비를 고려해보면 아주 경제적인 아이디어다. 매 화마다 이마에 송글송글 땀이 맺힌 토니가 "하고 싶어 하고 싶어 하고 싶어"라고 반복하는 장면을 다시 써먹을 수 있으니까. 에피소드마다 반복되는 똑같은 장면. 당신은 앉아서 보기만 해도 미쳐버리겠지만, 힐렐은 화면에서 눈을 떼지 못한다.

하고 싶어 하고 싶어 하고 싶어 하고 싶어 하고 싶어 하고 싶어 하고 싶어 하고 싶어 하고 싶어 하고 싶어 하고 싶어 하고 싶어 하고 싶어 하고 싶어 하고 싶어 하고 싶어

길라드는 다시 미소짓는다. "힐렐, 그거 안 통해." 그가 말한

다. "백만 번 말해도 안 될 거야. 너무 가까워서 버스를 타고 유치원에 갈 순 없어. 유치원은 바로 저기, 길 <u>끄트</u>머리에 있잖니. 저기 가는 버스는 없단다."

"통할 거야." 힐렐이 말한다. 웅얼거리는 건 멈췄지만 여전히 눈을 감고 이마를 찌푸리고 있다. "진짜야, 아빠. 통할 거야. 내가 너무 빨리 멈춘 것뿐이야." 길라드는 웅얼거림이 잦아든 틈을 타 솔깃한 제안을 해보려는 참이었다. 뇌물. 스니커즈 바 같은 거. 유치원 바로 옆에 가게가 있다. 나아마는 아침엔 절대 단것을 못 먹게 하지만 지금 그에게는 상관없는 일이다. 나아마는 허락하지 않을 테지만 길라드는 허락할 것이다. 정상참작이 가능한 상황이란 게 있다. 그런 생각들이 머릿속으로 쏟아졌지만 길라드가 스니커즈 바를 먹겠느냐고 할 기회를 잡기도 전에 힐렐이 다시 시작한다.

하고 싶어 하고 싶어 하고 싶어 하고 싶어 하고 싶어 하고 싶어 하고 싶어 하고 싶어 하고 싶어 하고 싶어 하고 싶어 하고 싶어 하고 싶어 하고 싶어 하고 싶어 하고 싶어

길라드는 스니커즈라고 소리친다. 여러 번 반복해서 소리친다. 스니커즈. 스니커즈. 스니커-즈. 목소리를 최대한 높여서. 힐렐의 귀에 바짝 대고. 나아마가 있었다면 두려움에 질린 표정으로 애한테 소리 좀 그만 지르라고 했으리라. 그게 그녀의 장기였다—두려움에 질린 표정을 짓는 것. 언제라도 길라드가 스스로를 학대하는 아빠나 비열한 남편 혹은 엉망진창인 인간처럼 느끼게 만드는 것. 그것 역시 일종의 재능이다. 마법. 약한 마법, 약하고 신경을 건드릴 뿐이지만 그래도 마법이긴 하다. 그렇다면 길라드가 보여줄 수 있는 마법은 무엇인가? 없다. 마법사 엄마와 마법사 아들, 그리고 아무 힘이 없는 아빠. 일본 만화 시리즈. 영원히 이런 식으로 계속될 수 있으리라.

하고 싶어 하고 싶어 하고 싶어 하고 싶어 하고 싶어 하고 싶어 하고 싶어 하고 싶어 하고 싶어 하고 싶어 하고 싶어 하고 싶어 하고 싶어 하고 싶어 하고 싶어 하고 싶어

길라드는 힐렐을 두 팔로 꽉 잡고 공중으로 높이 들어올린 다음 뛰기 시작한다. 힐렐의 몸은 언제나처럼 따뜻하다. 지금도 계속 중얼거리고 있긴 하지만 길라드가 바짝 당겨안자마자 중얼거림은 좀 진정되고 이마의 주름은 펴진다. 길라드는 힐렐과 같이 뭔가를 웅얼거려야 한다고 느끼고 "우린 유치원에 가는 중이야 우린 유치원에 가는 중이야"라고 되뇌다가 반쯤 왔을 때 문장을 바꿔 "곧 도착할 거야 곧 도착할 거야 곧 도착할 거야"라고 웅얼거린다. 닫힌 전자식 문과 마당이 코앞에 나타나자 문장은 돌연 "아빠는 사랑해 아빠는 사랑해 아빠는 사랑해"로 바뀐다. 그 어떤 것과도 관련이 없는 문장이다. 목적어가 없다. 적어도 길라드에겐 힐렐을 사랑한다는 뜻임이 분명하지만.

유치원으로 들어선 그는 중얼거림을 멈추고 힐렐을 내려놓는다. 힐렐은 눈을 감고 계속한다. "하고 싶어 하고 싶어 하고 싶어." 길라드는 보조 교사 중 한 명, 그가 어쩌다 좋아하게 된 통통한 여자를 향해 웃어 보인다. 그러고는 힐렐의 수놓인 가방과 여분의 옷가지와 플라스틱 물병을 '힐렐'이라 쓰인 고리에다 건다. 그가 밖으로 나가려는데 유치원 교사가 불러세운다.

하고 싶어 하고 싶어 하고 싶어 하고 싶어 하고 싶어 하고 싶어 하고 싶어 하고 싶어 하고 싶어 하고 싶어 하고 싶어 하고 싶어 하고 싶어 하고 싶어 하고 싶어 하고 싶어

길라드가 그녀에게 미소짓는다. 뛰어와서 땀을 흘리고 있고 약간 숨을 헐떡이기도 하지만 그의 미소는 모든 게 다 괜찮다고 말한다. "어젯밤 힐렐이 텔레비전에서 본 거예요." 그가 설명한다. "토니와 마법의 나비들이 나오는 시리즈인데 일본 만화예요. 아이들이 너무 좋아하죠……" 교사는 나쁜 짓 하는 아이들을 조용히 시킬 때처럼 자기 입에 검지를 갖다댄다. 모욕적이지만 그는 반응하지 않는 편을 택한다. 그가 원하는 건 오직 자리를 뜨는 것이다. 그리고 자기가 더 차분하고 더 친절하다면 더 빨리 뜰 수 있으리라는 결론을 내린다. 언제든지 사무실에서 미팅이 있다고 말하기만 하면 된다. 어쨌든 그가 변호사라는 걸 그녀도 아니까.

하고 싶어 하고 싶어 하고 싶어 하고 싶어 하고 싶어 하고 싶어 하고 싶어 하고 싶어 하고 싶어 하고 싶어 하고 싶어 하고 싶어 하고 싶어 하고 싶어 하고 싶어 하고 싶어

교사는 힐렐과 얘기해보려고 한다. 힐렐의 얼굴을 부드럽게 쓰다듬어도 보지만 아이는 절대 중얼거림을 멈추지 않고 눈도 뜨지 않는다. 길라드의 본능이 그래봤자 소용없다고 그녀에게 말해주려 하지만, 그게 자신에게 유리한지 확신하지 못한다. 사무실에서 미팅이 있다 말하고 그냥 가기에는 지금이야말로 적절한 순간이 아닐까, 그는 생각한다.

하고 싶어 하고 싶어 하고 싶어 하고 싶어 하고 싶어 하고 싶어 하고 싶어 하고 싶어 하고 싶어 하고 싶어 하고 싶어 하고 싶어 하고 싶어 하고 싶어 하고 싶어 하고 싶어

"죄송합니다만." 교사가 말한다. "아이를 이 상태로 두고 가시면 안 되죠." 길라드는 그건 상태가 아니라고 설명해본다. 그저 텔레비전에서 보여주는 쓰레기일 뿐이라고. 게임 같은 거라고. 아이는 고통받거나 하는 게 아니다. 그저 말도 안 되는 데 집착하고 있는 것일뿐. 하지만 교사는 들으려 하지 않고, 길라드는 힐렐을 다시 데리고 나오는 수밖에 없다. 교사는 그들을 바깥까지 데려다주고 문을 열어주면서 동정적인 투로 그들로서는 그냥

넘기기 힘든 사안이니 나아마에게 연락하는 편이 좋을 것 같다고 한다. 길라드는 곧바로 그게 좋겠다고 하면서 선생이 직접 나아마에게 전화를 걸까 염려되어 자기가 처리하겠다고 말한다.

하고 싶어 하고 싶어 하고 싶어 하고 싶어 하고 싶어 하고 싶어 하고 싶어 하고 싶어 하고 싶어 하고 싶어 하고 싶어 하고 싶어 하고 싶어 하고 싶어 하고 싶어 하고 싶어

일단 밖으로 나오자 길라드는 힐렐을 보도에 내려놓고 아주 차분한 어조로 말한다. "어떤 버스?" 힐렐이 계속 중얼거리기만 하자 그는 더 큰 소리로 묻는다. "어떤 버스?" 중얼거림을 멈춘 힐렐은 눈을 뜨고 길라드를 뚫어져라 바라보며 말한다. "크고 파란 버스." 길라드는 고개를 끄덕이고서 전혀 아무렇지도 않고 조금도 울음기 없는 목소리를 내려고 애쓰며 버스 번호는 상관이 있느냐고 묻는다. 그러자 힐렐이 웃으며 고개를 가로젓는다.

그들은 디젠고프 가 쪽으로 걸어가 버스정류장에서 기다린다. 처음 도착한 버스는 빨간색이다. 타지 않는다. 하지만 금방 다른 버스가 도착한다. 크고 파랗다. 번호는 1번, 아부 카비르 행이다. 길라드가 표를 사는 동안 힐렐은 약속한 대로 인내심을 갖고 기다렸다가 버스 기둥을 잡고서 조심조심 움직인다. 그들은 버스 뒤쪽에 나란히 앉는다. 버스는 텅텅 비었다. 길라드는 아부 카비르에 마지막으로 갔던 게 언제였는지 떠올려보려 한다. 아직 인턴이었던 때 사무실의 지시에 따라 부검 결과 사진의 복사본을 가지러 거기 있는 법의학 연구소에 갔었다. 자신에게는 형법이 맞지 않는다는 걸 깨닫기 전이었다. 힐렐은 이 버스가 유치원으로 가는지 알고 싶어했고, 길라드는 어느 정도는, 혹은 은유적으로 말하면 언젠가는 간다고 대답했다. 가끔 새로운 단어와 맞닥뜨릴 때 그랬던 것처럼 힐렐이 은유적인 게 뭐냐고 물었다면 곤란했을 것이다. 하지만 힐렐은 묻지 않았다. 아이는 그저 작은 손을 길라드의 허벅지에 올려놓고 창밖을 내다보았다. 길라드는 뒤로 기대앉아 눈을 감고 아무 생각도 하지 않으려 했다. 열린 창으로 불어오는 바람은 강했지만 못 견딜 정도는 아니었다. 그의 몸은 느릿느릿 숨을 쉬고 입술은 전혀 움직이지 않았지만 마음속으로 계속해서 중얼거렸다. "하고 싶어 하고 싶어 하고 싶어 하고 싶어 하고 싶어 하고 싶어."

치핵

이것은 치핵으로 고통받는 한 남자의 이야기다. 많은 것도 아
니었다. 딱 하나, 유일한 치핵이었다. 맨 처음 신경쓰이는 작은
크기였던 치핵은 중간 크기의 성가신 물건으로 급속도로 커졌다
가 두 달도 채 되지 않아 몹시 아픈 큰 놈으로 자랐다. 남자는 평
상시처럼 생활을 해나갔다. 날마다 오래 일하고 주말에는 쉬고
기회가 닿을 때마다 혼외정사도 벌였다. 하지만 이 치핵, 정맥에
달라붙은 이 치핵은 장시간에 걸친 회의나 고통스런 배변 때마
다 매번 삶이란 고통, 삶이란 땀을 흘리는 것, 삶이란 지랄맞게
잊을 수 없는 아픔이라는 사실을 일깨워주었다. 그리하여 중요
한 결정을 앞두고 다른 사람들이 양심에 귀를 기울이듯 그는 그
의 치핵이 하는 말에 귀를 기울였다. 치핵은 치핵답게 그에게 똥

구멍 같은 조언을 해주곤 했다. 누구를 해고할 것인가에 대한 조언, 더 높은 목표 설정에 대한 조언, 싸움을 걸어야 할지 말지 혹은 누구와 함께 일을 도모해야 할지에 대한 조언. 조언들은 효과가 있었다. 시간이 갈수록 남자는 성공을 거듭했다. 그가 경영하는 회사의 수익은 날로 커졌고, 치핵 역시 커졌다. 그리하여 어느 순간 남자보다 치핵이 더 커졌다. 그래도 치핵은 멈추지 않았다. 결국 남자가 아닌 치핵이 위원회장 자리에 올랐다. 회의실 의자에 앉아 있을 때 치핵은 가끔 아래 깔린 남자가 성가시기도 했다.

이것은 한 남자 때문에 고통받는 치핵의 이야기다. 치핵은 평상시처럼 생활을 해나갔다. 날마다 오래 일하고 주말에는 쉬고 기회가 닿을 때마다 혼외정사도 벌였다. 하지만 이 남자, 정맥에 달라붙은 이 남자는 장시간에 걸친 회의 때나 고통스런 배변 때마다 매번 삶이란 동경, 삶이란 열망하는 것, 삶이란 지랄맞게 망가지며 운명의 변화를 기다리는 것임을 일깨워주었다. 그래서 사람들이 밥 달라고 꼬르륵거리는 위장의 소리에 귀를 기울이듯 치핵은 남자의 말에 귀를 기울였다―수동적이지만 고분고분 받아들이듯이. 치핵은 자기가 남자 덕분에 타인을 있는 그대로 받아들일 수 있고 용서를 배울 수 있다는 사실을 믿어보려 했다. 타인을 경멸하고 싶은 충동도 이겨낼 수 있었다. 욕을 할 때조차 상대방 엄마는 들먹이지 않았다. 그리하여 아래 있는 성가신 작은 남자 덕분에 치핵에게는 모든 존재가 가치를 지니게 되었다. 치핵과 사람, 물론 회사에 만족하는 전 세계의 주주들도.

일 년 내내 9월

새로운 대공황이 시작되었을 때 NW가 가장 큰 타격을 입었다. 그 회사 제품은 풍족한 계층을 대상으로 했는데 시카고 폭동 이후 부자들마저 주문을 중단했다. 불안정한 경제 상황 때문이기도 했지만 이웃과 맞설 수 없었던 것이 더 큰 이유였다. 주식은 세계 증시의 바닥을 기었고 몇 퍼센트씩 계속 출혈을 보였다. 그리고 NW는 불황의 상징이 되었다. 〈월스트리트 저널〉이 NW를 다루면서 뽑은 헤드라인이 '9월의 우박 폭풍'이었다. 햇빛 찬란한 가을날 수영복만 걸친 가족이 크리스마스트리를 장식하는 장면을 보여줬던 NW의 광고 '일 년 내내 9월'에 대한 풍자였다. 광고는 들불처럼 번져나갔다. 광고가 처음 나가고 일주일이 지나자 하루에 삼천 개가 팔렸다. 부유한 미국인들이 샀고, 부자처럼 보이고 싶은 덜 부유한 사람들도 샀다. NW의 날씨-조종 시스템은 높은 사회적 신분의 상징이 되었다. 백만장자임을 공식 인증하는 날인. 이제 그것은 1990년대와 2000년의 개인 제트기 같은 것을 의미했다. 좋은 날씨, 부자들을 위한 날씨. 만일 북극의 그린란드에 사는데 눈과 회색빛 때문에 미칠 지경이라면 당신이 해야 할 일은 단 하나, 신용카드를 긁는 것뿐이다. 그러면 위성 한두 개로 당신의 발코니에 일 년 내내 칸의 완벽한 가을날이 세팅될 것이다.

야코브(야키) 브라이크는 그 시스템을 초기에 산 사람 중 한 명이었다. 그는 돈을 정말로 사랑했고 돈과 헤어지는 게 힘들었지만, 짐바브웨에 무기와 마약을 팔아서 번 수백만 달러에 대한 사랑보다 뉴욕의 습한 여름과 땀에 젖은 셔츠가 등에 들러붙는 끈적거리는 느낌에 대한 혐오가 훨씬 더 강했다. 그는 시스템을 자기 집을 위시해 블록 전체에 설치했다. 이것을 관용으로 오해하는 사람들도 있었지만, 사실 그는 모퉁이 편의점에 갈 때도 좋은 날씨가 계속되길 바랐던 것뿐이었다. 그 편의점이 그를 위해 이스라엘에서 들여온 필터 없는 담배 노블레스를 파는 유일한 곳이어서가 아니었다. 무엇보다 그 편의점은 야키에게 생활 공간의 경계를 표시해주는 것이었다. 야키가 수표에 서명한 순간부터 그 블록은 천국의 날씨로 바뀌었다. 음산한 비도, 무더운 열기도 없었다. 일 년 내내 9월이었다. 그것도 짜증나는 뉴욕의 9월이 아니라 그가 성장기를 보냈던 하이파의 9월. 그러고 나서 갑자기 예기치 않게 시카고에 폭동이 일었고 이웃들은 그에게 그 완벽한 가을 날씨를 끄라고 요구했다. 처음에는 무시했지만, 우편함에 변호사들의 편지가 날아들고 누군가가 죽은 공작새를 자동차 앞유리에 두고 갔다. 그의 아내가 시스템을 끄라고 한 게 바로 그때였다. 1월이었다. 야키가 가을을 꺼버리자 순식간에 낮은 짧아지고 쓸쓸해졌다. 그 모든 게 죽은 공작새 한 마리, 그리고 연약함을 앞세워 언제고 그를 조종할 수 있는, 불안에 시달리는 깡마른 아내 때문이었다.

경기 침체는 악화되기만 했다. 월가에서 NW의 주식은 완전 바닥으로 떨어졌고 야키네 회사 주식도 마찬가지였다. 바닥에 닿아 구멍을 뚫고 한참 더 떨어졌다. 무기와 마약은 불황에도 끄떡없을 것 같겠지만 우습게도 그 반대가 진실임이 판명되었다. 사람들은 약 살 돈이 없어지자 오랫동안 잊고 지냈던 것을 다시 깨달았다. 제대로 기능하는 무기는 자동차의 전자식 창문처럼 사치품이라는 것, 그리고 누군가의 두개골을 짓뭉개는 데는 때로 마당에 있는 돌멩이 하나면 충분하다는 것. 야키가 3월 중순의 우울한 날씨에 익숙해지는 것보다 더 빠른 속도로 사람들은 야키의 라이플 없이 살아가는 법을 익혔다. 그리고 야키 브라이크, 경제 칼럼니스트에게는 러키 브라이크로 불렸던 그는 파산했다.

아파트(회사의 회계사가 간신히 소급해서 거식증 걸린 아내 명의로 해놓은 것)는 건졌으나 나머지는 모두 날렸다. 그들은 가구까지 가져갔다. 나흘 후 NW의 기술자가 날씨-조종 시스템을 끊기 위해 왔다. 야키가 문을 열자 비를 쫄딱 맞은 기술자가 서 있었다. 야키는 그에게 뜨거운 커피를 만들어주었고 그들은 잠시 이야기를 나누었다. 야키는 시카고 폭동이 일어나고 얼마 후부터 시스템을 사용하지 않았다고 했다. 그들은 폭동에 대해, 빈민가의 성난 군중이 여름으로 맞추어진 도시의 부잣집을 습격했을 때에 대해 이야기했다. "그들이 가진 그 모든 햇빛이 우리를 미치게 했어요." 폭도 중 한 명이 며칠 후 뉴스에 나와 말했다. "난방비가 없어서 엉덩이가 얼어붙는 꼴을 어디 한번 보자고. 나쁜 놈들, 나쁜 놈들……" 그러면서 남자는 왈칵 눈물을 쏟는다. 그의 신원을 드러내지 않기 위해 카메라가 얼굴을 흐릿하게 잡았기 때문에 눈물은 보이지 않아도 상처입은 짐승 같은 울부짖음을 들을 수는 있으리라. 흑인 기술자는 자기도 시카고의 그 동네에서 태어났지만 지금은 그걸 인정하기가 부끄럽다고 했다. "그놈의 돈." 그가 말했다. "그 빌어먹을 놈의 돈이 그냥 세상을 말아먹었어요."

커피를 다 마시고 기술자가 시스템을 끊을 준비가 되었을 때, 야키는 마지막으로 한 번 켜봐도 되겠느냐고 물었다. 기술자가 어깨를 으쓱했고 그걸 야키는 승낙으로 받아들였다. 리모컨 버튼 몇 개를 누르자 구름 뒤에서 해가 불쑥 모습을 드러냈다. "있죠, 저건 진짜 해가 아니에요." 기술자가 의기양양하게 말했다. "레이저로 그럴듯하게 만들어내는 거예요." 야키는 눈을 찡긋하며 말했다. "그런 얘기 마세요. 나한테는 해랍니다." 기술자가 고개를 끄덕이며 말했다. "훌륭한 해죠. 제가 차를 타러 가기 전에 사라질 테니 너무 안됐네요. 비라면 이제 신물나는데." 야키는 대답하지 않았다. 그저 눈을 감고 햇빛이 얼굴을 씻어내리도록 두었다.

조지프

한 사람의 인생을 바꿔놓을 수 있는 대화가 있다. 나는 확신한다. 그렇게 믿고 싶다는 뜻이다. 지금 나는 한 연출가와 함께 카페에 앉아 있다. 정확히 말해 연출가는 아니다. 어떤 것도 연출한 적이 없지만 하고 싶어하는 자다. 영화를 만들 아이디어가 있는 그는 내가 대본을 써주기를 원한다. 시나리오는 쓰지 않는다는 내 방침을 받아들인 그가 웨이트리스를 부른다. 계산서를 달라고 할 줄 알았는데 에스프레소를 한 잔 더 주문한다. 웨이트리스가 내게도 더 필요한 게 없느냐고 물어서 물 한 잔을 부탁한다. 연출가 지망생의 이름은 요세프지만 그는 자기를 조지프라고 소개한다. "정작 요세프로 불리는 사람은 아무도 없어요. 세피 아니면 요시, 아니면 요스죠. 그래서 난 조지프로 정했어요."

조지프, 그는 예리하다. 나를 책처럼 읽는다. "바쁘죠?" 내가 손목시계를 흘깃거리자 그가 말한다. 그러고는 황급히 덧붙인다. "무척 바쁘겠죠. 여행해야죠, 작업해야죠, 이메일 써야죠." 말투에 악의나 빈정거림의 흔적은 전혀 없다. 사실의 진술, 아니 기껏해야 동정을 표한 것에 불과하다. 나는 고개를 끄덕인다. "바쁘지 않으면 불안해요?" 그가 묻는다. 나는 다시 고개를 끄덕인다. "나도 그래요." 그가 누런 이를 드러내며 나를 향해 웃는다. "거기엔 분명 뭔가 있어요. 뭔가 무서운 것이. 그렇지 않다면 우리가 시간을 잘게 쪼개 온갖 프로젝트에 달려들지도 않겠죠. 그런데 내가 가장 두려운 게 뭔지 알아요?" 그가 묻는다. 나는 뭐라고 하면 좋을지 생각하느라 잠깐 머뭇거린다. 하지만 조지프는 기다리지 않는다. "나 자신이요." 그가 말을 잇는다. "나라는 사람이요. 절정 직후에 무無가 우리를 채우는 순간, 알죠? 사랑하는 사람이 아니라 그냥 그런 여자랑 있을 때, 아니면 자위할 때요. 있잖아요, 난 그게 두려워요. 스스로를 들여다보고 그 속에 아무것도 없다는 걸 깨닫는 거요. 평범한 무가 아니라 완전히 사람을 낙담시키는 종류의 무인데, 그걸 뭐라고 해야 할지……"

이제 그는 조용하다. 그의 침묵 때문에 마음이 불편하다. 친한 사이라면 아마 나도 말없이 그와 함께 있을 수 있으리라. 하지만 첫 만남에서는 아니다. 특히나 저런 말을 듣고 난 다음에는. 나는 그의 솔직함에 보답해보려고 말한다. "가끔씩 삶이 덫 같아요. 아무 의심 없이 걷고 있는데 갑자기 주변이 철컥 닫히는 거죠. 우리가 안에 갇히면—그러니까 삶에 말입니다—탈출할 방법은 없어요. 자살을 제외하면요. 하지만 그건 진정한 탈출이 아니라 오히려 굴복에 가깝죠. 무슨 말인지 알겠어요?"

"좆도 아니에요." 조지프가 말한다. "당신이 시나리오를 안 쓰겠다는 거, 그냥 좆도 아니라고요." 그가 말하는 방식은 굉장히 묘하다. 욕을 다른 사람들처럼 하지 않는다. 나는 무슨 말을 해야 할지 몰라 잠자코 있다. "신경쓰지 마요." 잠시 후 그가 말한다. "당신이 거절한 덕분에 다른 사람들을 만나 커피를 더 마실 기회가 생겼네요. 그게 이 일의 가장 좋은 점이죠. 실제 연출을 하는 게 나한테 맞는다는 생각은 안 해요." 그의 반응을 보니 내가 고개를 끄덕인 게 틀림없다. "나한테 소질이 없다고 생각하죠? 진짜 연출가가 아니라고요. 그냥 부모한테서 돈푼깨나 받은 말 많은 남자에 불과하다고요." 그가 웃음을 터뜨리는 걸 보니 내가 압박감에 무심코 계속 고개를 끄덕이고 있던 게 틀림없다. "맞아요. 아니, 어쩌면 아닐 거예요. 언젠가 내가 당신을 놀라게 할지도 모르죠. 그리고 나 자신도요."

조지프는 계산서를 달라고 하더니 자기가 내겠다고 고집을 부린다. "우리 웨이트리스는 어때요?" 신용카드 결제를 기다리는 동안 그가 묻는다. "그녀도 탈출하려고 애쓰는 것 같습니까? 그러니까 자기 자신에게서요." 나는 어깨를 으쓱한다. "방금 막 걸어 들어온 저 코트 차림의 남자는요? 땀 흘리는 것 좀 봐요. 분명 뭔가로부터 달아나는 중일 겁니다. 어쩌면 우린 새로운 걸 시작할 수도 있겠어요. 영화 말고, 뭘 발견하게 될지 몰라 자신으로부터 달아나려 애쓰는 사람들을 찾아내는 프로그램이요. 히트할 수도 있겠는데요." 나는 코트를 입고 땀 흘리는 남자를 바라본다. 자살 폭탄 테러범을 보기는 내 평생 처음이다. 나중에 병원에서 외신 기자들이 테러범이 어떻게 생겼는지 물어보면 기억나지 않는다고 할 것이다. 그건 나와 테러범 둘 사이에 남겨두어야 할 일종의 개인적인 일인 것 같으니까. 조지프도 폭발에서 살아남을 것이다. 하지만 웨이트리스는 아니다. 그녀를 탓할 이유는 없다. 테러리스트의 공격에서 성격은 영향을 미치는 요인이 아니다. 결국 모든 것이 각도와 거리의 문제다. "방금 들어온 저 남자는 분명 뭔가로부터 달아나는 중일 겁니다." 조지프는 이렇게 말하고 웃는다. 팁으로 낼 잔돈을 찾아 주머니를 뒤지면서. "어쩌면 저 친구가 날 위해 시나리오를 써줄지도 모르죠. 아니면 커피 한 잔 정도는 같이 마셔줄지도요." 코팅한 메뉴판을 손에 든 우리 웨이트리스가 코트를 입고 땀 흘리는 남자를 향해 춤추듯이 다가간다.

애도하는 자들의 식사

그녀는 장례식 다음날 아침 당장 식당 문을 열기로 결심했다. 이타마르가 들으면 분통을 터뜨리겠구나 싶었다. "한 시간 전에 남편을 묻고 왔는데 벌써부터 쇼르바*를 팔려고 서두른단 말이에요?" "우린 쇼르바는 안 판단다, 이타마르." 가능한 한 차분한 목소리로 할리나가 말했다. "그리고 절대 돈 때문이 아니다. 사람들 때문이야. 혼자 집에 앉아 있는 것보다 식당에서 손님들과 함께 있는 게 더 나아." "하지만 시바 의식을 하지 말자고 고집한 건 어머니잖아요." 이타마르가 말했다. "그 번거로운 일이 다 싫다면서요." "번거로워서 그런 게 아니었어." 할리나가 푸념했다.

---

* 이슬람 국가에서 수프를 일컫는 말.

"실험실에 사체를 기증할 땐 시바 의식을 안 하는 거야. 원래 그런 거라고. 호르숍스키의 부친이 죽었을 때 아무도……" "잠깐만요, 어머니." 이타마르가 말을 가로챘다. "호르숍스키 이야기는 빼요. 시퍼만 가족도, 비알리크 가 21번지에 사는 핀쳅스키 씨 이야기도요. 그냥 우리 이야기만 해요. 알겠죠? 아빠가 돌아가신 다음날 엄마가 평소처럼 식당을 연다는 게 말이 된다고 생각하세요?" "그래." 할리나가 말했다. "내 마음은 평소 같지 않겠지만 우리 식당에 오는 모든 사람은 평소와 같겠지. 네 아버지는 죽었을지 몰라도 일은 아니야." "사업도 죽었어요." 이타마르가 이를 갈면서 말했다. "몇 년 전에 죽었다고요. 식당에 개 한 마리 얼씬하지 않았잖아요."

병원에서 기데온의 사망 소식을 들었을 때 그녀는 울지 않았다. 하지만 이타마르에게 그런 말을 듣자 울음이 나왔다. 물론 이타마르 앞에서는 아니었다. 이타마르가 곁에 있는 동안엔 윗입술에 꼿꼿이 힘을 주었다. 하지만 그가 가버리자마자 그녀는 아이처럼 엉엉 울었다. "내가 좋은 아내가 아니라 이러는 건 아니야." 그녀는 훌쩍거리며 스스로를 다독였다. "아들이 그런 말을 한 것보다 남편이 죽은 게 훨씬 더 괴롭다고. 하지만 모욕을 당하면 울음이 훨씬 쉽게 나오니까." 그것은 사실이었다. 아케이드로 가게를 옮긴 후로 단골이 줄었다. 그녀는 처음부터 식당을 옮기는 데 반대였지만 기데온은 그들에게 엄청난 기회, '일생의 기회'라고 했다. 그후로 그들이 싸울 때마다 그녀는 그 '일생의 기회'를 들먹였다. 하지만 그가 죽은 지금은 그럴 상대가 없었다. 세 시간 동안 그녀와 중국인만 텅 빈 식당의 완벽한 침묵속에 앉아 있었다. 중국인은 자기에게 큰 아량을 베풀어준 기데온을 많이 따랐다. 기데온은 촐렌트*와 게필테 피시** 만드는 법을 진득하게 시간을 들여 가르치곤 했다. 그리고 중국인이 뭔가를 망쳐 할리나가 불쑥 욕설을 내뱉을 때마다 "신경쓰지 마, 신경쓰지 마"라며 중재를 했다. 세시까지 아무도 안 오면 문을 닫아야겠다고 그녀는 생각했다. 오늘만이 아니라 영원히. 두 사람이 같이 일을 하는 것은 다르다. 손님들로 붐빌 땐 도와줄 사람이 있고, 그렇지 않을 때는 적어도 이야기 상대가 있다. "괜찮아요?" 중국인이 묻자 할리나가 고개를 끄덕이며 미소지으려 애썼다. 어쩌면 세시까지 기다릴 필요도 없으리라. 그저 문을 걸어잠그고 떠날 것이다.

그들은 스무 명 가까이 되었다. 문 옆에 서서 밖에 붙여놓은 메뉴판을 들여다보는 그들의 모습을 보자마자 그녀는 단박에 야

---

* 유대인이 안식일에 먹는 고기와 야채를 푹 익힌 요리.
** 송어나 잉어 따위에 달걀과 양파 등을 섞어 끓인 유대식 수프.

단번석이 벌어지리라는 걸 알았다. 맨 처음 식당 안에 들어선 사람은 거인 같았다. 그녀보다 머리통 하나는 더 크고 머리카락과 눈썹이 카펫처럼 희끗희끗했다. "문 열었어요?" 그의 물음에 잠깐 생각하고서 그녀가 입을 열었을 때는 이미 식당이 꽉 차 있었다. 금색과 보라색 매니큐어, 강렬한 보드카 냄새, 꽥꽥 소리지르는 아이들로. 그녀와 중국인이 테이블 몇 개를 붙이고 그녀가 메뉴를 갖다주자 키 큰 남자가 말했다. "메뉴는 필요 없어요, 부인. 포크와 나이프, 접시만 좀 가져다줘요." 중국인과 함께 접시를 놓던 그녀는 야외용 아이스박스를 보았다. 그들은 거기서 음식과 마실 것을 꺼내 부끄러운 기색도 없이 접시를 채우기 시작했다. 기데온이 살아 있었더라면 모두 쫓아냈을 테지만 그녀는 무슨 말을 해야 한다는 생각조차 못 하고 있었다. "자, 이제 여기 같이 앉아요." 키 큰 남자의 말에 따라 중국인에게 앉으라는 신호를 보낸 그녀는 전혀 그럴 기분이 아니었는데 자기도 앉았다. "마셔요, 부인." 그가 명령했다. "쭉 들이켜요." 그는 그녀의 잔을 보드카로 채웠다. "오늘은 특별한 날입니다." 어리둥절해서 바라보는 그녀에게 그는 눈을 찡긋하며 덧붙였다. "오늘은 우리가 부인이 일본인과 함께 운영하는 이 식당을 찾아낸 날입니다. 왜 안 드세요?"

그들의 음식은 맛있었다. 한두 잔 들이켜고 나니 그들의 상스

러움도 더는 신경쓰이지 않았다. 아무것도 주문하지 않아도, 접
시를 죄다 쓰고 있어도 할리나는 그들이 와서 이 공간을 웃음과
새된 고함소리로 채워주어서 기뻤다. 적어도 그녀 혼자 거기 있
지 않아도 되었으니까. 그들은 레크하임*, 즉 인생을 위해 건배했
다. 그녀의 인생을 위해, 사업을 위해, 그리고 기데온의 인생을
위해서도. 그녀는 자신도 이해할 수 없는 모종의 이유로 기데온
이 사업차 해외에 나가 있다고 말했다. 그들은 기데온의 해외 사
업과 조지프—그들은 중국인을 그렇게 불렀다—를 위해서도
건배했다. 조지프 가족의 인생을 위해서도, 그런 다음 조국을 위
해서도. 그때쯤 취기가 돈 할리나는 조국을 위해 건배한 것이 몇
년 만인지 떠올려보려 애썼다. 야외용 아이스박스에 들어 있던
걸 다 먹어치우자 키 큰 남자가 음식이 어땠냐고 물어서 할리나
는 훌륭했다고 대답했다. "아주 좋았어요." 키 큰 남자가 미소지
었다. "기쁘네요. 자, 이제 여기 메뉴 좀 보여줘요." 할리나는 처
음에 그가 무슨 말을 하는지 이해하지 못했다. 보드카 때문이었
는지도 모른다. 키 큰 남자가 곧바로 설명했다. "부인이 우리와
함께 우리 음식을 먹어줬잖아요. 이제는 우리가 부인과 함께 부
인 음식을 먹을게요."

---

* '인생을 위하여'라는 히브리어 건배사.

그들은 마치 아무것도 먹지 않은 사람들처럼 메뉴에서 음식을 주문해 걸신들린 듯 먹어치웠다. 샐러드, 수프, 쇠고기 찜, 마지막으로 디저트까지. "음식이 맛있습니다. 부인." 키 큰 남자가 계산하려고 지갑을 꺼내며 말했다. "아주 맛있어요. 우리가 가져온 것보다 훨씬 낫네요." 지폐를 세어 테이블 위에 올려놓은 다음 남자가 덧붙였다. "남편 분은 언제 돌아오십니까?" 할리나는 대답하기 전에 망설였다. 그러고 나서 아직 확실하진 않으며 모든 건 그쪽 사업에 달려 있다고 말했다. "아내를 혼자 두고 갔네요?" 못마땅한 듯 말하는 키 큰 남자의 목소리가 어쩐지 슬프게 들렸다. "그러면 안 되는데." 그러자 다 괜찮다고 말하고 싶었고 그러려고 안간힘을 쓰던 할리나는 고개를 끄덕이며 미소지었다. 눈동자가 반짝이는 건 눈물 탓이 아니라는 듯이.

평행우주

우리가 현재 살고 있는 곳과 평행하는 우주가 무수히 존재하며 그 각각의 우주는 조금씩 다르다고 주장하는 이론이 있다. 그중에는 당신이 태어나지 않은 우주도 있고, 태어나기를 원치 않을 우주도 있다. 내가 말과 섹스하는 평행우주도 있고 로또에 당첨된 평행우주도 있다. 내가 침실 바닥에 누워 피를 흘리며 서서히 죽어가는 우주도 있고 압도적인 표차로 대통령에 당선된 우주도 있다. 나는 지금 그런 평행우주 중 어디에도 관심이 없다. 내 흥미를 끄는 우주는 오로지 그녀가 잘생긴 어린 남자와 결혼해 행복하게 살고 있지 않는 곳, 그녀가 완전히 혼자인 곳뿐이다. 많은 우주가 그럴 거라고 확신한다. 나는 그 우주들을 생각해본다. 그중에는 우리가 만나지 못한 우주들도 있다. 그런 우주는 됐다. 남은 우주 중 몇몇에서는 그녀가 날 원하지 않는다. 그녀는 내가 싫다고 말한다. 상냥하게 거절하는 곳도 있고 상처를 주는 방식으로 거절하는 곳도 있다. 둘 다 지금은 됐다. 이제 그녀가 내게 좋다고 말하는 우주들만 남고, 나는 청과상에서 과일을 고르듯 그중 하나를 골라잡는다. 제일 잘 익었고 제일 달고 제일 좋아 보이는 것으로. 너무 덥지도 춥지도 않은 완벽한 날씨에, 우리가 숲속 작은 오두막집에 사는 우주다. 그녀는 집에서 자동차로 사십 분 거리에 있는 도시의 도서관에서, 나는 도서관 맞은편 건물의 지방의회 교육부에서 일한다. 우리는 항상 점심을 같이 먹는다. 나는 그녀를 사랑하고 그녀는 나를 사랑한다. 나는 그녀를 사랑하고 그녀는 나를 사랑한다. 나는 그녀를 사랑하고 그녀는 나를 사랑한다. 그 우주로 갈 수만 있다면 나는 어떤 것이라도 내놓을 것이다. 하지만 그리 가는 길을 찾아낼 때까지는 생각하는 것만이 내가 할 수 있는 전부다. 그 숲 한가운데서 사는 내 모습을 그려본다. 그녀와 함께, 완벽한 행복 속에서. 세상에는 무수히 많은 평행우주가 있다. 그중 한 우주에서 나는 말과 섹스하고 있고, 다른 우주에서는 로또에 당첨된다. 지금은 그런 생각을 하고 싶지 않다. 오로지 그곳, 숲속의 오두막집만 생각하고 싶다. 내가 손목을 긋고 피를 흘리며 침실 바닥에 쓰러진 우주가 있다. 끝날 때까지는 살 수밖에 없는 우주다. 지금은 그곳을 생각하고 싶지 않다. 그냥 저 다른 우주를 생각하고 싶다. 숲속의 오두막집, 해가 지고 일찍 잠자리에 든다. 침대에 놓인 내 오른팔은 칼에 베이지 않은데다 보송보송하다. 그 팔을 베고 그녀가 누웠고 우리는 서로를 껴안고 있다. 그녀가 팔베개를 하고 누운 지 아주 오래라 팔에 거의 감각이 없다. 하지만 나는 꼼짝하지 않는다. 그렇게 팔 위로 그녀의 따뜻한 몸을 느끼고 있는 것이 좋고 팔에 아무 감각이 느껴지지 않는다 해도 계속 좋아할 것이다. 내 얼굴에 그녀의 숨결이 와 닿는다—리드미컬하고 규칙적이고 끝이 없는 호흡. 이제 차츰 눈이 감긴다. 이 우주, 숲속, 침대에서만이 아니라 생각하고 싶지 않았던 다른 우주들에서도. 나는 어떤 장소를 알고 있어 기쁘다. 숲 한가운데, 내가 행복하게 잠 속으로 빠져들고 있는 곳을.

업그레이드

　나는 말이 너무 많다. 말을 하고 하고 또 하면 때로 그 순간이 온다―한창 대화중인 바로 그때―옆 사람이 오래전부터 내 말을 듣지 않고 있음을 알아채는 순간이. 그 사람은 연방 고개를 끄덕일지 모르지만 눈동자엔 빛이 꺼져 있다. 그의 마음은 다른 곳을 헤매는 중이고 내가 하는 말보다 더 재미난 것들을 생각하고 있다.

　물론 나는 그 가정에 이의를 제기할 수도 있었다. 나는 모든 것을 따져보는 편이다. 아내 말로는 내가 전신주에 귀가 있다고 생각하면 전신주와도 철학을 논할 사람이란다. 옆자리 남자와 그 점에 대해 논쟁을 벌여볼 수도 있었을 것이나 재미가 없어 보인다. 그는 이미 듣지 않고 있다. 다른 세상에 있다. 더 나은 세상에(적어도 그의 의견으로는 그렇다). 그렇다면 나는? 난 계속 말하고 말하고 또 말한다. 핸드브레이크를 당겨 바퀴 회전이 멈췄는데도 계속 도로를 미끄러져내려가는 차와 같다.

나는 말을 멈추고 싶다. 정말이다! 하지만 단어, 문장, 아이디어에는 관성이 있다. 트랙 위를 달리고 있는 그들을 간단히 멈춰 세우는 건 불가능하다. 입술을 봉하고 문장 중간, 바로 거기서 말을 멈추는 건 불가능하다. 나도 안다. 그게 가능한 사람이 있다는 걸.

주로 여자들이다.

그들이 입을 다물면, 듣고 있는 자는 누구라도 죄책감을 느낀다. 그들의 침묵은 듣는 이의 동정심을 자극해 그들 가까이 몸을 기울여 꼭 껴안고 이렇게 말해야 할 강한 필요성을 이끌어낸다. "미안해요."

그리고 "사랑해요".

이런 능력을 갖기 위해서라면 눈알 하나쯤은 포기할 수 있다. 적절한 지점에서 멈추는 능력을 가질 수 있다면 그 어떤 것도 포기할 것이다. 그리고 그 재능을 정말 요긴하게 쓸 것이다. 진짜 괜찮은 여자들 옆에서 나는 별안간 말을 멈출 것이고, 그녀들은 나를 으스러져라 껴안으며 "사랑해요"라고 말하고 싶어할 것이다. 실제로는 그러지 않는다 해도 그들이 그러길 바란다는 사실은 여전히 가치가 있다. 대단한 가치가.

오늘, 나는 옆자리의 미하엘이라는 남자를 상대로 끊임없이 말을 하고 있다. 브루클린의 정통파 유대교 신문사에서 그래픽 디자이너로 일하는 그는 삼촌의 수카*에 가기 위해 뉴욕에서 켄터키 주 루이빌로 날아가는 중이다. 그는 특별히 삼촌과 가깝지도 않고 루이빌을 딱히 좋아하지도 않는다. 하지만 삼촌이 선물로 비행기표를 보냈고, 미하엘은 그저 마일리지를 쌓는 데 여념이 없다. 그는 곧 호주로 여행 갈 계획인데 루이빌까지의 마일리지를 더하면 비즈니스석으로 업그레이드를 할 수 있다. 장거리 비행에서 비즈니스석과 이코노미석은 낮과 밤만큼이나 다르다고 미하엘이 내게 말한다.

"어느 쪽을 더 좋아하는데요?" 내가 묻는다. "낮과 밤 중에서."

나는 대체로 밤을 좋아하지만 낮은 낮대로 밝아 특별하다고 생각해요. 밤은 더 조용하고 선선한데, 적어도 나처럼 열대지방에 사는 사람에겐 중요한 고려사항이죠. 하지만 밤에는 외로움을 더 타기 쉬워요. 옆에 누가 없으면요. 이게 무슨 뜻인지 당신이 안다면…… 그러니까 지금 내가 넌지시 무슨 말을 하는지를요.

"모릅니다." 미하엘이 말한다. 그의 말투가 날카로워졌다.

---

* 유대교의 축제 중 하나로, 축제가 열리는 일주일 동안 쓰이는 임시 오두막 역시 수카로 불린다.

"난 동성애자가 아니에요." 나는 말한다. 내가 그에게 스트레스를 줬다는 걸 알아서다. "밤과 외로움에 대한 이 모든 얘기가 거의 교과서적인 동성애자 얘기 같다는 거 알아요. 하지만 난 아니에요. 남자와 키스한 적이 딱 한 번 있지만 그건 삼십여 년의 내 인생에서 단 한 번이고 반쯤은 우발적으로 벌어진 일이었어요. 내가 군대에 있을 때 일입니다. 츠릴 드러커라는 군인이 우리 부대에 있었는데 마리화나를 기지에 가져와서는 같이 피우자고 하는 거예요. 전에 피워본 적이 있느냐고 물어보길래 그렇다고 했어요. 거짓말을 할 작정은 아니었는데, 그냥 나는 그런 버릇이 있거든요. 어떤 사람이 뭘 물어도 그렇다고 대답해야 한다는 압박을 느끼는 거죠. 아시겠지만 그냥 대충 분위기를 맞추려고요. 그렇게 반응하면 잠재적으로 일이 몹시 복잡해질 가능성이 농후해요. 한번 상상해봐요. 경찰이 방으로 들어와 시체 옆에 서 있는 나를 보고 묻습니다. '당신이 죽였습니까?' 일이 아주 나쁘게 풀릴 가능성이 크겠죠. 경찰이 이런 식으로 물을 수도 있겠죠. '결백합니까?' 이 경우에는 무사히 빠져나오게 될 테고요. 하지만 솔직히, 그렇게 물어볼 가능성이 얼마나 되겠습니까?

그래서 츠릴과 나는 같이 마리화나를 피웠어요. 전대미문의 대사건이었어요. 그 약 말이에요. 그게 내 입을 그냥 닫아버린 거예요. 완전히 틀어막았죠. 존재하기 위해 말을 할 필요가 없었어요. 그러고 있는데, 츠릴이 여자친구와 헤어진 지 일 년이 지났다더군요. 여자와 키스해본 지도 일 년이 됐다고요. 그가 여자라고 했던 게 기억납니다. 나는 그때까지 여자, 아니 여자아이와도 키스해본 적이 없다고 했어요.

그러니까 입에요. 뺨에는 많이 해봤어요. 친척 아주머니들 등등. 어쨌든 츠릴이 아무 말 없이 나를 바라보는데 놀란 기색이더라고요. 그러다가 갑자기 우리는 키스를 하기 시작했습니다. 그의 혀는 거칠고 톡 쏘는 맛, 해변 산책로의 녹슨 난간을 핥으면 느껴지는 맛이었어요. 그때 했던 생각이 기억나요. 내가 앞으로 하게 될 모든 혀와 모든 키스는 꼭 그럴 거라고 생각했죠. 그리고 그날에 이르기까지 누구하고도 키스해보지 않았다는 게, 글쎄, 본질적으로는 그다지 아쉽지도 않았어요.

츠릴이 말하더군요. '나는 호모가 아니야.'

그래서 내가 웃으면서 말했죠. '그런데 네 이름은 정말 끝내주게 게이 같아.'

사실 진짜 그랬거든요.

팔 년 후 어느 후무스* 가게에서 우연히 그와 맞닥뜨렸죠. 내가 츠릴이라 부르자 그는 이제 그 이름을 안 쓴다고, 내무부에 가서

---

* 병아리콩을 으깨 오일과 마늘 등을 섞은 중동의 대표 음식.

차히로 바뀌었다더군요.

저 때문에 그런 건 아니어야 할 텐데."

옆자리의 미하엘은 일찌감치 듣기를 그만두었다. 처음에는 내가 자기를 유혹하는 걸로 착각해 긴장한 것뿐이라고 생각했다. 나중에는 정말로 그가 동성애자는 아닐까 의심이 들었다. 내가 남자와 키스하는 것은 불쾌하다고 얘기하는 거라고 생각해 모욕을 느낀 건 아닐까. 하지만 그의 눈을 보았을 때는 모욕도 불안도 비치지 않았다. 그저 업그레이드를 향해, 더 친절한 승무원을 향해, 더 고급인 커피와 몸을 쭉 뻗을 수 있는 정도의 좌석 간 거리를 향해 쌓여가는 마일리지에 대한 생각뿐이다.

그걸 보니 죄책감이 든다.

대화중인 상대의 눈에서 이런 걸 본 게 처음은 아니다. 좌석 간 거리 얘기를 하는 게 아니다. 듣지 않는 문제, 완전히 딴생각에 빠진 걸 보는 것 말이다. 그럴 때마다 죄책감이 든다. 아내는 나더러 죄책감을 느끼지 말라고, 특히 내가 떠벌리는 말들이 명백히 도움을 청하는 외침일 때는 더더욱 그러지 말라고 한다. 내입에서 무슨 말이 나오는지는 전혀 중요하지 않다는 것이다. 어떤 순간이든 내가 하는 말은 실은 "도와줘!"니까. 그녀가 말한다. 생각해봐. 당신은 거기서 도와달라고 비명을 지르고 있는데 그 와중에 사람들은 딴생각을 한단 말이야. 누군가 죄책감을 느껴야 한다면 그건 당신이 아니라 그들이야.

아내의 혀는 부드럽고 상냥하다. 그녀의 혀는 이 넓은 세상에서 가장 살기 좋은 곳이다. 만약 그것이 조금만 더 넓고 조금만 더 길다면 나는 영원히 거기서 살 것이다. 스스로를 돌돌 말아 그 혀 안으로 들어갈 것이다ー그녀가 먹는 캘리포니아롤 속의 게살이 될 것이며, 아보카도 장어 롤의 장어가 될 것이다. 말하건대, 키스 인생의 시작점에 있던 혀를 돌이켜 생각해보고 나서 내가 마침내 도달한 혀를 바라보면 내 인생을 혼자만의 힘으로 이루었다고 말하는 건 부당한 것 같다. 그러니까 나는 업그레이드를 위해 나름의 작은 꼼수를 부렸다.

솔직히 나는 한 번도 비즈니스석을 이용한 적이 없다. 하지만 만일 이코노미석과의 차이가 아내의 혀와 차히-츠릴 드러커의 입속에 든 것의 차이와 같은 거라면, 그런 종류의 업그레이드 기회를 얻기 위해서라면 나는 세상에서 가장 춥고 축축한 수카 안에서 가장 지루하고 완고한 삼촌과 일주일을 보낼 용의가 있다.

잠시 후 착륙하겠다는 안내방송이 머리 위에서 들린다. 나는 계속 떠든다. 미하엘은 계속 듣지 않는다. 지구는 계속 자전축을 돈다. 고작 나흘이다, 내 사랑. 나흘만 지나면 당신에게로 돌아간다. 나흘만 지나면, 다시 한번, 나는 입을 다물고 싶은 마음이 생길 것이다.

구아바

비행기 엔진 소리가 나지 않았다. 소리라고 할 만한 게 전혀 없었다. 몇 줄 뒤에 앉은 승무원들이 낮게 흐느끼는 소리를 제외하고는. 슈케디는 타원형 창문으로 바로 발아래 떠다니는 구름을 내려다보았다. 비행기가 그 위로 돌처럼 떨어져 구름에 거대한 구멍을 내는 모습이 상상되었다. 구멍은 미풍 한 번에 금세 봉해질 것이며 구름에는 상처 하나 남지 않을 것이다. "떨어지지만 마라." 슈케디가 말했다. "떨어지지만 마라."

슈케디가 죽기 사십 초 전, 흰옷을 입은 천사가 나타나 상으로 마지막 소원 하나를 들어주겠다고 했다. 슈케디는 상이 암시하는 바가 무엇인지 알아내려 했다. 로또에 당첨되는 그런 건가? 아니면 좀더 기분좋은 것, 그러니까 그의 선행을 인정해 공로에 보상하는 것? 천사는 어깨를 으쓱했다. "잘 모르겠는데요." 그는 천사답게 순수하고 진심 어린 태도로 말했다. "그들이 나한테 여기로 와서 얼른 소원을 들어주라고 했습니다. 이유는 말하지 않았어요." "너무하네요." 슈케디가 말했다. "너무 환상적이잖아요. 특히 지금처럼 세상을 떠나려는 찰나에는 내가 그저 다른 행운아처럼 죽게 될지, 아니면 칭찬받으며 죽게 될지가 정말 궁금하다고요." "사십 초 후에 당신은 죽습니다." 천사가 단조롭게 말했다. "당신이 그 사십 초를 떠벌리는 데 쓰고 싶다면 나야 좋습니다. 문제없어요. 다만 기회의 창문이 닫히고 있다는 걸 명심하세요." 슈케디는 잠시 생각하고는 재빨리 소원을 말했다. 하지만 소원을 말하기 전에 기어이 천사에게 말하는 방식이 좀 이상하다고, 천사치고는 좀 그렇다고 해서 문제를 일으켰다. 천사는 마음이 상했다. "'천사치고는'이라니 무슨 뜻입니까? 천사가 말하는 걸 들어본 적이나 있어서 그딴 말을 나한테 하는 거요?" "아니 없어요." 슈케디가 인정했다. 불현듯 천사는 천사다움을 상당히 잃은 듯했고 기분도 별로 좋지 않아 보였지만 슈케디의 소원을 듣고 나서의 모습에 비할 바는 아니었다.

"지구의 평화?" 천사가 소리쳤다. "지구의 평화라고? 지금 장난해요?"

그러고 나서 슈케디는 죽었다.

슈케디는 죽고 천사는 남았다. 그가 여태껏 들어주었던 소원 중 가장 번거롭고 복잡한 소원과 함께 남았다. 대부분 사람들은 아내를 위한 새 차, 아이들을 위한 아파트를 부탁한다. 합리적인 소원, 구체적인 소원이다. 그런데 지구의 평화라니, 완전 끝장이다. 그 남자는 처음엔 천사가 무슨 통신회사 안내원이라도 되는 양 질문해서 귀찮게 굴더니 나중엔 대담하게도 천사의 말하는 방식을 깎아내리기까지 했고, 지구의 평화로 천사를 곤란에 빠뜨리는 것으로 대미를 장식했다. 만약 슈케디가 아직 죽지 않았다면 천사는 포진疱疹처럼 그에게 들러붙어 소원을 바꿀 때까지 못 죽게 했을 것이다. 하지만 그때 이미 남자의 영혼은 일곱번째 천국에 있었고 천사가 찾아낼 가능성도 별반 높지 않아 보였다.

천사는 심호흡을 했다. "지구의 평화, 그게 다야." 그는 중얼 거렸다. "지구의 평화, 그게 다라고."

이 모든 일이 일어나고 있는 사이 슈케디의 영혼은 한때 슈케디라는 인간의 것이었다는 사실조차 까맣게 잊고 순수하고 때묻지 않은 모습으로 환생했다. 중고지만 마치 새것처럼, 마치 과일처럼 좋은 모습으로. 그렇다, 과일. 구아바로.

새로운 영혼은 생각이 없었다. 구아바에게 생각이란 없다. 하지만 감정은 있었다. 구아바는 주체할 수 없는 공포를 느꼈다. 나무에서 떨어질까봐 무서웠다. 구아바에게 이 공포를 묘사할 언어가 있었다는 뜻은 아니다. 하지만 만약 있었다 해도 "세상에나!" 정도였을 터였다. 구아바가 겁에 질려 나무에 매달려 있는 동안 평화가 지구를 지배하기 시작했다. 사람들은 검을 벼려 쟁기날로 만들었고, 원자로는 속속 평화적인 목적으로 사용되기 시작했다. 하지만 이들 중 어떤 것도 구아바에게 위안이 되지 못했다. 나무는 높았고, 땅은 멀기만 한데다 떨어지면 아플 것 같았다. 떨어지지만 마라. 구아바는 말없이 떨었다. 떨어지지만 마라.

깜짝 파티

세 사람이 인터폰 앞에서 기다리고 있다. 기묘한 순간이다. 더 정확히는 어색한 순간, 불편한 순간이다.

"당신들도 아브네르 생일 파티 때문에 왔습니까?" 콧수염이 희끗한 남자가 버저를 누른 남자에게 묻는다. 버저를 누른 남자는 고개를 끄덕인다. 또 한 명, 코에 반창고를 붙인 키 큰 남자도 고개를 끄덕인다. "말도 안 돼." 콧수염이 초조하게 목덜미를 문지른다. "그 사람 친구입니까?" 둘 다 고개를 끄덕인다. 인터폰에서 여자 목소리가 흘러나온다.

"올라오세요. 21층이에요." 그런 다음 문 열리는 소리. 엘리베이터 버튼은 21층까지밖에 없다. 우리의 아브네르는 펜트하우스에 산다.

엘리베이터를 타고 올라가면서 콧수염은 사실 아브네르를 잘 모른다고 고백한다. 그는 단지 아브네르 카츠만과 프니나 카츠만 부부가 거래하는 은행의 라마트아비브 지점장일 뿐이다. 라마트아비브 지점에 발령받은 지 두 달밖에 되지 않아 그들 부부를 직접 만난 적도 없다. 그전에는 더 작은 라아나나 지점을 관리했었다. 파티에 오라는 프니나의 전화를 받고 그가 놀란 것은 이 때문이었다. 하지만 그녀는 아브네르가 아주 기뻐할 거라며 참석을 종용했다.

알고 보니 반창고도 실은 가까운 친구가 아니다. 그는 아브네르의 보험설계사로 서너 번 만났을 뿐이다. 그것도 한참 전에. 지난 몇 년간 그들은 이메일로 일을 처리했다.

버저를 누른 남자는 잘생겼지만 양 눈썹이 붙었다. 그가 카츠만 부부를 가장 잘 안다. 그는 부부의 치과의사다. 프니나의 충치 네 개를 때웠고 어금니 하나에는 보철물을 씌웠다. 아브네르의 이도 치료했다. 충치 하나를 때우고 신경치료를 했지만 그래도 친구라고 부르기는 뭐하다.

"그녀가 우리를 초대하다니 이상하네요." 콧수염이 말한다.

"아마 성대한 파티겠죠." 반창고의 결론이다.

"전 안 오려고 했는데, 프니나가 좀 예민해서요." 눈썹이 고백한다.

"예뻐요?" 콧수염이 묻는다. 은행 지점장이 할 질문은 아니다. 그도 안다. 눈썹이 고개를 끄덕이는 동시에 "네, 하지만 그래봤자 우리랑 무슨 상관 있겠어요?"라고 말하듯이 어깨를 으쓱한다.

프나나는 실제로 예쁘다. 마흔 남짓 되었고 그 나이로 보인다. 주름 제거 시술을 받지 않은 얼굴이다. 여자들에게 성적 판타지를 하나씩 부여할 수 있다면 이 여자는 비탄에 빠진 귀족 아가씨에 꼭 들어맞는군. 콧수염은 그녀의 힘없는 손과 악수하며 생각한다. 그녀는 확실히 자신감이 부족하달까, 무력함 같은 것이 있다. 그들 셋을 제외하고는 아직 아무도 오지 않았다. 케이터링 담당 직원만이 포일을 씌운 거대한 그릇과 전채 요리가 빼곡히 들어찬 쟁반을 계속 내오고 있다. 프나나가 그들을 안심시킨다. 아니에요. 여러분이 일찍 온 게 아니에요. 다른 사람들이 늦는 게 문제죠.

"제 잘못이에요." 그녀가 설명한다. "마지막에야 모든 걸 결정했거든요. 여러분을 오늘에야 초대하게 된 것도 그래서랍니다. 죄송해요." 그녀가 죄송해할 일은 아니라고 콧수염은 말한다.

눈썹은 벌써 쟁반 앞에 서서 브루스케타*를 집어먹고 있다. 너무도 멋지게 담겨 있던 터라 그가 하나씩 빼 먹을 때마다 꼭 이

---

* 바게트에 치즈와 과일, 야채, 소스 등을 얹은 이탈리아 전채 요리.

가 빠진 것처럼 티가 확 난다.

　예의에 어긋나는 짓이고 나머지 손님들이 도착할 때까지 기다려야 한다는 걸 알지만 그는 배가 고파 죽을 지경이다. 오늘 그는 세 시간 반 동안 어느 늙은 남자의 아래위 잇몸을 수술한 다음 그냥 옷만 갈아입고 여기 파티 장소로 온 것이다. 집에 들를 시간도 없었다. 그는 지금 배가 고프다. 배가 고프고 창피하다. 브루스케타는 맛있다. 그는 또하나, 다섯 개째를 집어먹고는 테이블에서 떨어져 옆쪽으로 가서 선다.

　아파트 거실은 굉장히 넓고 지붕으로 이어지는 유리문도 있다. 프니나는 아브네르의 블랙베리 주소록에 있는 삼백 명 모두를 초대했다고 말한다. 급히 연락한 것이라 모두가 오진 않겠지만 무척 재미있을 거라고도 한다.

　그녀가 마지막으로 깜짝 파티를 준비한 것은 십 년 전이었다. 당시 부부는 아브네르의 일 때문에 인도에 살았는데 손님 하나가 선물로 새끼 사자를 가져왔다. 인도에서는 야생동물보호법이 더 융통성이 있든지, 아니면 사람들이 그 법을 덜 지키는 것 같다. 그 새끼 사자는 프니나가 태어나서 지금껏 본 것 중 가장 사랑스러웠다. 사실 그날 파티는 하나부터 열까지 엄청나게 성공적이었다. 오늘도 누군가 사자를 가져오기를 기대하는 건 아니고, 그저 사람들이 와서 함께 마시고 왁자하게 웃으면 정말이지 즐거울 것이다.

"그렇게 맘껏 풀어지는 게 우리 모두 필요하죠. 특히 아브네르는요. 지난 몇 달간 증시에 파묻혀서 일을 너무 많이 했어요." 프니나가 말한다.

인도 이야기를 듣고 보니 콧수염은 뭔가 생각나는 게 있다. 그도 선물을 가져왔다. 그는 주머니에 손을 넣어 은행 로고가 박힌 색종이로 포장한 기다란 상자를 꺼낸다.

"별거 아닙니다만." 그가 변명조로 말한다. "제가 아니라 저희 지점에서 드리는 겁니다."

어쨌든 사자에 대한 놀라운 이야기 뒤에 선물을 건네기란 쉽지 않다. 프니나는 고맙다면서 콧수염을 안는다—서로 모르는 사이라는 걸 고려하면 다소 놀라운 제스처. 적어도 반창고는 그렇게 생각한다. 프니나는 콧수염에게 선물을 가지고 있다가 아브네르에게 직접 건네라고 한다.

틀림없이 아브네르가 무척 기뻐할 거예요. 그녀가 말한다. 그이는 선물이라면 늘 사족을 못 쓰니까요.

마지막 말 때문에 아무것도 준비해오지 않은 눈썹은 불편해진다. 반창고도 선물을 가져오지 않기는 마찬가지였지만 여기서 뭐 하나 먹은 것도 없다. 눈썹은 벌써 브루스케타 여섯 개, 청어 두 점, 오징어 초밥 약간을 먹어치웠다. 쟁반을 든 아이가 코셔

푸드*가 아니라고 두 번이나 콕 집어 강조했던 초밥이었다. 여기 오지 말았어야 했다는 걸 알고는 있지만 지금 할 수 있는 일은 아브네르와 다른 손님들이 나타날 때까지 기다렸다가 모두 파티로 정신없을 무렵 빠져나가는 것이다. 하지만 그전에는 꼼짝달싹 못한다. 여기 들어온 지 이십 분이 지났는데 다른 손님은 아무도 도착하지 않았다.

"아브네르가 언제 올 거라고 했죠?" 눈썹이 별일 아니라는 듯 묻는다. 별로 성공적이지 않다. 프니나는 불편해한다.

"지금쯤 도착해야 해요." 그녀가 말한다. "근데 그이는 파티가 있다는 걸 모르니까 조금 늦을 수도 있을 거예요." 그녀가 눈썹의 잔에 와인을 따라준다. 그는 정중히 거절하지만 그녀는 완강하다.

반창고가 코냑은 없느냐고 묻는다. 프니나는 그 말에 떨듯이 기뻐하며 뾰족구두를 신고 비틀비틀 걸어가 찬장에서 한 병을 꺼내온다.

"케이터링 업체에서도 준비했겠지만 이것만큼 좋진 않을걸요. 손님 모두에게 돌아갈 양은 아니어도 우리끼리 마시긴 충분할 거예요. 그러니 건배해요."

---

* 유대인 계율에 따라 엄격한 기준으로 만들어진 음식.

그녀가 콧수염의 잔에, 그리고 자기 잔에 코냑을 따르고 그들은 잔을 들어올린다. 누구도 건배사를 할 의향이 없음을 알아챈 콧수염은 자기가 하겠다고 재빨리 나선다. 그는 참석자 모두에게 파티와 놀라움이 가득하길, 그리고 그것이 멋진 경험이길 빌어준다. 아브네르에게는 빨리 도착하길 빌어준다. 그러잖으면 먹을 것도 마실 것도 남아 있지 않을 테니까. 그와 프니나가 웃는다.

눈썹은 그게 자기한테 하는 말 같다. 여기 와서 많이 먹은 건 사실이지만 자기를 농담거리로 삼은 콧수염이 심술궂다고 생각한다. 프니나도 마찬가지다—그녀가 그 재미없는 농담 나부랭이를 듣고 그가 아니었으면 거기 있지도 못할 보철물을 드러내며 웃어젖히는 모양은 모욕적이었다. 됐다, 이제 가자. 그는 결정을 내린다. 미안하긴 하지만 누구도 기분이 상하지 않도록 정중하게 행동할 것이다. 집에는 기다리는 아내가 있는데 이곳에는 약간 긴장된 분위기와 코셔가 아닌 스시뿐이다.

안녕히 계시라고 더듬더듬 인사하는 눈썹에게 프니나가 격하게 반응한다. "가시면 안 돼요." 그녀는 그의 손을 꼭 붙든다. "이 파티는 아브네르에게 아주 중요해요. 또 당신이 없으면…… 보시는 대로 다른 사람은 거의 안 왔잖아요. 하지만 곧 올 거예요." 그녀는 재빨리 정신을 가다듬는다. "길에서 꼼짝 못하고들 있을 거예요. 이 시간엔 엄청 막히거든요. 하지만 다른 사람들보다 아브네르가 먼저 도착해서 문을 열었는데 겨우 두 명만 있으면 어떡해요? 훌륭한 분들이지만 그래도 둘뿐이잖아요. 물론 케이터링 업체 직원은 빼야죠. 실망스러울 거예요. 쉰 살 생일날에 실망감을 느끼고 싶진 않겠죠. 그 자체로 힘든 나이잖아요. 게다가 아브네르는 지난 몇 달간 정말 힘들었어요. 그러니까 그이가 집에 왔을 때 거실이 텅 비어 있어서는 절대 안 돼요."

"세 사람도 많은 건 아니죠." 눈썹이 명백한 사실을 심술궂게 말한다. 솔직히 말해 자기가 프니나라면 그냥 이 모든 걸 다 취소하고 아브네르가 오기 전에 깨끗이 치워놓을 거라고 덧붙인다.

프니나가 얼른 동의한다. 그녀는 케이터링 담당자에게 전화해 이제 음식과 직원들은 그만 올려보내고 잠시 트럭에서 기다려달라고 한다. 나머지 손님들이 도착하면 문자메시지를 보낼 테니 그때 올라오라고.

그녀는 눈썹의 손을 붙든 채 모두에게 말한다. 그때까지 다 같이 여기 거실에 앉아 한잔하면서 아브네르를 기다리자고.

처음부터 그녀는 좀더 사적인 파티를 계획했어야 했다. 쉰 살은 격렬한 춤과 시끄러운 음악이 어울리는 나이는 아니다. 쉰 살이란 통찰력 있는 가까운 친구들과 자극이 되는 대화를 나누는 것이 더 어울릴 나이다.

눈썹은 여기 있는 누구도 아브네르와 친하지 않다고 말하고 싶었지만 이미 눈물이 글썽글썽한 그녀를 보고는 입을 다물기로 마음먹고 그녀가 이끄는 대로 소파로 간다. 그녀가 그를 자리에 앉히고 반창고와 콧수염도 뒤따라 앉는다.

콧수염은 마음 진정시키기 분야의 세계 챔피언이다. 이미 투자액을 몽땅 날린 고객들과 대화해본 경험이 수차례 있는 그는 언제나 어떻게 행동해야 하는지 안다. 특히나 여자한테. 지금은 그들에게 농담을 퍼붓고 온갖 마실 것을 따라주고 프리나의 창백한 어깨에 위로의 손길을 얹는다. 모르는 사람이 들어와서 본다면 아마 그 둘이 커플인 줄 알 것이다.

반창고도 꽤나 편안해 보인다. 그는 서둘러 자리를 뜰 생각이 별로 없다. 그에게는 친한 사람이 죽기라도 한 듯한 표정을 늘 짓고 있는 아내와 골칫덩어리에다 오늘 자신이 목욕시킬 차례인 두 살배기 아이가 있다.

여기서는 편히 앉아 술도 좀 마시면서 적어도 경제적으로는 자기보다 더 성공한 사람들과 어울릴 수 있다. 그리고 이것도 공식적으로 업무의 연장일 것이다.

언제가 될진 모르지만 집에 돌아가면, 저녁 내내 사람들이 떠드는 지루한 말을 들어야 했는데 중요한 고객들이라 웃고 있을 수밖에 없었다고 피곤한 표정을 지으며 말해야 할 것이다.

"원래 그런 거야." 그는 아내에게 말할 것이다. "먹고살기 위해서라면 사람들이 하는 헛소리를 들어야만 해. 당신도 그런 것처럼……" 그러고는 황급히 입을 다물어야 할 것이다. 마치 잊고 있었다는 듯, 마치 그녀가 이 년 넘게 일을 쉬고 있어 경제적인 부담을 자기 혼자 지고 있다는 생각이 저절로 새어나온 듯.

그러면 그녀는 분명 울기 시작할 테고 산후 우울증은 자기 잘못이 아니며 과학적으로 증명된 질병이라고, 다른 질병과 마찬가지로 비단 마음의 문제가 아니라 화학물질 때문이라고 말할 것이다. 나도 일하고 싶어 죽을 지경이야. 할 수만 있으면. 그런데 할 수가 없어. 할 수가…… 그러면 그는 쏟아지는 하소연을 중간에 자르고 사과하겠지. 그런 뜻이 절대 아니었다고. 그냥 아무 생각 없이 입에서 새어나온 말일 뿐이라고. 그러면 그녀가 믿거나, 믿지 않겠지. 하지만 그들 사이에 황무지가 가로놓여 있는데 믿든 아니든 뭐가 중요하단 말인가.

콧수염은 반창고의 마음을 읽은 것처럼 그에게 코냑을 더 따라준다.

콧수염 저 친구 정말 물건이군, 특별한 사내야. 반창고는 생각한다. 반면 눈썹은 신경과민 같아서 신경쓰인다. 여기 와서 처음에는 내내 먹기만 하더니 이제는 손목시계를 들여다보며 몸이나 긁고 있다. 아까 프니나가 좀더 있으라고 눈썹을 설득했을 때 그는 하마터면 끼어들어 놔두라고, 그냥 보내라고 말할 뻔했다. 여기 있는 누구도 그 사람을 필요로 하지 않아요. 당신은 그를 아브네르의 어릴 적 친구쯤으로 여길지도 모르지만, 그저 아브네르의 이에 구멍을 뚫은 사람일 뿐이라고요.

어쨌든, 그가 생각하기엔 여기 그들만 왔다는 사실이 조금 이상하다. 아브네르의 진짜 친한 친구들은 대체 뭘까? 굉장히 이기적인 사람들인가? 아브네르에게 화가 났나? 아니면 애초에 친구가 하나도 없는 걸까?

인터폰이 울리고 프니나가 쏜살같이 달려간다. 콧수염이 눈썹과 반창고에게 차례로 눈을 찡긋하고 코냑을 한 잔씩 더 따른다. "걱정 마세요." 그가 어려움에 처한 은행 고객을 대하듯이 눈썹에게 말한다. "다 괜찮을 겁니다."

인터폰은 케이터링 업체 직원이 건 것이었다. 자기네 트럭이 길을 막고 있다고. 건물 주차장에 차를 대도 되느냐고 묻는다. 프니나가 대답하기 전에 전화벨이 울린다. 그녀는 급히 수화기를 든다. 수화기 저편에서는 말이 없다.

"아브네르." 그녀가 말한다. "어디 있어요? 괜찮은 거죠?" 그녀는 화면에 뜬 번호를 보고 그임을 안다. 그러나 저편에서는 대답이 없고, 전화가 끊긴 것처럼 윙윙거리는 소리만 들릴 뿐이다.

프니나는 울기 시작하는데 그 모습이 묘하다. 눈동자도 젖고 온몸이 떨리지만 진동으로 해놓은 휴대전화처럼 소리가 나지 않는다. 그녀가 손에 든 코냑 잔이 바닥에 떨어져 산산조각나기 전에 콧수염이 얼른 다가가 빼낸다.

"그이는 괜찮지 않아요." 프니나가 콧수염에게 매달려 말한다. "무슨 일이 생겼어요. 전 알고 있었어요, 이미 알고 있었죠. 그래서 이 파티도 열었고요. 기운을 북돋워주려고요."

콧수염이 그녀를 소파로 데려가 눈썹 옆에 앉힌다.

눈썹은 낙심한다. 프니나가 통화를 하고 오면 그만 가야겠다고 말할 작정이었다. 아내가 기다린다든가 하면서. 그러나 이제 그럴 수 없다는 걸 안다. 프니나가 지금 아주 가까이 앉아 있어서 불규칙한 숨소리까지 들린다. 그리고 얼굴은 새하얗게 질렸다. 금방이라도 쓰러질 듯 보인다.

반창고가 물 한 잔을 가져오고 콧수염이 그녀의 입술에 잔을 갖다댄다. 그녀는 물 한 모금을 마시자 진정되기 시작한다.

무서운 순간이었어. 눈썹이 생각한다.

전화로 그가 무슨 말을 했는지 궁금한걸. 반창고가 생각한다.

약해졌을 때조차, 쓰러지기 직전인데도, 천생 여자네. 콧수염이 생각한다. 바지 속 깊은 곳에서 꿈틀대며 발기가 시작되는 걸 느끼고 아무도 알아채지 못하길 바란다.

인터폰이 울린다. 이번에도 케이터링 업체 직원이다. 그는 건물 주차장에 주차해도 되는지 대답을 기다리고 있다. 지금 도로 정체가 극심해서 길가에 커다란 트럭을 세울 데를 찾기는 불가능하다. 인터폰을 받은 반창고가 큰 소리로 질문을 옮긴다.

콧수염은 반창고에게 그러라고 하라며 고개를 끄덕인다. 그러나 반쯤 정신이 돌아온 프니나가 입주자 전용 주차장을 이용해선 안 된다고 웅얼거린다. 17층에 문제를 일으키는 주민이 있다고. 바로 지난주에 지인이 프니나를 보러 들렀다가 한 시간도 채 안 되어 견인당했다는 것이다.

눈썹이 자진해서 아래로 내려가 케이터링 업체 직원에게 건물 주차장에 주차할 수 없다는 말을 전하겠다고 나선다. 그러면 조금 빨리 집에 갈 수 있으리라 생각한다.

그냥 있으라고 콧수염이 말한다. 프니나의 상태가 좋지 않으니 의사가 있는 게 좋을 것 같다고. "저는 치과의사인데요." 눈썹이 말한다.

"그렇죠, 치과의사죠. 압니다." 콧수염이 받아친다.

프니나는 당장 아브네르의 사무실로 다 같이 가봐야 한다고 말한다. 전화를 해놓고 그렇게 끊는 건 아브네르답지 않다. 아무튼 요즘 무슨 일이 잘못되어가고 있는 게 틀림없다. 그는 늘 약을 먹는다. 프니나에게는 두통약이라고 하지만 그녀도 뭐가 두통약인지는 안다. 아브네르가 먹는 약은 타이레놀이나 애드빌이 아니다. 그녀가 한 번도 본 적 없는 타원형의 검은 알약이다. 밤에 자다가 소리를 지르는 걸 보면 악몽을 꾸는 것 같다. 그녀는 안다.

"코하비에게 말해, 코하비에게 말하라고." 그는 소리를 질렀다. 그녀가 물어보면 다 괜찮다며 코하비가 누군지 모른다고 했다.

하지만 그녀는 그가 알고 있다는 걸 안다. 이갈 코하비. 그의 전화번호가 아브네르의 블랙베리 주소록에 있다. 거기 있는 번호 중 그녀가 전화하지 않은 유일한 번호다. 그가 흥을 깰 거라고 생각했다.

"무슨 일이 벌어질지 모르겠어요." 그녀가 말한다. "무서워요."

콧수염이 고개를 끄덕이며 네 사람이 다 같이 아브네르의 사무실로 가서 그가 괜찮은지 봐야 한다고 말한다.

눈썹은 모두가 조금 격앙되어 있다며 프니나가 제일 먼저 할 일은 남편에게 전화부터 다시 거는 것이라고 말한다. 통화중에 전화가 끊어지는 그런 일은 항상 있다. 아브네르에게 안 좋은 일이 생겼을 수 있지만 전화국에 문제가 생겼을 수도 있고, 그러니 다 같이 헤르츨리야까지 원정을 떠나기 전에 그것부터 확인해봐야 한다.

프니나가 떨리는 손으로 아브네르의 사무실 전화번호를 누른다. 그녀는 전화를 스피커폰으로 돌려놓는다. 반창고는 그것이 이상하다. 아브네르가 받아서 아주 사적이거나 모욕적인 말을 한다면? 분위기가 매우 어색해질 것이다.

하지만 아무도 전화를 받지 않는다. 눈썹이 그녀에게 휴대전화로 해보라 이르고 그녀는 그렇게 한다. 아브네르 카츠만은 지금 전화를 받을 수 없으니 비서에게 연락하거나 문자메시지를 남겨달라는 녹음 안내가 흘러나온다.

콧수염은 아브네르를 모르지만 그 말투만 들어봐도 별로라는 판단이 선다. 그의 목소리에는 오만한 기운이 있다. 모든 것이 본인을 통해야 한다고 생각하는 사람 특유의 오만함. 말하자면 오블리주가 빠진 노블레스 오블리주.

콧수염이 일했던 라아나나 지점의 수많은 고객이 그랬다. 은행이 수수료를 부과할 때마다 기분 나빠하던 사람들. 그들은 콧수염의 지점에 계좌를 연 것만으로 엄청난 시혜를 베푼 듯이 굴면서 그렇게 잘해줬는데도 여전히 새 수표책에 수수료를 부과하고 예금액을 상회한 출금액에 대해 이자를 매기는 은행이 은혜도 모르고 몹시 무례하다고 여겼다.

눈썹은 프니나에게 문자를 보내라고 했지만 콧수염이 끼어들어 더 허비할 시간이 없으니 어서 사무실로 가자고 한다. 반창고도 재빠르게 동의한다. 이 모든 일이 그에게는 신나는 모험처럼 보인다.

사실 반창고는 그가 자살할까봐 걱정하지는 않는다. 아브네르가 든 생명보험은 자살할 경우엔 아무 보장을 해주지 않으니까. 그보다 이렇게 된 이상 새벽 네시까지 집에 들어가지 못한다 해도 아내에게 일 때문에 늦었다고 말할 수 있는 것이다.

그들은 다 같이 콧수염의 신형 혼다 시빅을 타고 가기로 한다. 엘리베이터에서 눈썹이 계속 따로 가자고, 반창고와 함께 자기 차로 가겠다고 했지만 콧수염이 단호히 거부한다.

반창고와 눈썹은 토요일 가족 여행을 떠나는 어린아이들처럼 뒷좌석에 안전벨트를 하고 앉아 있다. 단 하나 빠진 것은 눈썹이 콧수염에게 "아빠, 반창고가 괴롭혀요"라고 이르거나 쉬를 해야 하니 주유소에 세워달라고 칭얼대는 것이다.

이런 일을 다루는 눈썹의 능력은 진짜 아기나 마찬가지다. 만약 지금이 전쟁중이라면, 사람들이 전쟁 났다고 말한다면 눈썹에게는 절대 내 뒤를 봐달라고 하고 싶지 않아. 콧수염은 생각한다. 아브네르가 골칫거리임은 분명하지만 그래도 자기 환자가 사라지고 그 아내는 정서적으로 무너졌는데 고작 브루스케타나 집에 일찍 갈 생각밖에 못 한단 말인가?

눈썹이 뒷좌석에서 문자를 보낸다. 십중팔구 아내에게, 십중팔구 냉소적인 내용일 것이다. 반창고는 문자 내용을 훔쳐보려 해보지만 각도가 맞지 않는다. 잠시 후 눈썹에게 온 답장은 보인다. 이런 내용이다. "지금 나 양말만 신고 침대에 누워서 자길 기다리고 있어."

반창고는 질투가 난다. 그는 한 번도 섹시한 문자를 받아본 적이 없다. 마지막으로 아내가 섹시한 말을 그에게 하고 싶어했던 때는 문자메시지가 발명되기 전이었다. 모든 외도 상대에겐 절대 문자나 음성메시지를 남기지 못하게 한다. 메시지를 지운다 해도 휴대전화 회사에는 여전히 기록이 남아 있고, 따라서 상대방이 당신을 협박하거나 당신 인생을 파멸시킬 수 있다는 신문 기사를 언젠가 읽었던 것이다.

헤르츨리야로 가는 내내 교통 체증이 이어진다. 텔아비브에 직장을 둔 모든 사람이 퇴근하는 중이다. 반대 방향의 도로 상황은 괜찮은 편이다.

눈썹은 아브네르가 더없이 평범한 하루 일과를 마치고 지금 집으로 돌아가는 모습을 그려볼 수 있다. 그는 아마 전화를 걸어 프니나에게 사랑한다는 말과 함께 최근에 좀 힘들어한 것을, 그리고 검은 알약에 대해 거짓말한 것을 사과하고 싶었을 것이다. 그 알약은 치질 때문에 먹는데 말하기가 너무 창피해서 두통약이라 둘러댄 거라고.

집에 도착한 그의 눈앞에는 케이터링 업체 트럭에 탄 직원들이 씩씩거리며 건물 입주민 하나와 주차 구역 문제로 싸우는 모습이 펼쳐질 테고 그러면 그는 인생에는 사소한 일 때문에 벌어지는 싸움이 얼마나 많은가 같은 불자의 상념에 잠시 빠질 것이다. 그런 다음 엘리베이터를 타고 집으로 올라가 문을 열어젖히면 텅 빈 아파트와 반쯤 빈 코냑 병을 보게 되리라.

프니나는 거기 없을 것이고 그래서 무척이나 상처받을 것이다. 어쨌든 오늘은 그의 생일이다. 그는 그녀에게 선물도, 파티도 기대하지 않는다. 그런 쓸데없는 것들을 할 나이는 지났으니까. 그렇지만 평생의 동반자에게 함께 있어달라고, 이 끔찍한 생일날 곁에만 있어달라고 부탁하는 것이 지나친가? 바로 그때, 프니나는 헤르츨리야로 가는 길에 꼼짝없이 갇혀 있다. 눈썹은 생각한다. 이 얼마나 어이없는 일인가.

그러나 아브네르는 지금 라마트아비브에 있는 그의 아파트로 가고 있지 않다. 헤르츨리야의 사무실에 있는 것도 아니다.

그들 네 명이 마침내 도착했을 때, 사무실에는 아무도 없었지만 입구에 서 있던 경비원이 한 시간 전쯤 아브네르가 나가는 걸 봤다고 한다. 아브네르가 총을 갖고 있었다고도 말한다. 공이치기 당기는 걸 도와달라고 해서 알게 되었다고. 아브네르가 할 줄 몰라서가 아니라 할 줄은 아는데 뭔가가 끼어 있어서 그걸 빼는 걸 경비원이 도와줬으면 했던 것이다.

경비원이 그 일을 하는 데 적임자였다면 말이다. 그는 람보가 아니라 평생 시골에서 채소 농사를 지어온 카자흐 늙은이였다. 이스라엘에 왔을 때 농사일을 하고 싶었으나 에이전시에서 허락하지 않았다. 최근에는 태국인과 아랍인만 농업에 종사하며, 그가 죽을 때까지 할 수 있는 것은 은퇴 아니면 경비원 일이었다.

그는 자기가 총 문제를 도와주지 못하자 아브네르가 화를 내며 욕까지 했다고 콧수염에게 말했다.

"좋지 않아요." 경비원이 말한다. "나처럼 나이든 사람한테 욕하는 건 좋지 않아요. 그리고 왜요? 내가 잘못이라도 했어요?"

콧수염이 고개를 끄덕인다. 하려고만 들면 자기가 경비원도 진정시킬 수 있음을 알지만 기운이 남아 있지 않다. 그리고 총 이야기가 신경쓰인다. 여기 오는 내내 프니나의 걱정이 과하지 않나 싶었는데, 지금 보니 그녀가 옳았다.

"만약 농사에 대해 물었다면 뭐든 도울 수 있었을 겁니다." 경비원이 반창고에게 말한다. "난 돕는 게 좋아요. 그런데 총에 대해서는 몰라요. 그게 욕할 만한 이유가 됩니까?"

차로 돌아오는 길, 프니나는 울고 있다. 눈썹은 이제 모든 게 그들 손을 떠났다고, 경찰에 신고해야 한다고 말한다.

반창고가 나서서 경찰은 손 하나 까딱 안 할 거라고, 연줄이 없으면 그들이 엉덩이를 들 때까지 적어도 하루는 걸릴 거라고 주장한다. 경찰서에 가는 것보다 더 좋은 계획이 있는 건 아니

다. 하지만 지금까지 쭉 눈썹 때문에 짜증스러웠던 터라 그에게
는 뭐든 절대 동의하고 싶지 않다.

콧수염은 프나나의 머리카락을 쓰다듬는다. 그 역시 계획은 없
다. 그녀가 우는 동안에는 아무 생각도 할 수 없다. 그녀의 눈물
이 그의 뇌로 밀려들어 생각들이 끝을 맺지 못하고 죄다 휩쓸린
다. 옆에서 싸우는 반창고와 눈썹 때문에 더욱 집중이 안 된다.

"당신들 둘은 택시를 타요. 더는 도움이 안 돼요." 그가 그들
에게 말한다.

"당신하고 프나나는 어떡하고요?" 반창고가 묻는다. 그는 가
고 싶지도, 택시비를 내고 싶지도, 라마트아비브까지 가는 내내
눈썹과 함께 있고 싶지도 않다.

콧수염이 어깨를 으쓱한다. 대답할 말이 없다.

"저 사람 말이 맞아요." 눈썹이 말한다. 그는 이것이 떠날 수
있는 기회임을 안다. 게다가 콧수염의 말은 진짜 맞다. 사실상
넷이나 있을 필요는 전혀 없다. 콧수염 혼자 프나나를 태우고 경
찰서에 가면 되지, 그가 그들의 손을 잡고 함께 따라갈 필요가
없다.

반창고는 이 모든 생각이 마음에 들지 않는다. 이제 총과 액션
이 있는데 집에 가는 건 진짜 멍청한 짓이다. 남는다면 그가 뭔
가를 바꿀 수 있다. 어쩌면 아브네르를 구할 수도 있고, 그게 아

니더라도 콧수염, 프니나와 함께 그의 시체를 찾을 수 있다. 남은 평생 기억에 남는 경험이 될 것이다. 최고의 경험은 아닐지라도 경험은 경험이다.

지난 몇 년간 이런 기회는 많이 없었다. 북쪽에 있는 침메르로 휴가 갔을 때 근처에서 미사일이 발사되어 그 후폭풍으로 창문이 산산조각났던 일, 친구와 함께 농구 경기를 보던 중 하품하는 모습이 텔레비전 카메라에 잡혔던 일. 그리고 아들이 태어났을 때 정도다. 회사에서 걸려온 전화를 받았다는 이유로 화가 난 아내가 분만실에서 쫓아내는 바람에 그 순간 거기 있진 못했지만.

요약하자면, 반창고는 떠나기 싫지만 콧수염과 눈썹이 반대하는데도 계속 남겠다고 고집을 부리면 완전 멍청이로 보일 것이다. 상황을 타개하는 방법은 단 하나, 아이디어를 떠올리는 것이다. 그를 원안자, 쓸모 있는 사람, 주위에 마땅히 있어야 할 사람으로서 당장 일의 핵심으로 밀어넣어줄 죽이는 아이디어.

"우린 이갈 코하비와 얘기해봐야 합니다." 그가 반쯤은 콧수염을 향해, 반쯤은 프니나를 향해 말한다. 그녀는 이제 울음을 멈추고 숨만 헐떡이고 있다. "프니나가 그 사람 전화번호를 안냈죠. 아브네르의 블랙베리에서 봤다고요. 만약 꿈속에서 그에게 소리를 질렀다면 아브네르가 그에게 신경쓰고 있었던 것이 틀림없어요. 누가 압니까. 총 운운하는 게 그가 자살 시도를 하는 것처럼 보이기도 하지만, 혹시 코하비를 살해할 계획이라면요? 우리가 전화를 해서 경고해야 합니다. 찾아봐요."

반창고가 자살 시도라고 하자마자 프니나는 다시 울기 시작하더니 살해라는 말에 결국 픽 쓰러진다.

다행히 그녀가 인도에 얼굴을 부딪히기 직전 콧수염이 가까스로 붙잡는다.

반창고가 콧수염을 도우려고 달려가지만 콧수염의 얼굴에는 그러지 말라는 기색이 역력하다.

눈썹은 아무 일도 아니라고, 그냥 스트레스 때문이라고 말한다. 누가 물 한 잔 갖다주고 벤치에 앉히면 금세 제 발로 일어설 수 있을 거라고.

"꺼져버려요. 둘 다." 콧수염이 소리친다. "당장 꺼지라고요!"

나중에 택시에서 반창고는 눈썹에게 콧수염이 너무 심했다고 말할 것이다. 자기가 뭔데 우리한테 그런 식으로 입을 놀리는 거요? 요즘엔 장교도 병사에게 그렇게 말했다간 공식적인 항의를 받아요. 도대체 콧수염이 누구길래 잘 알지도 못하면서 우리 둘에게 그따위로 말하는 거요? 우린 그냥 도와주려고 했을 뿐인데.

이것이 나중에 택시에서 반창고가 할 말이다. 그러나 지금은, 헤르츨리야 피추아크에 있는 사무실 건물 밖에서는 아무 말도 하지 않는다. 그저 콧수염과 프니나만 남기고 눈썹과 함께 떠난다.

콧수염은 그녀를 차로 데려가 마치 깨지기 쉬운 물건을 다루 듯이 조심조심 조수석에 앉혀놓는다. 차로 오기 훨씬 전에 정신이 든 프니나가 눈을 반쯤 감고 뭐라고 중얼거리지만, 그는 그녀를 자리에 앉히고 나서야 그 말에 귀기울이기 시작한다.

"목말라요." 그녀가 말한다.

"알아요. 근데 차 안에 물이 없어요. 미안해요. 차를 몰고 물을 사러 가죠. 여기 오는 길에 보니까 정말 가까운 곳에 아로마 커피전문점이 있더라고요."

"이미 죽었을까요?" 그녀가 묻는다.

"누구 말입니까?" 콧수염이 묻는다.

그는 누구를 말하는지 알지만 모르는 척한다—이것이 바로 그녀의 두려움이 근거 없는 것처럼 보이게 만드는 수법이다. 그녀는 그를 바라보지만 예상했던 것과는 달리 "아브네르요"라고 말하지는 않는다. 그저 그를 바라보고만 있다.

"분명 괜찮을 거예요." 콧수염이 말한다. 목소리가 확신에 찬 것처럼 들린다. 라아나나 지점은 물론 라마트아비브 지점에서도 한자리 차지하게 해준 목소리다.

"무서워요." 프니나가 말한다. 그날 저녁 그가 그녀를 처음 봤을 때 상상했던 것과 똑같이. 그렇게 말하는 그녀가 너무도 아름답다.

콧수염은 몸을 기울여 그녀의 메마른 입술에 키스한다. 그녀
의 입술이 그 입술을 피한다. 그는 아무것도 보지 못할뿐더러 그
녀의 손이 움직이는 것도 알아채지 못하지만, 그의 뺨은 찰싹 맞
았다는 걸 느낀다.

눈썹이 집에 왔을 때 아내는 이미 잠들어 있다. 그는 조금도
피곤하지 않다. 그의 몸은 아드레날린으로 폭발하고 있다. 눈썹
의 정신은 오늘밤의 그 모든 졸도, 기다림, 기이한 말씨름이 무
의미한 것임을 알지만 그의 몸은 그 모든 걸 진지하게 받아들일
만큼 어리석다. 침대에 드는 대신 그는 컴퓨터 앞에 앉아 이메일
을 확인한다.

초등학교를 같이 다닌 웬 멍청이가 인터넷 사이트를 통해 그
의 주소를 알아내 보낸 메시지가 전부다.

이 모든 기술에 좌절하게 되는 순간이다. 눈썹은 생각한다. 인
터넷을 발명한 사람들은 천재였고 아마도 인간성을 진일보시켰
다고 믿었을 테지만, 결국 사람들은 연구를 하거나 지식을 얻기
위해서가 아니라 4학년 때 짝이었던 불쌍한 남자를 괴롭히는 데
이 발명품을 쓴다.

저 이프타크 로잘레스에게 과연 뭐라고 답장을 써야 할까? 우
리가 책상 중간에 금을 그어놓았던 거 기억나니? 내가 그 금을
넘어갔을 때 네가 팔꿈치로 내 갈비뼈를 쳤던 것도?

눈썹은 상상해본다. 삼십 년 전 싫어했던 반 아이들을 찾아다니는 것 말고 취미라고는 없다면 이프타크 로잘레스의 삶이 어떨지.

로잘레스에 대한 우월감에 취한 지 몇 분 후 눈썹은 자신에 대해 생각하기 시작한다. 무엇을 하면서 살고 있는가? 냄새나는 입위로 몸을 구부려 충치에 구멍을 뚫고 때우는 것.

"아주 존경받는 직업." 이것이 그의 어머니가 치과의사에 대해 항상 하던 말이다.

존경할 게 뭐가 있나? 치과의사가 되는 것과 배관공이 되는 것 사이에 무슨 차이가 있지? 둘 다 냄새나는 구멍에서 일한다. 구멍을 내고 구멍을 메우면서 먹고산다. 둘 다 벌이가 괜찮다. 그리고 둘 중 어느 쪽도 자기 일을 즐기지 않을 가능성이 매우 크다.

눈썹의 일이 '아주 존경받는' 것이고 그 존경을 얻기 위해 오 년간 나라를 떠나 루마니아에서 공부해야 했다는 사실만 빼고는. 배관공은 아마 시간을 조금 덜 투자했어도 될 것이다.

오늘은 정말이지 최악이었다. 쉴새없이 울고 피를 흘리며 석션에 숨이 막히기도 한 노인의 잇몸을 수술해야 했다. 끊임없이 그를 진정시키면서 눈썹은 이 모든 게 다 부질없다는 생각을 멈출 수가 없었다. 노인이 임플란트에 적응하기까지 적어도 일 년은 고통스러울 것이며, 아마 그 일 년이 되는 날 이틀 전이나 후,

심장마비나 암이나 뭐가 됐든 그 나이 사람들이 죽는 이유로 죽을 것이다.

환자도 나이 제한을 둬야 해. 그는 신발을 벗으며 생각한다. 이 말만 하면 될 것이다. "당신은 충분히 오래 사셨습니다. 이제부터는 남은 생을 보너스라고 생각하세요. 교환 전표 없이 받은 선물 말입니다. 아프세요? 침대에 계세요. 계속 아프세요? 기다리세요. 어르신이 돌아가시든, 고통이 지나가든 할 겁니다."

그 나이가 내게 오고 있구나. 눈썹은 이를 닦으며 생각한다. 콧구멍에서 거품을 내뿜는 야생마처럼 전속력으로 달려오고 있다. 곧 침대에 누워 일어나지 못할 사람은 바로 나겠지. 그렇게 생각하자 어쩐지 위안이 된다.

그전까지 프니나가 따귀를 때린 사람은 아브네르뿐이었다. 십칠 년 전 일이었다. 그때 그는 아직 부유하지도 지독하지도 머리가 벗어지지도 않았지만, 세상 모든 것이 내 것이라는 자신감은 이미 넘쳐흐르고 있었다. 그들의 첫 데이트였고 둘은 식당에 갔다.

아브네르는 웨이터에게 심하게 굴고 음식을 주방으로 되돌려 보내기도 했다. 정말 맛있지는 않지만 그럭저럭 괜찮았는데. 그녀는 이토록 오만한 남자와 같은 테이블에 앉아 도대체 뭘 하고 있는지 모르겠다고 생각했다.

그녀의 룸메이트가 주선한 자리였다. 그녀는 프니나에겐 그가 영특한 젊은이라고 했다. 아브네르에게는 프니나가 매력적이라고 말했는데 남성우월주의 냄새를 풍기지 않고 예쁘다는 뜻을 전하는 단어였다.

아브네르는 저녁 내내 그녀가 한마디라도 끼어들세라 주식과 파생상품과 기관투자자 들에 대해 떠들어댔다. 식사 후에는 찌그러진 흰색 아우토비안키로 집까지 그녀를 데려다주었다. 그는 아파트 앞에 차를 세우더니 시동을 끄고 같이 올라가도 되느냐고 물었다.

그녀는 그러지 않는 게 좋겠다고 했다. 그는 자기도 룸메이트와 아는 사이임을 상기시키면서 잠시 올라가 그녀에게 프니나를 소개해줘서 고맙다는 인사나 하고 오겠다고 했다.

프니나는 예의바르게 미소지으며 룸메이트는 야간 근무라 오늘 늦게 올 것 같다고 했다. 안부 인사와 고맙다는 말은 꼭 전해주겠다고 약속했다. 그리고 차에서 내리려고 문을 여는데 아브네르가 그 문을 도로 닫더니 그녀에게 키스했다.

그 키스의 이면에는 어떤 망설임도, 그녀가 어떻게 느낄지에 대한 의문도 없었다. 입맞춤일 뿐이었지만 강간처럼 느껴졌다.

프니나는 그의 따귀를 때리고 차에서 내렸다. 아브네르는 그녀를 부르며 뒤따라올 생각도 하지 않았다. 발코니에서 그녀는 그의 아우토비안키가 꼼짝 않고 그 자리에 있는 것을 볼 수 있었다. 거의 한 시간 동안. 그녀가 자러 갈 때까지도 여전히 그 자리에 있었다.

다음날 아침, 배달원이 그녀를 깨워 크긴 해도 그다지 세련되지 못한 꽃다발을 전해주었다. 카드에 쓰인 말은 단 한 마디였다. 미안합니다.

"미안해요." 콧수염이 말한다. "그러려던 게 아니었어요."

프니나는 세게 나가 그에게 따질 수도 있었다. 그럼 정확히 하려던 게 뭐였단 말인가? 키스? 그녀의 심신이 약해진 상황을 이용하는 것? 코코넛 향 방향제와 땀냄새가 뒤섞인 차에 그녀를 태우고 헤르츨리야까지 오는 것? 하지만 그녀는 아무 말도 하지 않는다. 힘이 없다. 그저 집으로 데려다주길 바랄 뿐.

"경찰서에 가야 하지 않나 싶은데요. 만약을 위해서요."

하지만 프니나는 싫다고 한다. 결국 아브네르는 집으로 돌아올 것이다. 그녀는 그냥 그걸 안다. 그는 자살하거나 누굴 쏠 사람이 아니다. 반창고가 그렇게 말하고 나서 처음엔 그녀도 두려웠으나 지금 총을 입안에 넣고 있거나 관자놀이에 대고 있는 아브네르의 모습을 상상해보자니 그답지가 않다. 아직도 손은 떨리지만 그녀의 마음은 이미 아브네르가 괜찮다는 결론을 내렸다.

콧수염은 입씨름을 벌이지 않고 프니나의 집을 향해 차를 몬다.

케이터링 업체 트럭이 인도에 반쯤 걸친 채 주차되어 있다. 여전히 길을 가로막고 있다. 불쌍한 사람들, 내내 거기서 기다린 것이다. 콧수염은 자기가 나가서 그들에게 얘기하고 오겠다고 한다. 그는 어떻게든 그녀를 돕고 싶다. 아까 일어난 일을 보상하는 차원에서. 하지만 그녀는 그러지 말라고 한다. 그를 벌하려는 게 아니라 그저 기운이 없다.

차에서 내린 프니나를 그가 부른다. 아까 그녀가 느낀 분노는 사라지고 없다. 더는 그에게 화가 나지 않는다. 정말로. 그는 사실 좋은 사람 같다. 그리고 그 키스는―타이밍이 약간 나빴지만, 그가 처음부터 얼마나 자기를 원하는지 느끼고 있었고 저녁 내내 그 사실 때문에 기분이 좋았다.

콧수염이 그녀에게 아브네르의 생일 선물과 명함을 주면서 휴대전화 번호도 거기 있으니 아무리 늦은 시간이라도 전화해도 된다고 한다. 그녀가 고개를 끄덕인다.

그녀는 전화하지 않을 것이다. 오늘은.

반창고는 아파트 바로 앞에 주차를 한다. 하지만 곧바로 2층으로 올라가 열쇠를 자물쇠에다 꽂고 어두운 복도에서 옷을 벗고 살그머니 침대로 기어들어가는 대신, 걷기 시작한다. 처음에는 목적지도 모른다. 쉬탄드 가, 킹 솔로몬, 킹 조지, 그런 다음 디젠고프 가. 디젠고프 가에 이르러서야 바다로 가고 싶다는 걸 깨닫는다.

계속 걷던 그는 산책로에 이르러 해변으로 내려간다. 신발과 양말을 벗고 해변에 서 있다. 발가락으로 모래를 파내면서. 뒤에서 자동차 소리와 밤새 영업하는 술집에서 틀어놓은 게 분명한 트랜스 음악 소리가 들려온다. 앞쪽 멀지 않은 곳에서는 방파제에 부딪혀 부서지는 파도 소리가 들린다.

"실례합니다." 빡빡머리 청년이 불쑥 나타난다. "여기 살아요?"

반창고가 고개를 끄덕인다.

"잘됐네요." 빡빡머리가 묻는다. "그럼 재미난 데가 어디 있는지 알겠네요?"

어떤 재미를 말하는 건지 반창고는 청년에게 물을 수 있다. 술? 여자? 가슴을 따뜻하게 적시는 불가해한 소란 한바탕? 그래봐야 어디서 그것들을 찾을 수 있는지는 모른다. 그래서 고개를 가로 젓는다.

하지만 빡빡머리는 집요하다. "여기 산다면서요, 아니에요?"

반창고는 대꾸하지 않는다. 그저 저 멀리 바다의 검은빛이 하늘의 검은빛과 만나는 곳을 바라볼 뿐.

아브네르는 어떻게 되었을까. 그는 생각한다. 결국에는 다 잘됐으면 좋겠어.

당신은 무슨 동물입니까?

　내가 지금 쓰고 있는 문장은 독일 공영방송의 시청자들을 위한 것이다. 오늘 우리 집에 온 리포터가 컴퓨터로 뭔가 써달라고 부탁했다. 집필중인 작가라는 멋진 비주얼을 위해서다. 이것은 클리셰다. 그녀도 안다. 하지만 클리셰란 진실의 섹시하지 않은 버전일 뿐이며 리포터로서 그녀의 역할은 그 진실을 섹시한 것으로 바꾸는 것, 조명과 비범한 각도로 클리셰를 깨는 것이다. 그리고 우리 집은 빛이 완벽하게 떨어져 그녀가 어디도 일부러 불을 켤 필요가 없고, 그래서 이제 남은 것은 내가 글을 쓰는 것뿐이다.

　처음에 쓰는 척을 하자 그녀가 그건 통하지 않는다고 했다. 사람들은 내가 쓰는 척만 하고 있다는 걸 금방 눈치챘다고. "진짜로 쓰세요." 그녀는 요구했다. 그리고 확실하게 덧붙였다. "이야기 말이에요. 그냥 단어만 나열하지 마시고요. 늘 하는 대로 자연스럽게 써보세요." 독일 공영방송에 나갈 화면을 촬영하면서 글을 쓰는 게 나는 자연스럽지 않다고 했지만 그녀는 완강했다. "그럼 그 상황을 이용하세요. 그냥 그것에 대해 쓰는 거예요. 상황이 얼마나 부자연스러워 보이는지, 그리고 그 부자연스러움이 어떻게 불현듯 현실적인 것을 만들어내는가에 대해서 열정적으로 쓰는 거예요. 당신의 머리에서 허리까지 퍼져나가는 뭔가에 대해서요. 방향은 반대일 수도 있겠죠. 당신의 경우엔 어떤 식으로 진행되는지, 몸의 어느 부분에 창조의 샘이 있는지 모르겠네요. 사람마다 다르니까요." 그녀는 예전에 인터뷰했던 한 벨기에 작가는 글을 쓸 때마다 발기한다는 이야기를 해주었다. 글쓰기의 어느 부분이 "그의 기관을 빳빳하게 만들었다". 그녀는 이렇게 말했다. 아마 독일어를 직역했을 텐데 영어로 들으니 이상하기 짝이 없었다.

"쓰세요." 다시 한번 그녀가 강하게 요구한다. "아주 좋아요. 글을 쓸 때의 그 지독한 자세가 정말 마음에 드네요. 아주 멋져요. 경련을 일으킨 것 같은 그 목이요. 좋아요. 계속 쓰세요. 훌륭해요. 바로 그거예요. 자연스럽게. 저는 신경쓰지 마세요. 제가 여기 있다는 건 잊어요."

그리하여 나는 그녀를 신경쓰지 않고 그녀가 있다는 것도 잊고 계속 글을 써나간다. 나는 자연스럽다. 최대한 자연스럽다. 독일 공영방송 시청자들에게 빚을 갚아야 하지만 지금은 그럴 때가 아니다. 지금은 글을 써야 할 때다. 호소력 있는 글을. 헛소리를 쓰고 있으면 벌써 그녀가 화면에 끔찍하게 나오고 있다고 일깨워준다.

아들이 유치원에서 돌아온다. 내게 달려와 안긴다. 집에 방송국 사람들이 와 있을 때면 언제나 아들은 나를 껴안는다. 더 어렸을 적엔 리포터가 요청했지만 이제 아이는 프로다. 내게 뛰어와 카메라는 보지 않고 나를 껴안으며 말한다. "사랑해요, 아빠." 아직 네 살도 안 되었지만 요 귀여운 녀석은 이미 어떻게 일이 돌아가는지 이해하고 있다.

아내는 그렇게 좋진 않다고 독일 방송 리포터가 말한다. 아내는 버벅거린다. 자꾸 머리카락을 만지작거리고, 카메라를 힐끗거린다. 하지만 별로 문제될 건 없다. 언제든 편집하면 되니까. 바로 이게 방송의 좋은 점이다. 실제 삶은 그렇지 않다. 현실에서 아내를 편집하거나 지워 없앨 순 없다. 오로지 신만이 그렇게 할 수 있다. 아니면 버스나. 버스가 그녀를 치고 지나간다면 말이다. 또는 무시무시한 질병이라든가. 우리 집 위층에 사는 사람은 홀아비다. 아내를 불치병으로 잃었다. 암이 아닌 다른 병으로. 장에서 시작된 병이었는데 끝이 끔찍했다. 여섯 달 동안 그녀는 뒤로 피를 쏟았다. 적어도 그가 말해주기로는 그랬다. 여섯 달이 지나고 전능하신 신은 그녀를 편집해버렸다. 그녀가 죽은 후 하이힐을 신고 싸구려 향수를 뿌린 온갖 여자들이 우리 건물을 찾아온다. 그들은 의외의 시간, 가끔은 정오같이 이른 때도 온다. 우리 윗집 양반은 은퇴자여서 시간을 자유롭게 쓸 수 있다. 그 여자들은—적어도 내 아내의 말로는—창녀들이다. 그녀의 입에서 창녀라는 말이 순무를 말할 때만큼이나 자연스럽게 흘러나온다. 하지만 화면에 찍힐 때 그녀는 자연스럽지 않다. 누구도 완벽할 순 없으니까.

내 아들은 우리 윗집을 찾아오는 창녀들을 사랑한다. "당신은 무슨 동물입니까?" 계단에서 여자들과 마주칠 때마다 아들은 묻는다. "나는 오늘 생쥐랍니다. 요리조리 잘 빠져나가는 재빠른 생쥐요." 그러면 여자들은 금세 알아듣고 동물 이름을 내민다. 코끼리, 곰, 나비. 창녀 하나하나가 각자의 동물 이름을 댄다. 이상한 일이다. 다른 사람들은 내 아들의 동물 이야기를 제대로 알아듣지 못한다. 하지만 창녀들은 쿵짝을 잘 맞춰준다.

그래서 다음 촬영 때는 아내 대신 그들 중 한 사람을 데려올까 생각해본다. 그러면 훨씬 자연스러울 것이다. 그들은 예쁘다. 싸구려처럼 보이긴 해도 예쁘다. 내 아들과도 사이가 좋다. 아내는 아들이 무슨 동물이냐고 물을 때면 언제나 "아가, 난 동물이 아니야. 나는 사람이에요. 네 엄마야"라고 고집한다. 그럴 때마다 아이는 울음을 터뜨린다.

왜 아내는 그냥 흐름을 따라가지 못하는 걸까? 싸구려 향수를 뿌린 여자를 '창녀'라고 부르는 건 그리도 쉬우면서 어린 아들에게 "난 기린이란다"라고 말하는 것은 왜 도저히 안 된다는 건가? 정말 짜증스럽다. 누군가를 한 대 치고 싶을 정도다. 그녀 말고. 그녀는 내가 사랑하는 사람이니까. 다른 누군가. 분풀이를 해도 될 만한 사람. 우파는 아랍인에게 화풀이를 할지 모른다. 인종차별주의자는 흑인에게. 하지만 진보 좌파에 속하는 우리 같은 사람들은 덫에 걸렸다. 우리는 스스로를 좁은 곳에 가둬놓았다. 우리에게는 화풀이할 사람이 없다. "그 사람들 창녀라고 부르지 마." 나는 아내를 야단친다. "진짜 창녀인지 당신도 모르잖아, 안 그래? 돈 받는 거 본 적 없잖아. 그러니까 그렇게 부르지 마. 알겠어? 누가 당신더러 창녀라고 하면 기분이 어떻겠어?"

"아주 좋아요." 독일 리포터가 말한다. "정말 마음에 들어요. 당신 이마 주름이요. 자판을 미친 듯이 두드리는 것도 좋네요. 이제 각국 언어로 번역된 당신 책들을 찍은 장면만 삽입하면 돼요. 당신이 얼마나 성공한 작가인지 우리 시청자들이 알 수 있게요. 그리고 아드님과 포옹하는 장면을 한번 더 찍었으면 해요.

아까는 아드님이 너무 빨리 뛰어오는 바람에 우리 카메라맨 외르크가 초점을 바꿔 찍을 기회를 놓쳤대요." 아내는 자기도 다시 나를 포옹해야 하는지 궁금해하고, 나는 속으로 리포터가 그렇다고 말해주길 기도한다. 난 정말 아내가 다시 나를 안아주었으면 좋겠다. 부드러운 그녀의 팔로 세상에 우리 둘뿐인 것처럼 나를 꼭 껴안아주었으면. "필요 없어요." 독일인이 차가운 목소리로 말한다. "이미 찍었는걸요." "당신은 무슨 동물입니까?" 아들이 독일인에게 묻기에 내가 잽싸게 영어로 통역해준다. "난 동물이 아니란다." 긴 손톱으로 아들의 머리카락을 쓸어내리며 그녀가 웃는다. "난 괴물이야. 너처럼 귀엽고 조그만 아이를 잡아먹으러 바다를 건너온 괴물." "이분은 노래하는 새래." 나는 아들에게 흠 잡을 데 없이 자연스럽게 통역해준다. "머나먼 땅에서 날아온 빨간 깃털이 달린 새라는구나."

옮긴이의 말

에트가르 케레트는 1967년 텔아비브에서 폴란드계 유대인이
자 홀로코스트 생존자의 아들로 태어났다. 군 시절 함께 복무하
던 단짝 친구의 자살을 계기로 첫 단편소설 「파이프」를 썼고, 두
번째 소설집 『미싱 키신저』가 큰 인기를 끌면서 이스라엘 젊은이
들에게 열렬한 지지를 받기 시작했다. 그는 방송, 영화 등 다방
면에서 활발히 활동하고 있는 전방위 예술가이기도 하다. 특히
부인과 함께 작업한 영화 〈젤리피시〉는 2007년 칸 영화제에서
황금카메라상을 수상하기도 했다.

스타일과 주제 면에서 이전 세대와 확연히 구별되는 케레트는
새로운 이스라엘 문학의 기수로 여겨진다. 아모스 오즈나 데이

비드 그로스만으로 대표되는 이전의 이스라엘 문학이 방대하고 유장한 서사로 국가와 사회의 거대 이슈를 다루는 데 비해, 그는 기발한 설정의 짧은 소설에서 마치 친구 사이에 나누는 술자리 대화처럼 꾸밈없고 일상적인 문체로 현대인의 실존적 혼란을 그린다.

그렇다고 해서 케레트가 이스라엘의 전통과 현실에 무지하거나 둔감한 것은 아니다. 오히려 그의 작품은 탈무드와 같은 이스라엘 전통 서사, 즉 우화적이며 짧고 유머러스한 가운데 인생의 어두운 진실을 포착하는 이야기 전통과 맞닿아 있으며 이를 현대적으로 재해석한다. 또한 〈뉴욕 타임스〉가 평한 것처럼 케레트가 보기에 "현대 이스라엘이 직면한 위험, 즉 막연한 분노와 고용 불안, 돌연하고 이유 없는 폭력은 국가적 차원의 문제라기보다는 실존적 딜레마다". 한 대담에서 작품이 이스라엘의 현실과 동떨어져 있다는 비판에 대해 작가는 다음과 같이 말한 바 있다.

"미국인들은 키부츠로 가는 도중 길 잃은 낙타 같은 것을 써야 이스라엘 이야기라고 생각한다. 하지만 나에게 이스라엘 이야기란 도시 근교 쇼핑몰의 맥도날드에 들어가 코셔 햄버거를 주문하는 독실한 유대교 남자에 대한 것이다."

『갑자기 누군가 문을 두드린다』는 영어로 번역, 출간된 그의 여섯번째 소설집이다. 케레트의 단편은 장편소설이 중심인 미국 문학계에서 이례적으로 좋은 반응을 얻어왔다. 많은 비평가와 작가 들이 부조리한 상황을 그린 그의 초현실적 작품을 카프카 혹은 고골에 비견하며 찬탄을 보냈다. 이 소설집에서 작가는 특유의 냉소적 유머와 아이러니가 가득한 기묘한 세계로 독자를 이끄는 한편, 인간과 세계에 대한 한층 깊어진 통찰을 보여준다. 그는 인간의 어리석음과 나약함에 드리운 어두운 그림자를 대면하는 순간을 유머로 버무려내는데, 그리하여 우리는 웃음이 가시기도 전에 어떤 공포, 어떤 슬픔을 느끼게 된다.

이 책에 실린 서른여섯 편의 짧고 환상적인 이야기에서 우리는 부서지기 쉬운 정체성과 불확실한 관계로 고통받으면서도 감정을 억누르며 나날이 살아가다 예기치 않은 순간에 초월적 계기를 맞이하는 평범한 사람들을 만날 수 있다. 소원을 이뤄주는 말하는 금붕어는 혼자 남지 않길 바라는 주인의 진짜 소원은 들어주지 못하며(「이 금붕어에게 무슨 소원을?」), 잠든 남자친구의 혀 밑 지퍼를 열어 다른 남자를 튀어나오게 한 여자는 제 혀 밑에서도 지퍼를 발견하고 그 속에 있는 자기는 어떤 모습일지 상상하며 기대하는 가운데 불안해한다(「지퍼 열기」). 평생 거짓말을 해온 남자는 땅 밑 구멍 속에 실재하는 자신의 거짓말들과 맞닥뜨리고(「거짓말 나라」), 느닷없이 괴한에게 납치된 중년 남자는 어린아이로 퇴행해 어머니 곁으로 되돌아간다(「푸딩」).

〈파리 리뷰〉와의 인터뷰에서 케레트는 초현실적인 글쓰기에 대해 이렇게 말한다.

"현실과 초현실의 차이는 오직 객관적인 세계에만 존재한다. 주관적인 세계에서는 진실이냐 아니냐만이 중요하다. 주관적인 경험은 초현실적인 동시에 진실일 수도, 현실적이지만 완전히 거짓일 수도 있다. 나는 주관적인 이야기를 쓰고—객관적인 이야기는 어떻게 써야 하는지 모른다—그 이야기들이 내 생각과 느낌을 잘 보여주는지에 관심이 있을 뿐이다. 과학적으로 맞느냐는 중요하지 않다."

이처럼 작가는 중력을 벗어난 초현실적 이야기를 통해 우리가 내면 깊숙이 숨기고 있는 심리적 진실을 섬광처럼 드러낸다. 가벼우면서 심오하고, 웃기는 가운데 통렬하며, 터무니없는가 하면 진실한 케레트의 작품이 제공하는 문학적 해방감을 한국의 독자들도 만끽할 수 있기를 소망한다.

장은수

지독하게 부조리하면서도 연민과 통찰이 넘치는 작품을 써내는 단편의 귀재. 보그

케레트의 정서와 아이디어 원액 한 티스푼이면 금세 얼굴에 웃음이 번질 것이다. 엔터테인먼트 위클리

독자를 미쳐버리게 하고 돌연 감동을 주는가 하면 능청스럽게 웃긴다. 케레트의 작품 세계로 들어가는 완벽한 입문서. 인디펜던트

부조리와 유머, 욕망, 연민이 넘쳐흐르는 기발하고 독창적인 단편들. 원숙미와 재기발랄함이 절정에 이르렀다. GQ

케레트의 여섯 단락짜리 기묘하고 웃긴 이야기는 작가 대부분이 600페이지에 걸쳐 써낸 글보다 훨씬 더 많은 것을 담고 있다. 피플

카프카에게 우리 영혼의 얼어붙은 바다를 깨는 힘이 있다면 케레트는 우리 뇌로 침투해 이제껏 존재한 적 없었던 시냅스를 더할 수 있을 것이다. 샌프란시스코 크로니클

에트가르 케레트의 단편이 위대한 이유는 웃기기 때문이다. 세상의 위대한 단편 중 웃긴 작품은 몇 되지 않는다. 가디언

지은이 **에트가르 케레트**
1967년 이스라엘 텔아비브에서 태어났다. 1992년 소설집 『파이프』로 데뷔해 두번째 소설집 『미싱 키신저』로 대중의 주목을 받기 시작했다. 『갑자기 누군가 문을 두드린다』를 비롯해 여러 소설집이 35개국 32개 언어로 번역 출간되었다. 이스라엘 출판협회에서 수여하는 플래티넘 상, 총리상 문학 부문, 문화부장관상 영화 부문을 수상했고 프랑스 문화예술 공로훈장 슈발리에를 수훈했다.

옮긴이 **장은수**
연세대학교 심리학과를 졸업하고 동대학원 국어국문학과에서 석사학위를 받았다. 연세대학교 언어연구교육원에서 강의했으며 『고양이로 산다는 것』을 우리말로 옮겼다.

문학동네 세계문학
갑자기 누군가 문을 두드린다

1판 1쇄 2013년 9월 9일 | 1판 3쇄 2013년 12월 10일

지은이 에트가르 케레트 | 옮긴이 장은수 | 펴낸이 강병선
책임편집 박아름 | 편집 황문정 유현경 | 독자모니터 전혜진
디자인 강혜림 이원경 | 저작권 한문숙 박혜연 김지영
마케팅 정민호 박보람 양서연 | 온라인마케팅 김희숙 김상만 이원주 한수진
제작 강신은 김동욱 임현식 | 제작처 영신사(인쇄) 경일제책(제본)

펴낸곳 (주)문학동네
출판등록 1993년 10월 22일 제406-2003-000045호
주소 413-120 경기도 파주시 회동길 210
전자우편 editor@munhak.com | 대표전화 031) 955-8888 | 팩스 031) 955-8855
문의전화 031) 955-3576(마케팅) 031) 955-2654(편집)
문학동네카페 http://cafe.naver.com/mhdn | 트위터 @munhakdongne

ISBN 978-89-546-2218-9 03890

www.munhak.com